SARAH NOFFKE
MICHAEL T. ANDERLE

DIE UNBEUGSAME KÄMPFERIN

UNZÄHMBARE LIV BEAUFONT
BUCH 7

Für Kathy.
Dank dass Du mir mein erstes Fantasy-Buch gegeben hast.
Seitdem ist die Welt für mich ein besserer Ort.

Impressum

Die unbeugsame Kämpferin (dieses Buch) ist ein fiktives Werk.
Alle Charaktere, Organisationen, und Ereignisse, die in diesem Roman geschildert werden, sind entweder das Produkt der Fantasie des Autors oder frei erfunden. Manchmal beides.

Copyright der englischen Fassung: © 2018 LMBPN Publishing
Copyright der deutschen Fassung: © 2020 LMBPN Publishing
Titelbild Copyright © LMBPN Publishing
Eine Produktion von Michael Anderle

LMBPN Publishing unterstützt das Recht zur freien Rede und den Wert des Copyrights. Der Zweck des Copyrights ist es Autoren und Künstlern zu ermutigen die kreativen Werke zu produzieren, die unsere Kultur bereichern.

Die Verteilung von diesem Buch ohne Erlaubnis ist ein Diebstahl der intellektuellen Rechte des Autors. Wenn Du die Einwilligung suchst, um Material von diesem Buch zu verwenden (außer zu Prüfungszwecken), dann kontaktiere bitte international@lmbpn.com Vielen Dank für Deine Unterstützung der Rechte der Autoren.

LMBPN International ist ein Imprint von
LMBPN Publishing
PMB 196, 2540 South Maryland Pkwy
Las Vegas, NV 89109

Version 1.01 (basierend auf der englischen Version 1.01), April 2021
Deutsche Erstveröffentlichung als e-Book: September 2020
Deutsche Erstveröffentlichung als Paperback: September 2020

Übersetzung des Originals The Unrelenting Fighter
(Unstoppable Liv Beaufont Book 07) ins Deutsche vom:
4media Verlag GmbH

Verantwortlich für Übersetzungen, Lektorat
und Satz der deutschen Version:
4media Verlag GmbH,
Hangweg 12, 34549 Edertal,
Deutschland

ISBN der Taschenbuch-Version:
978-1-64202-559-0

DE20-0025-00041

Übersetzungsteam

Primäres Lektorat
Astrid Handvest

Sekundäres Lektorat
Jens Schulze

Betaleser-Team
Stefan Krüll
Jürgen Möders
Sascha Müllers
Volker Tesche
Anita Völler
Thorsten Wiegand

Kapitel 1

Das unberührte aquamarinblaue Wasser lag völlig friedlich zwischen den üppigen, grünen Ufern. Hinter dem See waren die Berggipfel im Glacier National Park noch immer schneebedeckt, obwohl bereits Frühling war.

Liv Beaufont holte zur Beruhigung tief Luft und genoss die Schönheit ihrer Umgebung. Ein flüchtiger Blick auf das Wasser zeigte ihr Spiegelbild: die Kapuze über den Kopf gezogen und eine von Elfen gefertigte Axt in den Händen.

Sie spürte das Monster in ihrem Rücken eine Sekunde bevor sie es roch. Das Timing war wichtig, da die Biester sich schnell bewegen konnten, wenn sie wollten. Liv nahm die Axt fest in die Hand, holte aus, drehte sich um und schleuderte sie auf den Dämon, der in ihre Richtung raste. Die Waffe flog durch die Luft, landete direkt in der Stirn des Monsters und spaltete sie beinahe in zwei Hälften. Das schwarze Blut des Dämons spritzte auf die zierlichen weißen Blumen und verunreinigte das Gras unter seinen Füßen.

Leider reichte der Treffer nicht aus, das Monster aufzuhalten. Es rumpelte nach vorne, seine Arme ausgebreitet, die Axt ragte aus seiner roten Stirn.

Liv riss Bellator aus der Scheide und schwang es hin und her, um den Dämon in der Mitte zu teilen. Der Schrei, der dem Maul der Bestie entfuhr, hallte durch das Tal und brachte Liv durch den hohen Ton dazu, die Augen zu verdrehen.

Der Dämon stürzte in ihre Richtung, aber Liv sprang aus dem Weg und blieb sicher am Ufer. Wasser spritzte auf Livs Stiefel und Mantel, als der Dämon hineinplumpste. Das schwarze Blut breitete sich auf dem See aus und verschmutzte das vorher klare Blau. Das Wasser kräuselte sich und der Körper versank.

Liv schüttelte den Kopf und schnalzte enttäuscht mit der Zunge. »Verdammte Dämonen, alles müssen sie ruinieren.«

Sie erschrak nicht, als Stefan Ludwig lautlos an ihrer Seite auftauchte, er hatte sich noch schneller bewegt als der Dämon, den sie gerade getötet hatte.

»Schau nur, was er mit den Blumen gemacht hat«, bemerkte er.

Beiläufig blickte Liv über ihre Schulter zu der Stelle, an der das Blut des Dämons die niedlichen kleinen weißen Blüten bespritzt hatte. »Ich denke du solltest das aufräumen. Die Touristen, an denen wir vor zehn Meilen vorbeigekommen sind, werden uns vielleicht bald einholen.«

Stefan gähnte und streckte die Hände über den Kopf. »Das waren Sterbliche. Sie werden es nicht so sehen, wie es jetzt ist.«

Liv stimmte mit einem Kopfnicken zu. »Ja, sie werden wahrscheinlich denken, dass ein Wasserbüffel oder ein Elch in den See gefallen ist.«

»Gibt es in dieser Gegend Wasserbüffel?«, fragte Stefan und rieb sich mit den Händen über die stoppeligen Wangen.

Liv zuckte die Achseln. »Ehrlich gesagt bin ich zum ersten Mal in Montana. Ich glaube, im Glacier National Park gibt es noch ein paar frei lebende Minotauren, aber sie sind für den Rat nicht problematisch genug, um einen Krieger zu beauftragen, sie zusammenzutreiben.«

DIE UNBEUGSAME KÄMPFERIN

Stefan seufzte und blickte sehnsüchtig auf die unermessliche Schönheit der Gegend.»»Vielleicht habe ich das Glück, diesen Fall zu bekommen, wenn es soweit ist.«

Liv hob neugierig eine Augenbraue und schüttelte den Kopf.»Du bist *der* Dämonenjäger. Der Rat weiß das. Sie stellen nicht einmal mehr deine beispiellosen Erfolgsquoten infrage.«

»Ich weiß es nicht«, antwortete Stefan.»Ich glaube ja, deshalb haben sie dich mitgeschickt, um mir zu helfen. Vielleicht sind sie neugierig, ob du mich aufhalten kannst.«

»Warum sollte ich das tun?«, wollte Liv wissen.»Wir haben doch ein großartiges System. Du spürst die Dämonen auf und ich töte sie.« Sie hob Bellator an und rief ein Tuch herbei, um die Klinge vom Blut des Dämons zu reinigen.»Ich habe eine Waffe, die die Arbeit erleichtert.«

»Ja, das ist wahr«, seufzte Stefan.»Aber das wissen sie nicht. Vielleicht hoffen sie, dass unsere Berichte nicht übereinstimmen, oder dass die Mitteilungen über den Einsatz unserer Magie ihnen aufzeigen, wie ich so viele Dämonen so schnell abschlachten kann. Oder vielleicht hoffen sie, dass du mich verraten wirst. Also meine Geheimnisse verraten wirst.«

Livs Blick fiel auf Stefans Arm, wo ihn der Meisterdämon Sabatore gebissen hatte.»Du bist ja wahnsinnig. Das würde ich auf keinen Fall tun, aber deine anderen Theorien klingen plausibel.«

»Ich glaube, sie wissen im Moment nicht, was sie mit dir anstellen sollen«, gab Stefan zu.»Du hast sie irgendwie überrascht mit der ganzen Arbeit für Vater Zeit. Ich glaube nicht, dass irgendein Krieger jemals so über den Kopf des Rates hinweg gehandelt hat. Bevor Vater Zeit auftauchte, gab es eigentlich niemanden, der einen höheren Rang innehatte als der Rat.«

»In der erfundenen Welt der Gerechtigkeit, in der der Rat lebt, meinst du«, korrigierte Liv und steckte Bellator in seine Scheide.

»Nun, sie sind nun einmal die herrschende Kraft in der magischen Welt«, behauptete Stefan mit einem weiteren Seufzer.

»Weil sie es sagen.« Liv rief die Axt zu sich und hielt sie von sich weg, da das Blut des Dämons immer noch von der Klinge tropfte. Sie war ein Geschenk von Renswick Shoshawnawalla gewesen, dem Elfen, der geholfen hatte, Stefan zu heilen. Er hatte anscheinend das gotische Haus, in dem er in Ashland, Oregon, gelebt hatte, zugesperrt und eine Weltreise begonnen, weil er es leid war, aus Angst vor Dämonen als Einsiedler zu leben, wie er Liv erzählt hatte. In Wahrheit war er nach dem Vorfall mit Stefan befreit und wusste auch, dass die Straßen auf der ganzen Welt nun sicherer waren, weil der Dämonenjäger unterwegs war und die bösen Bestien zusammentrieb. Dennoch wussten alle, dass Stefan nicht unbesiegbar war, auch wenn es so aussah.

»Jemand musste sich selbst zum Herrscher über die Magie wählen, meinst du nicht auch?«, stichelte Stefan mit einem leichten Grinsen. Er spielte des Teufels Advokat, weil er wusste, dass es Liv reizte.

Sie rollte mit den Augen, reinigte die Axt und steckte sie ebenfalls ein. »Ja, und wenn alles, was das Haus der Sieben getan hat, das Recht geschützt hätte, wäre es wohl auch in Ordnung.« Wieder bekämpfte sie den Drang, ihm von den sterblichen Sieben und dem Haus der Vierzehn zu erzählen. Es wurde immer schwieriger, je näher sie einander kamen und sie wusste instinktiv, dass sie ihm vertrauen konnte. Doch Stefan hatte sein eigenes Päckchen zu tragen und derzeit schien es sich auf seinen Gesichtszügen zu zeigen und ihn zu bedrücken.

»Also, dieses Bedürfnis nach einem neuen Fall«, begann sie und versuchte, das Thema zu wechseln. »Woher kommt das? Ich dachte, dir macht die Dämonenjagd Spaß? Na ja, wenn es dich nicht davon abhalten würde, zu schlafen oder einen einzigen friedlichen Moment zu haben.«

Stefans Lachen schallte über das Wasser, das sich nach der Störung durch den Dämon zu beruhigen begann. »Ich habe begonnen zu meditieren.«

»Hilft es denn bei dem ständigen Drang, das Böse zu jagen und es aus der Welt zu verbannen?«

Er schüttelte den Kopf. »Nein, aber auf überfüllten Straßen bin ich ein wenig cooler, weil ich mich nicht mehr vor rücksichtslosen Fußgängern blamiere.«

»Vielleicht sollte *ich* dann auch meditieren.«

Er wölbte eine einzige Augenbraue. »Wir wissen beide, dass du mehr als Meditation brauchst, um dieses Temperament in Schach zu halten.«

»Axtwerfen hilft«, stellte Liv fest und tätschelte ihren Gürtel dort, wo die Axt hing. »Es hat etwas sehr Befriedigendes, eine Axt durch die Luft zu schleudern und sie in einem Ziel zu versenken.«

»Lass mich raten«, schmunzelte Stefan. »Du hast als Kind nicht mit Puppen gespielt, oder?«

Liv schoss ihm einen offensiven Blick zu. »Natürlich habe ich das. Was hätte ich sonst in die Luft sprengen sollen?«

Er lachte, etwas von seinem Stress schmolz dahin. »Um ehrlich zu sein, ich habe Spaß an der Dämonenjagd, aber es fängt an langweilig zu werden. Ich möchte etwas tun, das mich auf unterschiedliche Weise herausfordert. Etwas, bei dem ich andere Fähigkeiten einsetzen kann.«

»Andere Fähigkeiten?«, fragte Liv.

»Ja, wie meinen Verstand und meine Persönlichkeit«, antwortete er und fügte dann schnell hinzu: »Und ja, die habe ich. Ich habe nicht nur ein hübsches Gesicht.«

Liv zuckte die Achseln. »Ich dachte du wärst nur ein Grobian, der Dämonen abschlachtet und über meine Witze lacht, obwohl er sie nicht versteht.«

Er gab vor verletzt zu sein. »Ich bin eine reale Person, Liv. Es wird Zeit, dass du das zur Kenntnis nimmst. Ich habe tatsächlich Gefühle.«

»Wie viele Gefühle?«, scherzte sie.

»Mindestens zwei«, gab er sofort zurück. »Hunger und Wut.«

Sie nickte. »Dann sind wir absolut gleich, Krieger Ludwig.«

»Oh, ich weiß nicht so recht. Immer wieder, wenn du denkst, dass niemand zusieht, wage ich zu behaupten, dass du glücklich aussiehst«, bemerkte Stefan.

Liv riss ihre Axt heraus und hielt sie bedrohlich in ihrer Hand. »Nimm das zurück oder zahle den Preis dafür.«

Hartnäckig schüttelte er den Kopf. »Mach was du willst mit mir. Ich bin sicher, dass ich es verdiene, Kriegerin Beaufont. Und wenn ich brutal ehrlich zu dir sein darf, macht es mich glücklich, dass du mich bei diesen Fällen begleitest, irgendwie, so ganz am Rande. Zumindest scheint es den Teil von mir, der das Böse ausrotten will, ein wenig zu entspannen.«

Für einen Moment wusste Liv nicht, was sie sagen sollte. In seiner Stimme lag eine solche Ernsthaftigkeit. Schließlich erholte sie sich und räusperte unbehaglich. »Bist du sicher, dass du die englische Sprache gut beherrschst? Meinst du mit ›glücklich‹ eigentlich ›gleichgültig‹? Und wenn du behauptest, ich entspanne diesen Teil von dir, dann meinst du wohl, dass ich dich mit meinem schrulligen Verhalten und meiner rebellischen Natur ein bisschen ablenke.«

»Du laberst Müll«, konterte Stefan. Für einen Moment dachte Liv, es käme noch etwas hinterher, dann entdeckte sie den bedeutungsvollen Ausdruck, der in seinen Augen flackerte. Sie war sich nicht sicher, ob sie mit dem, was er als Nächstes gestehen wollte, zurechtkommen würde, weshalb sie dankbar war, als sein Kopf so zuckte, wie er es immer tat, wenn er den Hauch von etwas Bösem witterte.

»Wo ist er?«, fragte Liv, während sie den Bereich um sie herum mit ihrem magischen Sinn abtastete und das Adrenalin genoss, das ihr Herz höher schlagen ließ. Es war das alte, vertraute Gefühl vor einer Jagd.

»Ich bin mir nicht sicher«, antwortete er. »Irgendetwas stimmt nicht.«

Liv verkrampfte sich bei dem vorsichtigen Klang von Stefans Stimme. Dämonen machten ihm nie Angst. Nicht mehr. Sie hatten ihm gegenüber nur wenige Vorteile. Er war immun gegen ihren Biss und er war stärker als sie, da er all ihre Kräfte geerbt hatte, ohne deren Nachteile. Doch plötzlich war sein gewohntes Selbstvertrauen verschwunden, ersetzt durch untypische Angst. »Was stimmt nicht?«, fragte Liv besorgt trotz ihrer Bemühungen, dies zu verbergen.

»Ich kann das Ungeziefer spüren, aber ich kann es nicht finden, was seltsam ist«, erklärte Stefan. »Hol Bellator raus! Wir haben diesmal keine Zeit für ausgefallene und lustige Axt-Spielchen.«

Liv wollte lachen. Obwohl Gefahr im Verzug zu sein schien, war Stefans lässiges, amüsantes Benehmen immer noch präsent und unterhielt sie. Sie hängte die Axt zurück und zog Bellator, wobei sie fühlte, wie warm es in ihren Händen lag. Etwas zerrte am Boden unter ihren Füßen. Ihr Blick schoss auf die Grasfläche, als sich zwei rote Hände durch die Erde bohrten, sich um Stefans Füße legten und ihn langsam in den Boden zogen. Die Erde bebte so stark unter ihr, dass Liv auf den Rücken fiel.

Sie stand sofort auf und versuchte herauszufinden, was da vor sich ging. Dreck spritzte in alle Richtungen. Schreie erfüllten die Luft, sowohl die von Stefan als auch die eines Dämons. Die Erde wankte unter den Füßen, was es schwierig machte, näher heranzukommen. Und als Liv sich näherte, sanken ihre Füße ein, als ob sie sich in Treibsand wagen würde.

Stefan wurde stetig weiter in den Boden gezogen und bald wäre er verschwunden. Er schlug mit den Händen um sich, seine glucksenden Schreie verhallten langsam. Liv sah sich nach etwas um, das ihm helfen könnte, aber es gab nur schöne, weiße Blümchen und Erde. Sie bräuchte Weinranken. Da es nichts dergleichen gab, steckte Liv Bellator ein und rief das Seil, das auf dem Schreibtisch in ihrer Wohnung lag, magisch zu sich.

»Pass auf!«, schrie sie, schwang das Seil über ihren Kopf und warf es Stefan zu. Es flog durch die Luft und berührte seine Hände nur ganz kurz, bevor sie es zurückzog. Zwei weitere Male warf sie. Seine Hände waren fast verschwunden. Ihnen lief die Zeit davon.

Als ihr Herz fast aus der Brust hüpfte, versuchte sie es noch einmal. Das Seil riss an ihren Händen, als er es auffing und seine Finger fest zugriffen. Liv zog wie eine Verrückte, aber es nützte nichts. Stefan wurde nach unten gezogen. Sein Kopf war praktisch schon von der Erde bedeckt. An seiner Seite konnte sie Bewegungen erkennen. Der Dämon. Oder die Dämonen. Sie zerrten ihn unter die Erde. Sie wollten ihn tief in der Erde begraben, wo er sie nicht bekämpfen und auch nicht überleben konnte.

Liv wusste, dass sie schnell handeln musste. Sie band sich das Seil um die Taille und zog Bellator heraus, wobei sie die Bewegung des Schmutzes genau beobachtete. Stefan bewegte sich hektisch – eine Folge seiner Panik. Seitlich von ihm kräuselte sich die Erde – als ob der Dämon tiefer gehen würde und kräftige Züge machte, um Platz zu schaffen, während sie auf den Erdkern zusteuerten.

Liv atmete tief durch und sprach ein stilles Gebet. *Bitte lass mich ihn nicht töten.*

Dann stach sie Bellator in den Dreck und das Schwert traf auf Fleisch. Sie zögerte. Ein hoher Schrei, den sie schon oft gehört hatte und der mit Dämonen in Verbindung gebracht werden musste, erschallte aus dem Untergrund. Das war die Bestätigung, die sie brauchte. Liv drückte das Schwert tiefer hinein und die Erde um Bellator kam zum Stillstand.

Der Schmutz um Stefan bewegte sich heftiger. Liv hielt das Seil um ihre Taille fest und riss daran. Erleichterung erfüllte ihre Brust, als Stefans Kopf wie ein Wurm im Garten an die Oberfläche kam. Sie zog weiter, arbeitete schnell und Schweiß rann über ihr Gesicht. Sie war besorgt, dass sich weitere Dämonen unter der Erde versteckten, bereit, die Arbeit zu beenden, die die erste Kreatur begonnen hatte.

Stefan spuckte Schmutz, als sein Gesicht frei aber voller Erdkrümel war. Wütend kletterte er aus dem Loch, ließ das Seil los und kroch so schnell er konnte zur Seite. Als er zu Livs Füßen lag, drehte er sich auf den Rücken und rutschte weiter, seine Augen wie gebannt auf das riesige Loch gerichtet, das sich erst kurz zuvor materialisiert hatte.

Als nichts heraussprang, um sie anzugreifen, lachte Stefan seltsamerweise laut auf.

Besorgt darüber, dass er den Verstand verloren hatte, wandte sich Liv an ihn, wohl wissend, dass sie dem Loch dabei den Rücken zuwandte. »Geht es dir gut?«

Er nickte und stand auf. Von Kopf bis Fuß war er mit feuchtem Schmutz bedeckt. »Mir geht es gut«, sagte er und klang immer noch amüsiert. »Aber immer dann, wenn ich denke, dass ich diese verdammten Dämonen durchschaut habe, ändern sie ihre Taktik und verfolgen mich auf eine andere Art und Weise.«

Liv schüttelte den Kopf und wischte Bellator ab. »Und da behauptest du, die Dämonenjagd würde dich langweilen.«

»Nicht langweilen«, korrigierte er. »Ich sagte einfach, dass ich eine andere Art von Herausforderung möchte.«

»Nun, du wärst beinahe begraben worden«, erklärte Liv. »Ich schätze, sie haben herausgefunden, dass es nicht sonderlich effektiv war, dich zu beißen – aber dich im Dreck zu ersticken, könnte den Zweck erfüllen.«

Stefan wischte seinen Umhang ab, was wenig half, da er über und über verdreckt war. »Ja, ein guter Hinweis darauf, dass es andere Möglichkeiten gibt, wie ein Dämon mich töten könnte, wenn er es wollte.«

Liv schüttelte am Loch den Kopf und hielt Bellator immer noch parat. »Sind sie weg?«

Stefan überlegte und nickte dann, schritt hinüber, wo der tote Dämon knapp unter der Erdoberfläche lag. Er stach darauf ein und ließ das schwarze Blut des Monsters fließen. »Ja, und dein Geistesblitz, blindlings in den Dreck zu stechen, um den Dämon zu töten, hat mir definitiv das Leben gerettet. Noch eine Minute länger und ich wäre weg gewesen.«

»Ich habe nicht blind zugestochen«, erklärte Liv. »Bellator kann diese Dinge spüren und ich habe darauf geachtet, wie sich der Boden bewegt. Über dir war alles unregelmäßig, da du einen Panikanfall hattest.«

»Richtig. Panikanfall. Aber wenn ich Liv Beaufont gewesen wäre, hätte sie Witze erzählt und wahrscheinlich gegähnt«, scherzte Stefan.

»Das bezweifle ich«, sagte sie. »Ich habe vorhin einen doppelten Espresso getrunken. Aber auf jeden Fall hätte ich Witze erzählt oder den verdammten Dämon zumindest ernsthaft beleidigt.«

»Ich bin froh, dass du gut genug auf Bellator eingestimmt bist, um seinen Hinweisen zu folgen.«

»Weil das dein Leben gerettet hat?«, fragte sie grinsend.

»Eines Tages wird es deines retten«, erklärte er. »Und ja, danke, dass du mir noch einmal zu Hilfe gekommen bist.«

»Nicht der Rede wert«, meinte sie mit einem Augenzwinkern.

»Oh, ich werde es erwähnen«, erwiderte er. »Wenn ich es nicht besser wüsste, würde ich sagen, du möchtest, dass ich noch lange hier bleibe.«

»Zumindest lange genug, um den Gefallen zu erwidern.«

Stefan bot ihr einen staubigen Arm an. »Wie wäre es, wenn ich damit anfange, dir einen Drink auszugeben?«

Liv nickte. »Ja, ich könnte einen vertragen. Aber wenn du denkst, ich nehme deinen Arm, Schmutzfink, dann liegst du völlig falsch.«

Er lächelte und die Linien um seinen Mund herum zogen Furchen durch den Dreck. »Ich bevorzuge ›Krieger Schmutzfink‹.«

Kapitel 2

Der jüngere Bruder schritt nur widerwillig durch die Dunkelheit der Schwarzen Leere. Adler zappelte umher, sein Unmut war spürbar.

»Würdest du endlich mitkommen?«, feuerte er ungeduldig Richtung Decar.

»Ich versuche es«, log dieser, seine blassen Augen glitten umher, die Angst war ihm anzusehen. Dies war kein Ort, der einer Person Vertrauen einflößte. Es roch scheußlich. Die Leere war von den seltsamen, rhythmischen Atemzügen des Gott-Magiers erfüllt. Und da war das unheimliche Gefühl, das jeden, der den Raum betrat, einhüllte und ihn schwächte. Das war eine der Taktiken des Alten, um sicherzustellen, dass er in der Gesellschaft eines anderen die Oberhand behielt. Und angesichts der Intensität dieses Gefühls wurde er definitiv immer stärker.

Es waren nicht nur Decars sehr lautstarke Widerworte, den Gott-Magier zu treffen, die Adler in so schlechte Stimmung versetzt hatten. Sicher, es gehörte dazu. Adler mochte diesen Raum auch nicht betreten oder sich mit dem Einen und seinem ständig wachsenden Temperament auseinandersetzen, aber es mussten Dinge erledigt werden.

Adler war auch gestresst, weil sein Drachengefährte Indikos verschwunden war. Das sah ihm so gar nicht ähnlich. Nichts, was Adler tat, brachte den Miniaturdrachen zu ihm zurück und er konnte es nicht verstehen. Er tröstete sich mit der Tatsache, dass es ihm gelungen war, Sophias Drachenei zu stehlen. *Vielleicht war es das*, sinnierte Adler, als er vorwärts marschierte und über die Knochen kleiner Tiere trat. Indikos könnte sich Sorgen machen, dass der Drache, der aus dem Ei schlüpfen sollte, ihn ersetzen könnte. Er war vermutlich nur eifersüchtig.

Adler lächelte in sich hinein. Ein wenig Konkurrenz war nie schlecht. Er hielt seinen Stab in die Höhe, die glühende Kugel an der Spitze beleuchtete sowohl den Weg als auch etwas auf dem Boden vor ihm. Was auch immer es war, es bewegte sich wie Wasser, das über den Steinboden floss.

Nach drei weiteren Schritten blieb Adler stehen, Ekel füllte seinen Magen. Schlangen. Hunderte von zischenden Schlangen bedeckten den Boden, alle glitten auf den Mann zu, der auf dem steinernen Thron vor ihnen saß. Obwohl das Licht ihn nicht erreichte, war es leicht, die Gesichtszüge des mächtigen Magiers zu erkennen, da seine Augen wie zwei Lichter strahlten, die alles um ihn herum erhellten und vor allem das, was er ansah.

Als er einen Blick auf Adler und Decar warf, schirmten beide ihre Gesichter vor der gleißenden Helligkeit ab, die ihre Augen sofort tränen und stechen ließ.

»Du hast deinen Bruder mitgebracht«, bemerkte Talon Sinclair während er Decar studierte.

Adler fiel auf ein Knie und verneigte sich vor seinem ältesten lebenden Verwandten. Nun, vor dem ältesten Magier, der je gelebt hatte. »Ja, Mylord. Wie du gewünscht hast.« Er neigte seinen Kopf mit einer drängenden Geste in Decars Richtung. Sein Bruder nahm den Wink an und kopierte Adlers Haltung.

»Meister, es ist mir eine Ehre, endlich deine Gegenwart zu genießen«, meinte Decar atemlos, wobei er sich wegen des Gestanks teilweise die Nase zuhielt.

»Steht auf und lasst mich euch anschauen«, befahl der Gott-Magier, seine Stimme hallte in ihrer Brust wider. Er war stärker geworden, erkannte Adler. Nur so hatte er die Schlangen beschwören können, die, wie Adler bei näherem Hinsehen feststellte, winzige Beine hatten. Adler zitterte sichtlich, als er sah, wie die Schlangen um die Füße des Einen herumglitten, über den Thron krochen und hinter ihm oder um ihn herum einen Ruheplatz fanden.

Der Blick von Talon strahlte auf Decar und ließ ihn die Augen zusammenkneifen, während er versuchte, die Hände an seiner Seite ruhig zu halten. »Ja, du bist ein Albino wie ich. Sie nennen es gerne eine Anomalie, aber was uns von anderen unterscheidet, macht uns überlegen.«

»M-M-Mylord«, stotterte Decar flehentlich.

»Erzähle mir von deinen Fortschritten, Decar«, befahl Talon.

»Ich habe die Riesin, bekannt als Bermuda Laurens, verfolgt, wie du befohlen hast«, begann Decar, die Augen noch immer geschlossen, weil der Eine unerbittlich auf ihn starrte. »Sie ist definitiv auf der Suche nach Informationen darüber, wie die Geschichte ausgelöscht wurde.«

»Und hat sie etwas erfahren oder jemandem davon erzählt?«, forderte Talon weitere Einzelheiten.

Decar schüttelte bestimmt den Kopf. »Nein, nicht dass ich wüsste.«

»Ich lebe nicht in einer Welt von Vermutungen«, dröhnte der Eine, seine Stimme ließ die Wände vibrieren. Von der unsichtbaren Decke regnete Staub auf sie herab. »Du bist so nutzlos wie Adler, wenn du das auch annähernd für zufriedenstellend halten solltest.«

Decar neigte den Kopf, seine Hände zitterten. »Es tut mir leid. Ich wollte sagen, dass sie es nicht getan hat.«

Talon stieß einen langen, zufriedenen Seufzer aus, weitere Schlangen krochen auf seine Arme und Beine. »Und warum bist du diese Riesin noch nicht losgeworden?«

»Ich habe es versucht, mein Herr«, erklärte Decar. »Sie ist mir entkommen, aber ich weiß, dass ich sie wie von dir befohlen ausschalten kann. Ich brauche nur ein wenig mehr Zeit.«

»Wenn sie«, begann Talon lapidar, »Erfolg hat und die Wahrheit herausfindet, wirst du es sein, der den Preis dafür bezahlt. Ich habe zu lange darauf hingearbeitet, als dass ein einziger Riese alles ruinieren darf.«

»Ich verstehe, Vater«, plädierte Decar. »Das werde ich niemals zulassen.«

»Wir werden sehen.« Talons Blick wandte sich an Adler und blendete ihn sofort, aber Decar atmete erleichtert auf. »Und du ... Wann brichst du zum Matterhorn auf?«

»Sehr bald, Vater«, antwortete Adler, seine Augen tränten wegen der Lichtintensität. »Ich muss nur noch ein paar Dinge in Ordnung bringen.«

»Wenn du noch viel länger zögerst und das Mädchen wieder zum Matterhorn kommt, ist alles gefährdet«, zischte Talon.

Adler nickte. »Ich verstehe, Mylord. Ich werde mich beeilen.«

»Was hält dich auf?«, fragte der Alte ungehalten.

Adler konnte ihm nicht gestehen, dass er auf der Suche nach Indikos war oder dass er Angst hatte, Talon im Haus der Sieben allein zu lassen. Doch bald wäre der Gott-Magier stark genug, in seine Gedanken einzudringen. »Nun, du hast mich gebeten Vater Zeit aufzuspüren.«

»Und hast du?«

»Nein, aber Olivia Beaufont weiß, wo er ist«, erklärte er. »Ich hoffe, sie wird mich zu ihm führen.«

Ein Lachen, das eher wie ein Schrei klang, der aus dem Mund des Gott-Magiers widerhallte. »Mein alter Erzfeind Vater Zeit wird spüren, dass ich bald das Leben zurückerlange, aber es wird zu spät sein. Ich werde stark genug sein und kann diese Welt endlich von ihm befreien.«

Adler zitterte erneut. Es sollte nicht mehr lange dauern, bis Talon seine volle Stärke erreicht hatte. Dann würde sich alles ändern. Dafür waren alle Vorbereitungen getroffen worden, aber jetzt, da es soweit war, fühlte es sich nach zu viel an. Trotzdem war er zu weit gekommen, um diese Mission aufzugeben. Und er wollte das, was der Eine ihm versprochen hatte: Unsterblichkeit. Genau wie sein alter Verwandter wollte er ewig leben. Sie würden Seite an Seite regieren, nachdem sie die anderen Familien im Haus ausgelöscht hatten.

Talon hatte das königliche Blut der anderen sechs Familien nur am Leben geduldet, damit er eines Tages zurückkehren konnte. Sobald er seine volle Stärke erreicht hatte, würden sie wie die anderen ausgelöscht und ihre Macht an Adler übergeben, um ihn für immer zu erhalten. Eigentlich klappte alles perfekt.

Der Gott-Magier mochte Adler zu Tode erschrecken, aber er war bei Weitem der genialste Mann, der je gelebt hat. Er hatte einen Krieg gewonnen, die Sterblichen aus dem Haus vertrieben, die Geschichte verändert und herausgefunden, wie man mit der heiligen Macht der Familien aus dem Haus der Sieben für immer leben konnte.

»Geht und sucht Vater Zeit«, befahl Talon. »Erst wenn er tot ist, kann ich aus meiner Gruft auferstehen.«

Adler verbeugte sich und schwelgte in der Tatsache, dass Olivia Beaufont Vater Zeit aus seinem Versteck gelockt hatte. Hätte sie das nicht getan, könnten sie die Dinge niemals zu

Ende bringen und schließlich für den Rest ihres unsterblichen Lebens über die magische Welt herrschen. Vater Zeit konnte versuchen, sie aufzuhalten. Doch alles hatte sich geändert, als Olivia Beaufont den Rat darüber informierte, dass Vater Zeit zurück war. Sie war so selbstgefällig, direkt für den Gnom zu arbeiten. Sie wusste nicht, dass Adler genau das brauchte.

Vor Jahrhunderten, als Talon schon einmal bereit war, sich zur vollen Macht zu erheben und das Haus zu übernehmen, war Vater Zeit verschwunden. Das hatte alles zum Stillstand gebracht, weshalb das Haus der Sieben intakt geblieben war, das Blut der Royals hatte es am Leben erhalten. Doch schon bald wären diese anderen Familien nicht mehr erforderlich. Wenn Papa Creola erst einmal tot war, würde man die Sinclairs nicht mehr daran hindern können, die magische Welt zu regieren.

Kapitel 3

»Dieses Ding ist hartnäckiger, als es sein sollte«, murrte John und wischte sich den Schweiß vom Gesicht, als er vor dem Flipperautomaten stand und den Kopf schüttelte.

»Ich glaube, viele sagen dasselbe über mich«, scherzte Liv und bot Pickles eine Belohnung an. Der kleine Terrier tanzte auf seinen Hinterbeinen herum und zeigte seine Freude. Plato, der den kleinen Tanz anscheinend nicht für so niedlich hielt, rollte auf der Arbeitsplatte, auf der er saß, mit den Augen.

»Diejenigen, die das über dich sagen, verstehen dich einfach nicht. Du wärst ohne diese negativen Einflüsse in deinem Leben besser dran«, bot John an.

»Nun, leider kann ich weder den Rat aus meinem Leben werfen, noch die Hälfte der anderen Idioten, denen ich regelmäßig begegne«, antwortete Liv. »Aber hey, so bleibe ich bescheiden. Oder zumindest sage ich mir das gerne selbst.«

Sie zog eine weitere Leckerei aus der Tüte und hielt sie Plato vor das Gesicht. Seine Nase zuckte angeekelt geradewegs in die Luft. »Also nehme ich das als ein ›Nein‹ zum Leckerli«, sagte Liv zum Lynx.

»Deine Katze ist genauso störrisch wie diese Maschine«, bemerkte John.

»Und er redet«, sagte Liv sofort.

»Das glaube ich erst, wenn ich es höre«, schoss ihr Arbeitgeber zurück.

Liv seufzte, da sie wusste, dass Plato sie niemals so verwöhnen und in Johns Gegenwart etwas sagen würde. Das war an diesem Punkt eine Frage des Stolzes. »Du kannst also immer noch nicht herausfinden, was mit dem Flipper nicht stimmt?«

John schüttelte den Kopf über die ›Wonder Wizard Demolition Derby Pinball Maschine‹. »Nein, und das Traurige daran ist, dass ich einen sehr interessierten Käufer hätte. Das Geschäft ist grundsätzlich abgeschlossen, aber der Automat muss funktionieren.«

»Nun, wir werden herausfinden, wo das Problem liegt. Dann repariere ich ihn mit meinem Hokuspokus und du fährst nach Barbados oder Hawaii oder wohin auch immer du dich für deinen Traumurlaub entschieden hast.«

Als er mit der Hand durch das wenige graue Haar fuhr, das er noch auf dem Kopf hatte, sah John nicht sehr zuversichtlich aus. »Ich glaube, ich möchte lieber nach Norden in eine Hütte im Wald. Vielleicht nach Washington oder Utah oder Montana.«

Liv zitterte, als sie die jüngsten Geschehnisse um Stefan im Glacier National Park vor sich sah. »Ich bin gerade aus Montana zurückgekommen. Halte dich von dort fern.«

»Oh? Viele Touristen um diese Jahreszeit?«, fragte John. »Davon bekomme ich genug in West Hollywood. Nein, danke.«

»Es war eine beträchtliche Anzahl Touristen im Nationalpark, aber auch eine Menge Dämonen.«

»Oh, doppelt nein, danke«, meinte John. »Ich glaube, ich habe so einen während meines Auslandsaufenthaltes gesehen.«

»Das liegt daran, dass du Magie sehen kannst«, erklärte Liv. »Die meisten Sterblichen sehen Dämonen nicht als das, was sie sind. Sie erfinden eine plausible Erklärung oder haben einfach ein schlechtes Gefühl. Das Blut deiner Ahnen macht dich jedoch anders. Besser.«

»Da bin ich mir nicht so sicher«, seufzte John.

Liv wusste, dass er nicht vollständig davon überzeugt war, einer der sterblichen Sieben zu sein. Sie war es auch nicht, aber es ergab am meisten Sinn. Und vielleicht *wollte* sie tief im Innern einfach nur, dass er einer der Sieben war, damit sie eines Tages zusammen zur Arbeit gehen konnten. Sie lachte sich ins Fäustchen, wenn sie daran dachte, dass sie hier abends den Laden schließen und dann ins Haus der Sieben pendeln würden ... oder besser gesagt, ins Haus der Vierzehn.

Der Rat brauchte Leute wie John. Er war rational und fürsorglich und dachte nicht nur an das Wohl der Allgemeinheit. John Carraway wollte auch das, was für den Einzelnen richtig war. Er wollte eine nachhaltige Zukunft, weshalb er eine Elektronikwerkstatt besaß, anstatt nagelneue, glänzende Geräte an Leute zu verkaufen, die in einem Jahr kaputtgehen und die Mülldeponien füllen würden.

»Weißt du, Dämonen sind so ähnlich wie Touristen«, wechselte Liv das Thema.

Wie sie vermutete, wirkte dieser Trick und Johns Gesicht erhellte sich. »Oh, ja? Wieso das?«

»Nun, beide riechen komisch, sind viel zu laut und interessieren sich nur für das, was sie erleben wollen«, erklärte Liv.

John gluckste. »Ich glaube, wir sind einfach abgestumpft, weil wir schon so lange in diesem Teil von LA sind. Aber du hast recht. Touristen scheinen immer auf ihre Vorstellungen zu bestehen, als ob wir anderen kein eigenes Leben hätten.«

»Und doch sind sie ein Teil des Lebenselixiers dieser Stadt.« Liv atmete lange aus.

John wollte vom Boden aufstehen und stöhnte trotz der einfachen Aufgabe. Liv streckte ihm eine Hand entgegen, aber er schüttelte den Kopf.

»Sei nicht wie der Flipper oder Plato«, warnte Liv. »Nimm meine Hand, alter Mann.«

Er lachte, nahm ihre Hand und erlaubte ihr, ihm hoch zu helfen. »Danke. Ich schätze, ich könnte wirklich Urlaub gebrauchen. Diese Knochen sind nicht mehr das, was sie mal waren.«

Liv schüttelte den Kopf. »Das sind nur Dinge, die man sich einredet.«

»Nein, das sagt mir der Arzt auch«, antwortete John. »Er sagt, ich habe die Anfangssymptome von Arthritis.« Er beugte seine Finger, wobei er sie mit großer Aufmerksamkeit betrachtete, während er sie langsam wieder streckte. »Ich bin kein Magier wie du, der dazu geschaffen ist, ein paar hundert Jahre auf dieser Erde auszuhalten.«

Liv gefiel es nicht, wohin dieses Gespräch führte. Ja, die Sterblichen lebten nicht so lange und hatten keinen Zugang zu Magie, aber sie waren wichtig für das Gleichgewicht. Sie wusste es einfach.

Als er ihre Sorge spürte, winkte er ab. »Nun, genug davon, wie läuft der andere Job?«

Er fragte beiläufig, als ob er sich auf einen Teilzeitjob als Kellnerin in einem Nachtclub beziehen würde.

Liv streckte ihre Hände über den Kopf. »Läuft gut. Und mit gut meine ich, dass er mein Gehirn mit zu vielen Geheimnissen verwirrt. Ich habe das Schwert meiner Mutter, Inexorabilis, wiedergefunden. Allerdings muss ich den Elfen suchen, der es geschaffen hat, um auf die darin eingeschlossenen Erinnerungen zugreifen zu können. Und dann ist da noch die Sache mit der ›Entwirrung, wer hinter dieser Vertuschung der Sache mit den sterblichen Sieben steckt‹. Wahrscheinlich Adler, aber ich will keine Vermutungen anstellen. Vielleicht ist er nur ein mürrischer Trottel, der Witze hasst und denkt, ich sollte für meinen schrecklichen Sinn für Mode sterben. Und dann sind da noch die Fälle, die sich wahrscheinlich schon stapeln, während wir hier plaudern. Aber abgesehen davon empfinde ich eine große Arbeitszufriedenheit und habe keine Beschwerden an die Personalabteilung, die es im Übrigen im Haus der Sieben nicht gibt.«

»Das ist besorgniserregend«, stellte John fest.

»Ja, es ist definitiv ein Verstoß, wenn das jemand herausfindet«, vermittelte Liv. »Es gibt eine Unzahl von Problemen. Fragen der Entlohnung von Arbeitnehmern, Überstunden, Diskriminierung. Ganz zu schweigen von der feindseligen Arbeitsumgebung.«

John lachte. »Bei allem, was du vorhast, muss ich denken, dass du im Rat sein oder an diesen Nebenfällen arbeiten solltest und nicht hier.«

Liv schüttelte den Kopf. »Wie oft haben wir das schon durchgesprochen?«

»Nun, mein Gedächtnis ist nicht so gut wie deines, also sage ich ein glattes Dutzend Mal.«

»Vierzehn Mal«, korrigierte Liv. »Ich möchte beim Flipperautomaten helfen. Und den Staubsauger von Mrs. Jones reparieren. Und alles andere, was durch diese Tür gebracht wird.«

»Aber wie willst du alles erreichen, was du möchtest und mir trotzdem helfen?«, fragte John.

»Ich weiß es nicht, aber das soll nicht deine Sorge sein«, antwortete Liv und versuchte, einfühlsam und doch so entschieden wie möglich zu klingen. John wollte helfen, aber

Liv von dem wegzustoßen, was sie am meisten liebte, konnte nicht das Ziel sein. »Was ich von dir brauche, ist, dass du herausfindest, was mit dem Flippergerät nicht stimmt, damit ich es reparieren kann. Dann packst du deine Badehose ein, denn du setzt die Segel für deinen ersten Urlaub seit über dreißig Jahren.«

»Und wer passt auf den Laden auf?«, fragte John.

Liv sah sich um, als ob die Antwort an den Wänden geschrieben stehen könnte. »Ich weiß es nicht genau. Ich werde es tun, mit der Unterstützung von Rory, Plato und wer weiß wem noch.«

John lächelte. »Nun, dann finde ich wohl besser schnell heraus, was mit dieser Maschine nicht stimmt.«

Liv zwinkerte ihm zu. »Ja, das solltest du besser.«

Kapitel 4

Obwohl es absolut notwendig war, gefiel Liv nicht, was sie als Nächstes tun musste.

Sie betrat die Wohnung von Clark und Sophia in der Erwartung, das kleine Mädchen in der Mitte des Wohnbereichs spielen zu sehen. Nun ja, sie spielte so, wie es kleine Magierinnen normalerweise taten, was so viel bedeutete, wie ihre Puppen zu verzaubern, sodass sie eine Show für sie veranstalteten oder sie spielte Sardonza, ein Spiel für Magierkinder.

Stattdessen war das Wohnzimmer leer, aber es fühlte sich an, als wäre es voller Emotionen. Vielleicht übertrug Liv auch nur ihre eigenen Gefühle auf den mit Möbeln aus ihrer Kindheit gefülltem Ort. Er war anders eingerichtet als früher, als sie mit ihren Eltern und Geschwistern hier gelebt hatte, aber er fühlte sich immer noch so an wie damals, als sie das Haus der Sieben verließ. Als wäre er heimgesucht von ihren Geistern.

Ihre Augen wandten sich dem Schriftzug an der Wand zu. Er war auch in der alten Wohnung gewesen. Es machte sie stolz, dass Clark dafür gesorgt hatte, dass die Worte immer noch hier geschrieben standen: ›*Familia Est Sempiternum*‹.

»Ja, so ist es«, flüsterte Liv und ging auf Sophias Zimmer zu.

Liv war überrascht, Clark kniend und zu dem kleinen Mädchen aufschauend vorzufinden, als sie eintrat.

»Bist du sicher, dass er es ist?«, fragte Clark. Er trug einen hellbraunen Anzug und eine graue Fliege. Liv war überzeugt, dass ihr Bruder es wohl genießen musste, unbequem gekleidet zu sein.

Sophia war ähnlich gekleidet. Sie sah aus, als ginge sie in einem pompösen smaragdfarbenen Kleid mit weißer Spitze am Saum zu einem Pferderennen. »Ja, ich weiß intuitiv, dass er es ist. Ich fühle es auf eine Art und Weise, die schwer zu erklären ist.«

»Wer ist ›er‹?«, fragte Liv und glitt ins Zimmer.

Das Gesicht des kleinen Mädchens erhellte sich beim Anblick ihrer Schwester und lief hinüber, schlang die Arme um Livs Taille und umarmte sie fest. Liv dachte, ihre Schwester würde sie beinahe umwerfen. »Aber hallo!«, lachte sie. »Was haben sie dir in letzter Zeit zu essen gegeben?«

Sophia ließ sie los und blickte mit stolzer Miene auf. »Es liegt wahrscheinlich an meinen Stunden mit Akio. Er lässt mich Konditionstraining machen. Ich musste sogar zwei Minuten lang ein Brett halten.«

Im Gegensatz zu ihren Geschwistern glich Liv eher einem obdachlosen Ninja. Sie war ganz in Schwarz gekleidet, die Hose war gerissen, als sie in Montana mit dem Arschloch-Dämon gekämpft hatte. Der Umhang über ihren Schultern war an den Rändern noch angesengt, weil sie ihre neue Feuerball-Magie ausprobiert hatte, die von einer Ziegelmauer hinter der Werkstatt abgeprallt war und sie verfolgen konnte. Sie hatte das natürlich auf die harte Tour erfahren müssen.

»Oh, ja«, sagte Liv. »Dieser Mann und seine Bretter. Sie sind auch der Fluch meiner Existenz, aber was immer ein Takahashi-Kämpfer uns zu tun befiehlt, sollten wir auch machen.«

Clark schüttelte den Kopf. »Bist du sicher, dass Akio keinen Verdacht schöpft? Ich fühle mich nicht wohl dabei, dass er Soph Kampftraining gibt.«

Liv schüttelte den Kopf. »Sie ist die Nächste in der Rangfolge als Kriegerin. Es ist üblich, dass diejenigen in ihrer Position jetzt mit dem Training beginnen. Und mach dir keine Sorgen; obwohl mir klar ist, dass du allein durch das Aussprechen dieser Worte drei Mini-Panikattacken hattest. Sorge dich nur so sehr, dass du dich wohlfühlen kannst, lieber Bruder.«

»Weißt du was, Liv?«, meinte Sophia aufgeregt.

»Mmmh ... ich bin super schlecht in diesem Ratespiel und hasse es normalerweise, wenn mich Leute das fragen, aber für dich, Soph, spiele ich mit. Ist es, dass Clark beschlossen hat, dass Schleifen cool sind und sie in seinen Kleiderschrank aufgenommen hat?«

Sophia schüttelte ihren Kopf mit den blonden Ringellöckchen.

»Bianca Mantovani ist mit ihrer ständig erhobenen Nase in einen Deckenventilator geraten, aber das hat sie nicht davon abgehalten, der größte Snob in der magischen Welt zu bleiben?«

Clark rollte mit den Augen. Sophia kicherte.

»In Ordnung, jetzt kommt meine letzte Vermutung«, setzte Liv an und dachte angestrengt nach. »Adler hat sich die Haare abrasiert, weil er es leid ist, seine prächtigen weißen Locken shampoonieren und pflegen zu müssen, aber jetzt bereut er die Entscheidung und trägt eine fantastische, rote Perücke.«

»Wie kommst du überhaupt auf dieses Zeug?«, fragte Clark leicht amüsiert.

»Es ist eine Gabe«, erklärte Liv mit einem breiten Grinsen.

»Adler und eine rote Perücke«, lachte Sophia überwältigt.

»Du weißt doch bestimmt, dass er sehen möchte, wie er mit gefärbtem Haar aussehen könnte«, sagte Liv. »Und Rot würde perfekt zu seinem Teint passen.«

»Das wollte ich dir aber nicht erzählen«, tat Sophia kund. »Ich habe mit meinem Drachen kommuniziert und weiß, dass er irgendwo im Haus ist.«

Livs fröhliches Verhalten änderte sich. »Ist das dein Ernst? Das ist wunderbar, Soph. Ist er weggekullert? Ist er geschlüpft?«

Clark hob seine Hand. »Nun, wir wissen nicht sicher, ob das, was Sophia wahrnimmt, real ist, geschweige denn ob es tatsächlich ihr Drache ist.«

Liv schoss ihm einen mitleidigen Blick zu. »Wenn sie sagt, es ist so, dann ist es auch so. Und sie hat schon einmal mit dem Drachen kommuniziert, als er wollte, dass ihr das Licht löscht und euch ruhig verhaltet.«

Clark senkte sein Kinn und warf ihr einen vorsichtigen Blick zu, sodass Sophia die Absicht in seinen Augen nicht erkennen konnte. »Hältst du es nicht für möglich, dass hier ihre Vorstellungskraft ins Spiel kommt?«

»Nein«, lehnte Liv rundheraus ab. »Und nur weil du keine Fantasie hast, ist das noch lange kein Grund, das, was Sophia erlebt, als nicht real abzutun.«

Clark lenkte ein. »So ist das nicht. Ich denke nur, dass wir mit all dem einfach vorsichtig sein müssen.«

Liv winkte ab und kniete sich vor Sophia. »Was hat der Drache gesagt? Abgesehen davon, dass er immer noch im Haus ist.«

»Er sagt, er sei entführt worden«, behauptete Sophia ernst. »Er weiß nicht, wo er ist oder wer ihn mitgenommen hat, aber er ist nicht selbst weggerollt.«

»Dann ist also jemand hier drin gewesen«, stellte Liv fest und sah sich im Raum um. Sie hatte es schon vermutet, wollte es aber erst glauben, wenn es bestätigt war. »Woher wussten sie von dem Drachenei? Und wie konnten sie hier herein? Nur Beaufonts können diese Wohnung betreten.«

Clark räusperte sich so, wie er es immer tat, wenn er dabei war, Dinge zu ›erklären‹. »Obwohl die Hausregeln vorschreiben, dass nur Angehörige der Familie ihre Wohnungen betreten dürfen – ob eingeladen oder nicht – gibt es bestimmte provisorische Klauseln, die es erlauben, diese Regeln zu brechen.«

»Die da wären?«, forderte Liv Aufklärung.

»Dinge, die mit Reinigung, Instandhaltung und Renovierung zu tun haben«, erklärte Clark.

»Du sagst also, dass es Schlupflöcher gibt«, fasste Liv zusammen.

Er nickte.

»Sophia, kommuniziere weiter mit deinem Drachen. Bitte ihn, nach Hinweisen oder irgendetwas anderem zu horchen, das uns helfen kann, festzustellen, wo er sich befindet«, befahl Liv.

Die junge Magierin nickte bestimmt. »Ich bin schon dabei. Er sagt, er habe geschlafen, als er entführt wurde, also habe er nichts gehört. Zurzeit befindet er sich an einem warmen und dunklen Ort, aber er konnte keine anderen Hinweise finden.«

»Und ich vermute, es kommt nicht infrage, dass ihn die Person, die ihn gestohlen hat, ausbrütet und dann von deinem Freund getötet wird«, stellte Liv fest.

Sophia kicherte. »Damit wäre zwar ein Problem behoben, aber ich wäre nicht beim Schlüpfen dabei und das wäre wirklich wichtig.«

Liv nickte und verstand sofort. »Nun, keine Sorge. Wir werden Herbert finden.«

Clark zog eine Grimasse. »Herbert?«

»Ich probiere Namen für Sophias Drachen aus«, erklärte Liv. »Wir können ihn nicht weiter ›der Drache‹ nennen. Das ist verwirrend und ein bisschen zu unpersönlich.«

»Weil es so viele andere Drachen gibt, mit denen wir ihn verwechseln könnten?«, fragte Clark.

Sophia gluckste. »Ich mag Herbert, aber ich glaube nicht, dass der Name zu ihm passt.«

»Wir werden andere Möglichkeiten durchspielen«, versicherte Liv. »Vielleicht gibt es in der Bibliothek ein Buch für Drachen-Baby-Namen.«

Es war schön, Sophia lachen zu sehen. Liv hatte gelitten, als das kleine Mädchen ihr Ei verloren hatte. Sie weinen zu sehen, war herzzerreißend gewesen. Dann hatte sie ihr Inexorabilis gebracht und die Lage verbesserte sich etwas. Aber jetzt würde sie ihre Schwester enttäuschen müssen und das war entsetzlich schwer.

»Hey, Soph«, begann Liv vorsichtig. »Ich werde mir Inexorabilis ausleihen müssen.«

Die Enttäuschung auf dem Gesicht der kleinen Magierin ließ Liv schnell weitersprechen.

»Es ist nicht für lange, das verspreche ich. Und ich werde äußerst vorsichtig damit umgehen. Ich würde es nicht mitnehmen, wenn es nicht absolut notwendig wäre, aber es ist die einzige Möglichkeit, den Elfen zu finden, der es geschaffen hat.«

Sophias Gesichtsausdruck wurde weicher, als sie nickte. »Es ist okay, Liv. Ich verstehe das vollkommen. Es war schön, es in der Nähe zu haben, aber es ist viel wichtiger, herauszufinden, welche Erinnerungen Mama in das Schwert eingeschlossen hat.«

Liv schnaufte erleichtert auf. »Ich danke dir. So machen wir es. Sobald wir diese Informationen kennen, werden wir unglaubliche Fortschritte erzielen.«

»Eigentlich wollte ich dir sowieso empfehlen, das Schwert mitzunehmen«, schaltete sich Clark ein. »Wenn jemand in unsere Wohnung gelangen kann, müssen wir mit dem, was wir hier drin lagern, vorsichtig sein. Wir sollten Mutters Schwert nicht besitzen und wenn jemand wüsste, dass es hier ist, könnte diese Person noch viel mehr herausfinden.«

Liv nickte, Sophia ging und holte das Schwert aus ihrer Kommode. »Ja, also werde ich hart daran arbeiten, den Schöpfer zu finden. Du, Clark, findest heraus, wie du dein Zuhause besser schützen kannst. Und Sophia, lass uns dein Drachenei finden.«

Die Geschwister stimmten diesem Plan sofort zu. Als sie über die Einzelheiten plauderten, hatten sie keine Ahnung, dass unter Sophias Bett Indikos, Adler Sinclairs Miniaturdrache, versteckt saß. Er hatte sich nicht von der Stelle bewegt, seit er Adler geholfen hatte, das Drachenei zu finden und zu stehlen. Er war sich nicht sicher, wann der richtige Zeitpunkt wäre, herauszukommen und den Beaufonts zu helfen.

Viele Male hatte er daran gezweifelt, dass er das Richtige tat, wenn er seinen Meister verriet und doch war es Adler, der etwas für die Drachenwelt Unaussprechliches getan hatte, dass der Weg klar sein musste. Niemand durfte sich jemals zwischen einen Drachen und seinen Reiter stellen. Das war heilig und Adler wusste das. In seinem grenzenlosen Egoismus war er diesmal zu weit gegangen und das war etwas, das Indikos nicht mehr hinnehmen konnte.

Kapitel 5

Bilde ich mir das nur ein oder ist die schwarze Leere heute größer?«, fragte Liv Plato, als sie zwischen der Kammer des Baumes und dem Wohntrakt des Hauses der Sieben standen.

Der Lynx neigte den Kopf zur Seite und blinzelte mit einem Auge. »Vielleicht. Aber du könntest dir das auch nur einbilden.«

»Ich erinnere mich noch gut, als ich glaubte, *du* wärst nur ein Hirngespinst und meine Fantasie würde mir einen Streich spielen«, erklärte Liv.

»Und bist du zu dem festen Entschluss gekommen, dass ich es nicht bin?«, fragte er.

»Kommt auf den Tag an«, antwortete Liv. »Als du dich in einen Greif verwandelt hast, um mich zu retten, hat das, glaube ich, die Faktoren wirklich verändert.«

»Ich kann mich nicht daran erinnern, dass das passiert ist«, meinte Plato kühl. »Wie viel hattest du bei diesem angeblichen Vorfall getrunken?«

»Erinnerst du dich daran, dass du mich gerettet hast, nachdem ich vom Matterhorn gefallen bin und mich in Sicherheit geflogen hast.«

Plato schüttelte den Kopf. »Da klingelt nichts bei mir. Hört sich an, als hättest du an der Höhenkrankheit gelitten und halluziniert. Ein häufiges Problem bei Magiern.«

»Nein, ist es nicht«, schoss sie zurück und wandte sich der Tür der Reflexion zu. »Ich weiß nicht, warum du dich so schüchtern verhalten musst bei mir.«

»Das ist Teil meines Charmes.«

»Ist es das?«, fragte Liv. »Ich bin mir nicht sicher, ob es bei mir funktioniert.«

»Nun, bei mir klappt es.«

Liv ging auf die Tür der Reflexion zu und blieb stehen, als ihr plötzlich etwas in den Sinn kam. Sie drehte sich um und schaute Plato direkt an. »Soll das alles sein? Wenn du deine Geheimnisse preisgibst, vergisst du sie?«

Seine Augen glitten zur Seite.

»Aber wenn das wahr *ist*«, fuhr Liv fort, als er nicht antwortete, »bedeutet das, dass du diese Frage nicht beantworten kannst. Du kannst mir nichts sagen, was auch nur in etwa richtig ist.«

Plato schwieg weiter.

Was hatte das Buch Bermudas über Lynxe ausgesagt? Etwas darüber, wie sie die Wahrheit verbargen? Vielleicht war die Wahrheit ein Teil von Platos Macht und wenn er sie enthüllte, wurde ihm genommen, was ihn ausmachte. Das würde erklären, warum er ihr nie gesagt hatte, dass er allwissend und allgegenwärtig ist und sich in viele verschiedene Wesen verwandeln kann. Aber es erklärte immer noch nicht, warum er Rorys Kätzchen verabscheute. So viele offene Fragen.

»Okay, nun, ich werde dem Rat gegenübertreten, denn die Katze hat anscheinend seine Zunge verschluckt«, erklärte Liv.

»Ha-ha«, entgegnete Plato humorlos.

»Oh, das gefällt dir, oder?«, fragte Liv. »Nun, ich habe zufällig noch viele weitere Katzenklischees für dich parat.«

»Ich. Kann nicht. Warte.«

Liv schüttelte den Kopf und blickte zur Tür der Reflexion. »Oh, ich spüre deinen Sarkasmus, aber das ist in

Ordnung. Wenn es um Profi-Witze geht, kann ich mich nicht zurückhalten.«

»Kündige jetzt bloß nicht deinen Job und werde Komikerin. Du würdest kläglich verhungern«, empfahl Plato, als sie durch den Spiegel trat.

Liv dachte, sie wäre auf das Gemetzel oder die Herzschmerzen vorbereitet, die ihr die Tür der Reflexion in ihrem Unterbewusstsein servierte. Doch was sie sah, als sie durch die Tür trat, war nicht das, was sie erwartet hatte und deshalb wurde sie aus dem Gleichgewicht geworfen.

Mitten in einem dunklen, undefinierbaren Raum stand eine viel ältere Version von Liv. Sie wusste schon eine Weile, wie sie im Alter aussehen würde, denn sie hatte dieses Bild in einem Handspiegel gesehen, in den sie in Papa Creolas Laden geschaut hatte. Dennoch war es beunruhigend, ihr älteres Ich zu sehen. Noch beunruhigender war ihre Optik. Sie trug die gleichen Kleider wie gerade eben, sie sahen ernsthaft so verschlissen aus, als hätte sie sie nie gewechselt.

»Warum konnte ich nichts herausfinden?«, murmelte die ältere Version von Liv mit mürrischer Stimme und am Rand eines Tränenausbruchs. In ihren Händen hielt sie Inexorabilis.

»Ich habe weder den Schöpfer des Schwertes noch die Wahrheit oder denjenigen, der hinter all dem steckt, gefunden«, meinte sie zur Dunkelheit, bevor sie auf die Knie fiel und das Schwert zu Boden schepperte. Die jetzt weinende Liv bedeckte ihr Gesicht und schüttelte den Kopf. »Ich habe meine Eltern im Stich gelassen. Ich habe meine Familie im Stich gelassen. Ich habe alle enttäuscht.«

Unfähig, auch nur einen Augenblick dieses Selbstmitleids zu ertragen, das so anders war als Livs normales Verhalten, trat sie durch die Tür der Reflexion, dankbar, in der Kammer des Baumes zu stehen, auch wenn Adler ihr einen scharfen Blick der Missbilligung zuwarf. *Wie jedes Mal.*

Decar war wie üblich abwesend. Liv hatte keine Ahnung, welche Fälle ihm jemals zugewiesen wurden. Wahrscheinlich etwas Lustiges, das sein Leben nicht gefährdete. Wo war dann der Spaß dabei? Maria Rosario wurde gerade vom Rat angesprochen, als Liv ihren Platz neben Stefan einnahm. Sie war überrascht, ihn dort zu sehen, da seine Fälle immer die gleichen waren: Dämonen töten.

»Es ist sehr enttäuschend, dass es dir nicht gelungen ist, bei den Elfen-Verhandlungen Fortschritte zu erzielen«, maulte Lorenzo.

»Ich habe es ehrlich versucht«, begann Maria, aber Adler schnitt ihr das Wort ab und hob seine Hand.

»Deine Bemühungen funktionieren einfach nicht«, erklärte er. »Wir brauchen jemanden, der die Elfen dazu bringen kann, unseren Bedingungen zuzustimmen. Alles andere ist unbefriedigend.«

»Ja, vielleicht jemanden, der bei der Arbeit mit anderen Rassen beispielhafte Fähigkeiten gezeigt hat«, verwies Raina Ludwig augenzwinkernd auf Liv.

»Das wäre ideal«, stimmte Adler bei der Durchsicht seiner Notizen zu.

»Und jemand, der kreative Problemlösungen umsetzt, um schnelle Ergebnisse zu erzielen«, stellte Hester DeVries fest, ihren Blick direkt auf Liv gerichtet.

»Ja, das wäre sehr nützlich.« Adler blickte auf und starrte Liv an. »Leider haben wir niemanden, der all diese Kriterien erfüllt.«

Clark räusperte sich. »Ich glaube, Rätin Ludwig und Rätin DeVries bezogen sich auf Liv. Sie war überaus erfolgreich bei den Fae-Verhandlungen.«

»Wenn du mit erfolgreich meinst, dass sie einer neuen Führungspersönlichkeit geholfen hat, die Macht von Königin Visa zu übernehmen, dann sicher, denke ich«, erklärte Adler.

»Ein Fae, mit dem sie persönlich zu tun hatte und der sie gebeten hat, seiner Krönung beizuwohnen«, korrigierte Raina.

»Ich glaube nicht, dass das für den aktuellen Fall relevant ist«, sagte Bianca.

»Das war das erste Mal, dass ein Royal zu einer Fae-Krönung eingeladen wurde«, erinnerte Hester und lehnte sich nach vorne, um mit Raina zu sprechen.

»Ich war auch dabei«, fügte Emilio stolz hinzu.

»Als Gast der Kriegerin Beaufont«, verbesserte Hester.

»Und du hast die Elfen-Verhandlungen bereits verpfuscht, Mister Mantovani«, fügte Adler hinzu.

»Ich hatte nicht um diesen Fall gebeten«, erwiderte Emilio. »Eigentlich wollte ich nur sagen …«

»Dass du bereit bist, deinen Abschied zu nehmen, da dir dein Fall bereits zugewiesen wurde«, vervollständigte Bianca.

Emilios finsterer Blick wurde tiefer. »Nein, wo wir gerade von den Fae …«

»Wir diskutieren eigentlich über Elfen«, unterbrach Adler. »Und deine Schwester hat recht. Warum bist du immer noch hier?«

Emilio atmete aus und drehte sich zum Ausgang. »Ja, ich gehe dann mal.«

Nachdem er die Kammer verlassen hatte, sah sich Adler um, als würde er suchen, wo sie aufgehört hatten. »Nun, ich glaube, wir haben nur noch eine Möglichkeit für die Elfen und das bist leider du, Mister Ludwig.«

In Gedanken versunken, blickte Stefan auf. »Ich? Wirklich? Ich bekomme einen anderen Fall?«

Adler seufzte. »Ich sehe nicht, welche Wahl wir sonst hätten. Versuche dich daran zu erinnern, dass die Elfen stolz auf ihren Intellekt sind. Wenn es dir also gelingt, zusammenhängende ganze Sätze verständlich aneinander zu reihen, könnte das helfen.«

Stefan verbeugte sich. »Ich werde mein Bestes geben, aber ich bin nicht so ein… äh … gebildet wie du.«

Liv unterdrückte ein Grinsen. Sie musste Stefan Anerkennung zollen. Er war ein ähnlicher Klugscheißer wie sie.

Adler rollte mit den Augen. »Lass den Vertrag einfach unterschreiben. Wir können keine weiteren Verzögerungen gebrauchen. Die Informationen werden an dein Speichermedium weitergeleitet.«

»Mach dir keine Sorgen, Rat Sinclair«, sagte Stefan stolz. »Ich werde so bald wie möglich mit erfolgreichen Ergebnissen Bericht erstatten.«

»Obwohl ich das sehr bezweifle«, begann Adler, »werde ich höchstwahrscheinlich nicht hier sein, wenn du zurückkehrst.«

Dies war offenbar eine Information für den gesamten Rat, die viele in helle Aufregung versetzte.

»Es ist wahr«, durchbrach Adler den Lärm. »Ich muss bald Urlaub nehmen, um mich um persönliche Angelegenheiten zu kümmern.«

»Wirst du heiraten?«, wagte Liv zu fragen.

Die als Diabolos bekannte Krähe schwebte von oben herab. *Okay, anscheinend war es also eine Lüge, dass ich dachte, Adler würde heiraten. Verklage mich doch, du blöder Vogel.* Jeder konnte von seiner mürrischen Einstellung ableiten, dass der Ratsvorsitzende kein guter Liebhaber sein konnte.

»Was ich tue, geht dich nichts an, Miss Beaufont«, schimpfte Adler. »Und der Grund dafür, dass dir der Elfenfall nicht zugewiesen wurde, wie es meine Kollegen anscheinend wollten, ist, dass du jetzt deine Befehle von Vater Zeit erhältst. Ist das nicht korrekt?«

»Ich nenne ihn Papa, aber ja, ich denke schon«, erklärte Liv. »Zumindest vorläufig.«

»Hat er einen Fall für dich?«, erkundigte sich Adler, eine seltsame Neugierde in seiner Stimme.

Liv zuckte die Achseln. »Ja, er möchte, dass ich etwas wegen dieses Huhns unternehme.«

Adler blinzelte ihr ungeduldig zu. »Wir haben keine Zeit für deine Mätzchen. Hat Vater Zeit einen konkreten Fall für dich?«

»Okay, da die Wahrheit bei dir nicht funktioniert«, schoss Liv zurück. »Ja, Papa will, dass ich alle Uhren im Untergrund repariere. Anscheinend gehen sie alle um zweieinhalb Minuten nach.«

Diabolos krächzte sie laut an und zeigte dem Rat, dass sie log. Aber wenigstens wussten sie, dass sie vorher die Wahrheit gesagt hatte.

»Und wirst du dich wegen dieses Falles mit Vater Zeit treffen?«, bohrte Adler weiter.

»Ich bin mir nicht sicher, ob uns das etwas angeht«, wagte Hester einzubringen. »Vater Zeit steht über unserer Zuständigkeit. Wenn er einen Fall für einen unserer Krieger hat, dann haben wir in dieser Angelegenheit nichts weiter zu sagen.«

»Ich denke, allein die Tatsache, dass sie unsere Kriegerin ist, bedeutet, dass wir jedes Recht haben, zu wissen, was vor sich geht«, versuchte Adler zähneknirschend. »Wir sollten diejenigen sein, die dem Ganzen zustimmen.«

Liv knuffte Stefan mit dem Ellbogen in die Seite. »Und da dachte ich, es geht um meinen Körper, meinen Fall und meine Rechte.«

Er schüttelte den Kopf. »Zeigt, wie viel du weißt. Du bist Inventar.« Er schaute demonstrativ an ihrem Rücken entlang. »Deine Inventarnummer habe ich allerdings noch nicht gesehen …«

»Mister Ludwig, was machst du denn noch hier?«, fragte Adler genervt. »Dir wurde dein Fall bereits zugewiesen.«

»Ja, aber ich muss noch auf Liv warten«, antwortete er.

»Weil?«, fragte Bianca und starrte ihn erwartungsvoll an.

»Würdest du glauben, dass sie neben mir geparkt hat, aber ein bisschen zu nah und jetzt kann ich nicht in mein Auto einsteigen? Ich brauche sie, um hier weg zu können.«

Diabolos quäkte Stefan an. Daraufhin lächelte er die Krähe einfach an.

Adler schüttelte diese Albernheiten ab und richtete seine Aufmerksamkeit wieder auf Liv. »Wirst du dich wegen dieses Falles mit Vater Zeit treffen?«

»Ja, ich denke schon«, antwortete Liv.

»Und wo triffst du dich mit ihm?«, hakte Adler nach.

Liv verengte ihre Augen. »Es steht mir nicht frei, darüber Auskunft zu geben.«

Er lehnte sich zurück und seufzte laut auf. »Nun, wie lange wirst du wegen dieses Falles gebunden sein?«

»Kommt auf das Huhn an«, antwortete Liv.

Lorenzo streichelte seinen schwarzen Ziegenbart. »Ich stimme mit deiner Frustration in dieser Angelegenheit überein, Adler. Es ist sehr beunruhigend, dass Vater Zeit zurückgekehrt ist, einen von uns in Besitz genommen hat und wir keinerlei Informationen über diese Angelegenheit erhalten.«

»Nochmals, ich bin der Besitz von Niemandem«, schaltete sich Liv ein. »Ich bin ein freier Agent.«

»Du bist ein Krieger für das Haus der Sieben und deshalb musst du dich vor dem Rat verantworten«, schrie Adler beinahe, sein Gesicht lief rot an.

»Das ist sie«, erklärte Clark selbstbewusst. »Und weil sie ihre Arbeit getan hat, wurde sie in gewisser Weise befördert, indem sie das Vertrauen des Königs der Fae, der Riesen und von Vater Zeit gewonnen hat.«

»Das ist richtig«, stimmte Raina zu. »Es scheint, dass du deine Arbeit mehr als ausreichend tust. Was auch immer Vater Zeit dir zuweist, ich bin sicher, du wirst es ohne zu zögern ausführen.«

Hester nickte. »Wenn Vater Zeit mit dir fertig ist, kehrst du bitte sofort zu uns zurück. Ich bin sicher, dass wir dann Fälle haben werden, für die wir dein Fachwissen gebrauchen könnten.«

Adler schaute zwischen den Ratsmitgliedern hin und her, aber da er keine passenden Argumente hatte, senkte er einfach den Kopf. »Ja, sehr gut. Du bist entlassen.«

Kapitel 6

»Du hast gemeint, ich hätte dich zugeparkt«, sagte Liv und klopfte mit dem Fuß auf. Sie und Stefan standen auf der Strandpromenade vor dem Haus der Sieben, Touristen schlenderten vorbei und in der Ferne rauschte der Pazifische Ozean unablässig an die Küste.

Er zuckte die Achseln und sah plötzlich ziemlich jungenhaft aus. »Ich wollte eigentlich sagen, wir haben uns zusammengetan, aber das könnte alle möglichen Fragen aufwerfen.«

»Zum Beispiel: ›Warum fahren zwei Magier mit Portalzaubermöglichkeit im Auto in den verstopften Straßen von Los Angeles herum?‹«

Er schüttelte den Kopf. »Nein, das ist es nicht. Worauf ich hinaus wollte ist, was der Rat denken könnte.«

Liv erkannte, was er gemeint hatte. »Richtig. Ja, danke, dass du unnötige Gerüchte im Keim erstickt hast.«

Die Strandpenner mit ihren Einkaufswagen und blasse Touristen, die Fotos schossen, wichen dem Paar aus. Liv fühlte, dass Stefan etwas sagen wollte, aber aus irgendeinem Grund schien er sich nicht zu trauen, seine Augen glitten zu den Restaurants und Geschäften in der Ferne.

»Mami!«, schrie ein Junge mit einer Kappe verkehrt herum auf dem Kopf. »Ich will mir aus der Hand lesen lassen!« Er zeigte auf das Geschäft, das den Eingang zum Haus der Sieben darstellte.

»Das ist Betrug, Billy«, mischte sich Liv in das Gespräch ein.

»Mein Name ist Kyle!«, platzte der Junge heraus.

»Nun, entschuldige bitte. *Ich* bin kein Hellseher«, sagte Liv.

Die Mutter, eine runde Frau mit rosigen Wangen und einer Beehive-Turmfrisur, packte das Kind an der Hand und zog es die Uferpromenade hinunter. »Was habe ich dir über das Gespräch mit Fremden gesagt?«

»Sie hat mit mir geredet!«, erwiderte das Kind erbost.

»Hast du gesehen, was die beiden anhatten?«, meinte die Frau zu ihrem Mann und schaute über die Schulter zu Liv und Stefan, der wie sie ganz in Schwarz gekleidet war.

»Das müssen Gothikanhänger oder Teufelsanbeter sein«, erklärte der Ehemann und legte seiner Frau fürsorglich einen Arm um die Schulter.

Liv seufzte. »Wir riskieren jeden Tag unser Leben, damit sie bei McDonald's fett werden können.« Sie winkte den drei Personen zu, die immer noch über die Schultern glotzten, während sie davon watschelten. »Gern geschehen.«

Stefan lachte. »Irgendwie gefallen mir diese negativen Beurteilungen. Sie machen mir Feuer unterm Hintern.«

»Bist du sicher, dass es nicht die Überreste von Dämonenblut in deinem Körper sind?«, hänselte Liv.

»Nun, das kann auch sein.« Stefan zeigte auf die nächste Kneipe. »Willst du schnell was trinken gehen?«

»Eigentlich würde ich gerne den Rest des Nachmittags zu Hause verbringen und in mein Bett plumpsen«, erklärte Liv. »Ich hatte keinen freien Abend mehr seit ... na ja, ich kann mich nicht erinnern.«

»Ich glaube, an deinem letzten freien Abend hast du darauf bestanden, mir bei der Dämonenjagd in Frankreich zu helfen.«

»Das war so eine Art Urlaub«, argumentierte Liv.

»Bis der Vampir angegriffen hat«, fügte Stefan hinzu.

»Richtig, richtig«, antwortete Liv und dachte an Paris zurück. »Den Drink verschieben wir auf ein anderes Mal. Ich muss mein Hühnchen abholen gehen.«

Stefan schaukelte auf den Fersen zurück und betrachtete den klaren blauen Himmel. »Natürlich hast du das ernst gemeint.«

»Natürlich habe ich das. Diabolos hat nicht darauf reagiert«, verdeutlichte Liv. »Da frage ich mich doch, ob es nicht einen Weg gibt, ihn zu umgehen, da wir wissen, dass Adler ein mieser kleiner Lügner ist. Bianca übrigens auch. Und wer weiß, wer noch?«

»Oh, und da dachte ich, du und Bianca seid beste Freundinnen«, neckte Stefan.

»Wir flechten uns abends immer gegenseitig die Haare«, scherzte Liv. »Und was denkst du, was mit ihr und Emilio los ist?«

Er zuckte die Achseln. »Etwas Verdächtiges, aber da ich die beiden kenne, ist es nicht von Bedeutung. Sie sind keine Leute, die echte Probleme haben. Sie sind einfach Typen aus der Gesellschaft, die andere Menschen überrennen müssen, um sich selbst besser zu fühlen.«

»Warum sagst du mir nicht, was du wirklich empfindest?«

»Also, dieses Huhn?«, fragte Stefan.

»Es ist anscheinend eine Person. Eine ganz Gescheite, die mathematische Gleichungen in den Dreck malt«, erklärte Liv.

»Wie um alles in der Welt kommst du an solche Wesen?«

»Sie werden von meiner Verrücktheit magisch angezogen«, antwortete Liv grinsend.

»Dann sollten wir wohl einen Club gründen.«

Liv gab vor, sich für den Obdachlosen zu interessieren, der den Müll durchwühlte. »Also, dein Wunsch wurde erfüllt.«

»Nein, wird er nicht, denn wir trinken gerade nichts. Ich schulde dir noch etwas dafür, dass du mir das Leben gerettet hast.«

»Und du bist der Meinung, dass ein Drink als Bezahlung ausreicht?«, neckte sie.

»Das wäre zumindest ein Anfang«, erwiderte er.

Sie schüttelte den Kopf. »Du hast diesen anderen Fall.«

Stefan seufzte. »Ja, aber ich muss das Unmögliche schaffen, an dem alle gescheitert sind.«

Liv starrte auf ihre Hände. »Ich erinnere mich, dass du gesagt hast, du wolltest dein Gehirn benutzen.« Sie neigte den Kopf, ein seltsamer Ausdruck in ihren Augen. »Das war eine Lüge, mmmmh? Du *hast gar keinen* Verstand, oder?«

Er lachte. »Ich gebe zu, dass ich hauptsächlich aus Muskeln und anmutigen Bewegungen bestehe, aber ich weiß auch ein oder zwei Dinge.«

»Dann finde heraus, weshalb die anderen an den Elfen-Verhandlungen gescheitert sind und wende eine andere Strategie an«, schlug Liv vor. »Ich bin mir nicht sicher, ob ich überhaupt verstehe, was an diesem Elfending so wichtig ist.«

Stefan glotzte sie an, bevor er sich zusammennahm. »Oh, ich habe vergessen, dass du eine Weile weg warst. Nun, die Elfen haben damit gedroht, den Regeln des Hauses der Sieben nicht mehr zu gehorchen.«

»War das, *bevor* Decar einen Haufen von ihnen getötet hat?«, riet Liv.

Stefan nickte. »Ja, er dachte anscheinend, dass Brutalität ihre Meinung ändern könnte.«

»Aber das hat sie nicht.«

»Nein, und wenn sie unsere Regeln ablehnen, dann werden andere das Gleiche tun und uns damit überflüssig machen«, erklärte Stefan.

Auch wenn andere die Wahrheit über das Haus der Vierzehn nicht kannten, glaubte Liv, dass sie es fühlen konnten. Das Haus verlor seinen Ruf, weil es sein Gleichgewicht verloren hatte und die Elfen wussten es. Trotzdem wollte sie ihren Job nicht verlieren. Stattdessen wollte sie die Organisation von innen in Ordnung bringen. »Was wäre, wenn …«, begann Liv langsam. »Was wäre, wenn du sie einladen würdest, einen Sitz im Rat einzunehmen?«

Das Lachen, das aus Stefans Mund kam, brachte eine Gruppe von Touristen dazu, sich umzudrehen. »Adler würde sich nie darauf einlassen. Nicht nur er, sondern auch die anderen. Das Haus besteht aus Royals. So ist es schon immer gewesen. Ein beliebiger Elfendiplomat kann nicht im Rat sitzen. Dann würden alle anderen Rassen einen Sitz wollen und das gäbe pures Chaos.«

Deshalb waren es früher Sterbliche und Magier. Das ergab jetzt so viel Sinn. Die beiden größten Rassen, die über die magische Welt herrschten. Die eine mit einem ausgeprägten Interesse an der Magie, die andere mit einem Interesse an der Welt im Allgemeinen.

»Ja, das ergibt Sinn«, erklärte Liv. »Aber du spiegelst meine eigenen Bedenken wider.«

»Deshalb solltest du diejenige sein, die diesen Fall bearbeitet«, sagte Stefan. »Du würdest grüne Strumpfhosen anziehen, dort hineinspazieren und ihnen etwas anbieten, das sie gar nicht ablehnen könnten.«

»Hey, warum kannst du keine Strumpfhosen tragen?«, spöttelte Liv.

»Ich bin nicht so der Peter-Pan-Typ«, bemerkte er.

»Nun, ich würde gerne den Fall mit dir bearbeiten, aber da ist diese Vater-Zeit-ist-mein-Boss-Geschichte.«

Er winkte ab. »Ja, ja, ja. Wie immer. Nur faule Ausreden!«

DIE UNBEUGSAME KÄMPFERIN

Liv fiel plötzlich etwas ein und sie konnte nicht sagen, warum sie das nicht schon längst gefragt hatte. »Wie kommt es, dass die Royals in diesem Haus derzeit alle Brüder und Schwestern sind? Meine Eltern waren Ratsherr und Krieger, aber das lag daran, dass mein Vater ein Einzelkind war und seine Eltern zurücktraten, als er meine Mutter geheiratet hat.«

Stefan dachte einen Moment lang nach. »Das ist wohl nur Zufall. Wenn Raina zum Beispiel heiraten würde und ich zurücktreten wollte, könnte ihr Mann meinen Platz einnehmen. Sie ist die Älteste, also wird der Rat diese Entscheidung akzeptieren.«

»Oh, dann hängt es wohl vom Alter und den sozialen Gewohnheiten der derzeitigen Royals ab«, scherzte Liv. »Die meisten Jüngeren bei den Sieben sind im Moment sozial etwas unbeholfen und nicht daran interessiert, sich mit jemandem zusammenzutun.«

»Ja, meistens«, murmelte Stefan mit einem Hauch von Rätselhaftigkeit.

Liv machte einen Schritt rückwärts, ihre Brust summte plötzlich wegen einer seltsamen Energie, fast wie die vor einer Schlacht. Diese war jedoch anders. Irgendwie besser. »Ich mache mich jetzt auf den Weg. Ich will das Huhn nicht warten lassen. Viel Glück bei den Elfen.«

»Danke, aber ich brauche mehr als Glück. Vielleicht leihst du mir etwas von diesem Liv-Beaufont-Charme.«

Sie schüttelte den Kopf. »Du hast deinen eigenen. Da bin ich mir sicher. Behandle sie nur nicht wie Dämonen, sonst kriegen wir Ärger.«

»Ich verspreche, ich bin kein Decar Sinclair«, schwor Stefan.

Liv blieb stehen. »Ich weiß. Deshalb mag ich dich auch. Du bist kein Schurke. Zumindest soweit ich das beurteilen kann.«

51

»Ich verspreche, das bin ich nicht«, sagte Stefan, ein bedeutungsvoller Blick in seinen Augen. »Aber du kannst vielleicht darüber entscheiden, wenn ich dir den versprochenen Drink spendieren darf.«

»Ja, vielleicht …«, antwortete Liv und entfernte sich weiter von der dunklen Gestalt, die ihr einen vielsagenden Blick zuwarf, mit blauen Augen wie frisch polierte Saphire.

Kapitel 7

Die Santa-Ana-Winde aus der Mojave-Wüste nahmen zu und verteilten Blätter über die Straße, während Liv sich Rorys Haus näherte.

»Du weißt, dass er dir folgt«, meinte Plato an ihrer Seite, ohne zuvor ein Wort gesagt zu haben, seit er sich ihr beim Portal angeschlossen hatte.

Sie blieb stehen, die Hände an den Hüften. »Ernsthaft? Ich dachte, ich hätte das mit Stefan geklärt.«

Plato schüttelte den Kopf. »Entschuldigung, ich hätte präziser werden sollen. Ich vergaß, dass du mehrere Männer mit Stalkerproblemen mitziehst.«

»Was? Nicht Stefan? Wer ist es dann?«, fragte Liv.

»Adler«, flüsterte Plato.

Liv glitt hinter den nächstgelegenen Baum und schaute über ihre Schulter. »Ist das dein Ernst? Seit wann hat er es auf sich genommen, mir zu folgen?«

»Seit jetzt«, antwortete Plato.

»Danke für all deine immense Hilfe.« Liv fühlte sich plötzlich atemlos. »Aber trotzdem. Ich verstehe, dass er mir gegenüber misstrauisch ist, aber warum folgt er mir ausgerechnet jetzt? Warum nicht schon vorher?«

»Vorher warst du nur eine lästige Plage«, argumentierte Plato. »Jetzt arbeitest du für Vater Zeit, hast einen der sterblichen Sieben und das Schwert deiner Mutter wiedergefunden und dann ist da noch diese ganze Sache mit der Antiken Kammer. Aber das sind alles wilde Vermutungen.«

Liv schüttelte den Kopf. »Er weiß nichts von all dem. Nun, es sei denn, er hat dich gerade mit mir reden gehört.«

»Hat uns jemals jemand belauscht?«, sinnierte Plato.

»Ich weiß es nicht. Ich bin mir nur sicher, dass du verschwindest, wenn jemand kommt«, erklärte Liv.

»Korrekt, das heißt, er ist weit genug weg, sodass du vorerst sicher bist«, erklärte Plato. »Er will dich nicht erwischen. Wahrscheinlich folgt er dir nur.«

Liv nickte. »Okay, gut, aber ich bin jetzt auf dem Weg zu Rory.«

»Was in Ordnung ist, denn es ist inzwischen allgemein bekannt, dass du und der Riese Freunde seid«, wusste Plato. »Immerhin war er dein Date bei der Krönung.«

»Du Schaf«, antwortete Liv. »Er wurde von König Arschgesicht eingeladen.«

»Ach ja«, zwitscherte Plato. »Liv fühlt sich nicht zu Riesen hingezogen.«

»Warum sprichst du über mich in der dritten Person?«

»Ich probiere es aus.«

»Es funktioniert nicht.«

»Wer *ist* denn dein Typ?«

»Ich habe keinen«, maulte Liv.

»Nun, nun, ein Mensch ist keine Insel«, sinnierte Plato philosophisch.

»Würdest du dich für einen Augenblick konzentrieren?«, flehte Liv. »Ich muss herausfinden, was ich mit der Neugier des Ratsherren machen soll.«

»Gut, geh weiter zu Rorys Haus und hole dein Hühnchen. Dann nimm drei Portale zur Roya Lane«, befahl Plato und wurde plötzlich zu einer magisch sehr spürbaren Präsenz.

»Aber was, wenn er …«

»Überlasse Adler mir«, forderte Plato. »Ich werde als Ablenkung dienen, wenn er versucht, dir zu folgen, nachdem du von hier weggegangen bist.«

»Wie möchtest du das machen?«, forderte Liv eine Erklärung.

Er warf ihr einfach diesen speziellen Blick zu, der deutlich sagte: »Du weißt, dass ich dir das nicht sagen werde.«

»Okay, danke«, sagte Liv. »Gut miaut, Katze.«

Er senkte den Kopf und schüttelte ihn.

Liv lachte und ging weiter zu Rory.

* * *

Als Liv an Rorys Tür kam, schwang sie genau wie erwartet sofort auf. Es fühlte sich tatsächlich tröstlich an, weil sie wusste, dass er zu Hause war und alles normal lief. Zumindest hier.

Nach einem Schritt durch die Tür war der Anblick vor ihr alles andere als normal.

»Ähm … isst du mit einem Huhn bei Kerzenschein?«, fragte sie und nahm die Szene auf, in der Rory an der einen Seite seines Esstischs saß und eine Serviette in seinen Hemdkragen steckte. Auf der anderen Seite saß auf einem Stapel Bücher das Huhn. Dazwischen waren mehrere Schüsseln verteilt und in der Mitte standen ein paar Kerzen.

»Sie ist kein Huhn. Sie ist eine Person und ich versuche zu erreichen, dass sie sich wohlfühlt«, erklärte Rory.

»Im Moment ist sie noch ein Huhn, aber ich schätze deinen umsichtigen Ansatz.« Liv stieß einen Pfiff aus und besah die vielen Gerichte auf dem Tisch. Leckere Aromen schwebten durch die Luft. »Muss ich in ein Vieh verwandelt werden, um so eine Auswahl vorgesetzt zu bekommen?«

»Ich versuche herauszufinden, was Dorothy gerne isst«, verdeutlichte Rory und hob eine Augenbraue. Das Huhn krächzte zweimal.

»Dorothy?«, fragte Liv.

Er schüttelte den Kopf. »Das ist nicht ihr Name, aber ich versuche es weiter. Ich habe Debra, Angela, Rebecca und Monica schon durch. Das ist alles.«

»Ich bin mir nicht sicher, ob der Name des Huhns wirklich das ist, was hier wichtig ist«, meinte Liv. »Aber es ist süß, dass du versuchst, es ihr angenehm zu gestalten.« Sie wedelte den Geruch aus der nächsten Schüssel bis zu ihrem Gesicht. »Ist das Butterhuhn? Du weißt, das ist mein Lieblingsessen, oder?«

»Jetzt weiß ich es«, bestätigte Rory.

»Warte mal, aber du bietest einem Huhn Huhn an? Du bemerkst schon die Widersprüchlichkeit, oder?«, fragte Liv erstaunt.

»Sie ist aber kein Huhn«, sagte Rory. »Sie ist ein Mensch und ihr hat keines der üblichen Hühnerfuttermittel geschmeckt, die ich ihr angeboten habe. Also habe ich etwas Internationaleres ausprobiert.«

Liv blickte um den Tisch herum und bemerkte das Thai-Curry, die Enchiladas, die Pizza und das koreanische Barbecue. »Oh ja. Das ist überhaupt nicht komisch. Du hast ein internationales Buffet für ein Huhn zubereitet.«

»Eine Person«, korrigierte Rory.

»Trotzdem müssen wir mehr tun«, sagte Liv und dachte dabei an die riesige Dame, die sie in Texas getroffen hatten. Matilda.

»Du bist also wegen Jennifer hier?«, fragte Rory und sah das Huhn von der Seite an.

Es quäkte zweimal.

Liv schüttelte den Kopf. »Nein, ich glaube nicht, dass sie in den Achtzigerjahren in Mittelamerika geboren wurde. Versuchen wir es trotzdem weiter. Ich schätze, das Spiel um den Namen des Huhns macht richtig Spaß. Und ja, ich werde sie zu Vater Zeit mitnehmen. Er will, dass ich das eine oder andere tue. Es wird verworren und seltsam und ich werde wahrscheinlich dabei sterben, aber zerbrich dir nicht dein hübsches Köpfchen meinetwegen.«

Rory war damit beschäftigt, verschiedene Dinge in eine Tüte zu packen und wirkte nicht im Geringsten besorgt.

»Packst du mir ein Mittagessen ein?«, wollte Liv wissen. »Ich habe vergessen etwas zu essen. Das ist sehr aufmerksam von dir.«

»Ich packe die Sachen für Maggie zusammen«, so Rory mit Blick auf das Huhn.

Zwei weitere Schreie.

»Oh, richtig. Wie dumm von mir anzunehmen, dass du dir um mein Wohlergehen Sorgen machen könntest«, erklärte Liv. »Und nebenbei bemerkt, Adler Sinclair ist mir hierher gefolgt.«

Rorys Kopf schoss in die Höhe, blankes Entsetzen den Augen. »*Der* Adler Sinclair?«

Liv schüttelte den Kopf. »Es gibt nur einen. Aber keine Sorge, Plato kümmert sich um ihn.«

»Hast du keine Angst?«, fragte Rory, der sich noch schneller bewegte, um die Sachen zusammenzupacken. »Wenn er dir gefolgt ist, dann ist er ...«

»Auf mich aus«, beendete Liv seinen Satz. »Es könnte sein. Oder es könnte diese Vater-Zeit-Geschichte sein. Er mag es nicht, außen vor gelassen zu werden. Wie auch immer ... mach dir keine Gedanken. Plato wird ihn von deinem Haus weglocken und ihn von meiner Spur abbringen.

Du hast nichts zu befürchten. Ich würde dich nie absichtlich in Gefahr bringen.«

Rory nickte. »Ich weiß. Ich bin nur so besorgt, weil Mama da draußen ist und Spuren sucht und du mit Vater Zeit zusammenarbeitest. Und ich habe Hauptsaison, sonst würde ich mehr tun.«

»Hauptsaison?«, stieg Liv darauf ein. »Wie im Lebensmittelladen?«

Er schüttelte den Kopf. »Ich sage dir nicht, was ich beruflich mache. Und Lebensmittel? Glaubst du, ich betreibe einen Laden?«

Liv zuckte die Achseln. »Du kannst gut mit Gemüse ... ich weiß nicht so recht.«

Rory reichte ihr die Tüte mit den verschiedenen Lebensmitteln, die er eingepackt hatte. Dann hob er das Huhn hoch, umarmte es vorsichtig, bevor er es Liv reichte. »Geh sorgsam mit ihr um. Sie mag es, unter einem Arm getragen zu werden und gegen zehn Uhr geht sie zu Bett. Sie trinkt ihren Kaffee schwarz und schläft nach dem Mittagessen normalerweise eine halbe Stunde lang.«

Liv schüttelte den Kopf. »Du bist ein sehr seltsamer Riese, Rory.«

Er errötete und erkannte, wie sehr er von dieser Hühnerdame besessen war.

Liv bemerkte, dass ihm sein Verhalten peinlich war und lächelte ihn an. »Und weißt du was? Ich würde dich nicht anders haben wollen. Bleib so seltsam.«

Kapitel 8

Wenn Liv zuvor viele neugierige Blicke erntete, wenn sie in der Roya Lane war, so verdoppelten sich diese nun. Gewöhnlich wichen ihr die Passanten aus und versteckten sich vor ihr, aus Angst, sie würde ihr Glücksspiel unterbrechen oder sie daran hindern, illegale magische Technik zu verkaufen. Heute starrten sie sie sehr lange an, viele von ihnen stupsten ihre Begleitung am Arm und zeigten direkt auf sie.

»Mit dem Finger zeigen ist unhöflich«, schoss Liv einem Feenwesen zu, das mit seiner Freundin kicherte. Die beiden schwebten ein paar Meter von der Kopfsteinpflasterstraße entfernt und pflückten Drachenfrüchte. Es war nicht das Obst, das in den Lebensmittelgeschäften der Sterblichen verkauft wurde. Dieses Zeug wurde tatsächlich heiß, wenn es reif war, ging in Flammen auf und öffnete sich dann zu einer schönen, köstlichen Blüte, die man genießen konnte, sobald sie abgekühlt war.

Die Feenwesen kehrten Liv im Vorbeigehen den Rücken zu, starrten sie aber bald wieder über die Schulter an.

»Habt ihr noch nie ein Huhn gesehen?«, fragte Liv einen Gnom, der sein Marmeladeneis in den Schoß tropfen ließ, so selbstvergessen schaute er ihr beim Vorbeigehen zu.

Wenn die Stammgäste in der Roya Lane sie schon angafften, weil sie ein Huhn bei sich hatte, konnte Liv sich nur fragen, was passieren würde, wenn sie in Los Angeles die Strandpromenade entlang laufen würde. Tatsächlich war diese Stadt so merkwürdig, dass man ihr vielleicht gar keine Beachtung schenken würde. Sie könnte den Leuten einfach sagen, dass das Huhn ihr emotionales Trosttier wäre. Vielleicht konnte sie ihm eine Weste besorgen, die es besonders aussehen ließ.

»Sie sind alle ein Haufen Freaks«, sagte Liv mit gedämpfter Stimme zu dem Huhn und suchte die Straße ab, während exzentrische Zauberer und Elfen an ihr vorbeigingen und sie anstarrten. »Sie sehen einen Krieger, der ein Huhn trägt, was, wie ich jetzt feststelle, wie eine Wickeltasche aussieht und zwei Schwerter, und plötzlich halten sie sich für normal.«

Das Huhn gackerte vorsichtig, als ob es wüsste, wie man leise spricht. Als wollte es nicht noch mehr Aufmerksamkeit erregen.

Glücklicherweise wurde die Menge dünner, als Liv das Ende der Gasse erreichte. Zu ihrer Überraschung hatte Subner die Türen seines Gnomladens weit geöffnet. Die Fenster waren geputzt und funkelnde, ausgefallene Waren waren auf Samtstoff ausgebreitet. Auf dem Schild über dem Vorzelt stand ›Die fantastische Waffenkammer‹.

Liv steckte ihren Kopf durch die Tür, um noch mehr Veränderungen zu entdecken. Der Teppich war gereinigt worden und alles war abgestaubt. Von oben gab der Kronleuchter schimmerndes Licht ab, das die Spiegel an der Wand blenden ließ. Das Einzige, was der Gestaltung des Ladens abträglich war, war, dass fast alle Kisten leer waren.

Subner saß hinter dem Tresen und blickte von seinem Kreuzworträtsel auf. »Da bist du ja! Papa Creola sagte, ich solle dich erwarten.«

Liv setzte das Huhn auf die Verkaufstheke und ließ die Tüte auf den Boden fallen. »Ja, Papa Creola hat anscheinend einen Fall für mich, bei dem es um dieses Huhn geht. Deswegen bin ich hier.«

Subner rutschte vom Hocker und kam um den Tresen herum und betrachtete den Vogel mit Verachtung. »Diese Kreatur sollte besser nichts fallen lassen. Ich habe hier gerade erst sauber gemacht.«

»Keine Sorge, sie ist stubenrein«, erklärte Liv. »Ich denke …«

»Papa Creola ist nicht da«, unterbrach Subner mit finsterem Gesichtsausdruck, während er das Huhn anstarrte, das auf das Glas pickte.

»Nun, er sollte seinen Kalender wirklich besser im Kopf haben, denn er hat mich für diese Zeit herbestellt.«

Subner rollte mit den Augen. »Ja, ihm war klar, dass du vorbeikommen würdest. Er hat andere Dinge zu erledigen und bittet dich, mir bei etwas zu helfen.«

»Hat es mit diesem Huhn namens Gloria zu tun?«, fragte Liv und wandte sich beim Namen dem Huhn zu.

Es krächzte zweimal.

»Ja, ja, du bist also nicht Gloria. Verstanden«, erwiderte Liv.

»Nein, hat es nicht. Das Huhn bleibt in deiner Verantwortung, bis du dich mit Papa Creola treffen kannst, aber er hat darauf bestanden, dass du es in Sicherheit bringst. Das ist absolut entscheidend«, erklärte Subner.

»Als er sich auf den Vogel bezog, benutzte er da einen Namen?«, fragte Liv.

»Nein, hat er nicht«, erwiderte Subner sofort. »Hast du das Schwert noch, das ich für dich modifiziert habe?«

Liv schob ihren Umhang auf einer Seite zurück, um Bellator zu zeigen. »Ich gehe nie ohne aus dem Haus.«

Subner nickte. »Sehr gut. Wie du sehen kannst, fehlt es meinem Waffenlager an Inventar. Ich hatte gehofft, dass du mir dabei helfen könntest.«

»Ach jaaaaa ...«, sagte Liv und zog das letzte Wort in die Länge. »Weil ich auf der Suche nach noch einem Nebenjob war.«

»Nun, das läuft unter Papa Creolas Befehl und ich glaube, du bist ihm direkt unterstellt«, erklärte Subner, die Hände hinter dem Rücken, während er auf den Zehenspitzen vorwärts schaukelte und dabei wichtig aussah.

»Ich berichte direkt ... wenn er denn hier ist«, scherzte Liv.

»Und ich glaube, du möchtest mich auch um einen Gefallen bitten, nicht wahr?«, fragte Subner mit einem verschmitzten Grinsen im Gesicht.

Livs Hand griff nach Inexorabilis. Das Schwert befand sich an ihrer anderen Hüfte. Sie spürte diesen vertrauten, kleinen Stromstoß, der durch ihre Finger lief, als sie auf das Metall trafen. »Woher wusstest du davon?«

Er schmunzelte sogar leicht, was für Liv vermutlich das erste Mal war, dass sie das sah. »Mein Chef kann die Zukunft sehen.«

»*Unser* Chef«, korrigierte Liv. »Und ja, ich brauche deine Hilfe bei etwas.«

»Dann haben wir gemeinsame Interessen und Gründe, uns gegenseitig zu helfen, wie es scheint.«

Liv seufzte. Sie brauchte die Hilfe von Subner mit dem Schwert ihrer Mutter. Nebenjobs waren zeitaufwendig, aber dieser könnte sich lohnen, wenn sie die Hilfe des Gnoms erhalten konnte. »Gut. Was soll ich für dich tun? Wenn es um Ziegen, Kühe oder Pferde geht, bin ich raus.«

Er schüttelte den Kopf. »Das tut es nicht. Was ich brauche, ist, dass du ein Waffenarsenal wiederfindest, das mir vor langer Zeit abhanden gekommen ist.«

Das war dann wohl selbstverständlich, dachte Liv. »Okay, gut. Wo kann ich es finden und gegen welche Bestien muss ich antreten?«

»Ich habe keine Ahnung, aber ich bin sicher, es wird etwas Tödliches sein.«

Beim Versuch, ruhig zu bleiben, rollte sie ihren Kopf. »Wie soll ich diese Waffen finden, wenn du mir nicht sagen kannst, wo ich suchen muss?«

Er zuckte die Achseln. »Wenn ich wüsste, wo ich suchen muss, hätte ich sie längst wiedergefunden. Alles, was ich dir sagen kann, ist, dass sie wahrscheinlich versteckt sind und Bellator wird dir helfen dort aufzuschließen, wo auch immer sie eingesperrt sind.«

»Das ist alles, was du mir sagen kannst?«, fragte Liv trocken.

»Oh, und noch etwas«, ergänzte Subner und hob einen einzigen Finger in die Luft. »Sie wurden als Dequiem-Set bezeichnet. Es gibt nichts Vergleichbares auf der Welt. Sie sind alle von Gnomen hergestellt, mit besonderer Magie durchtränkt und unglaublich wertvoll. Wenn ich sie in meinem Geschäft habe, wird es den Ruf bekommen, den ich brauche, um mit den anderen Geschäften hier zu konkurrieren.«

»Verrückter Gedanke«, begann Liv. »Könntest du nicht einfach damit werben, dass das der Laden von Vater Zeit ist? Nach dem, was ich gehört habe, hat er auf dieser Straße so ziemlich die größte Glaubwürdigkeit. Nun, abgesehen davon, dass er keine Termine einhalten kann.«

Subner seufzte, Hitze flackerte in seinen Augen. »Das ist *mein* Laden. Das war er schon immer. Aber als Vater Zeit untergetaucht ist, bot ich ihn ihm als Zufluchtsort an. Er wird weiterhin sein Hauptbüro sein, aber ich möchte, dass mein neues Geschäft einen eigenen, von Papa unabhängigen Ruf erhält.«

»Okay, gut«, lenkte Liv ein, nahm ihre Hände hoch und fühlte, wie die Wut des kleinen Mannes anstieg. »Du brauchst mich also, um dieses Dequiem-Set zu finden, aber du weißt nicht, wo ich suchen soll. Von wie vielen Schwertern und sonstigem Kram reden wir hier?«

»Fünfzig«, antwortete Subner sofort.

Livs Mund klappte auf. »Ich hatte genug Probleme, zwei Schwerter und ein Huhn die Roya Lane hinunterzutragen. Wie erwartest du, dass ich dir fünfzig Schwerter von einem unbekannten Ort zurückbringe?«

Subner streckte seine Hand aus und es erschien eine grüne Tasche aus zerschlissenem Samt. »Dafür habe ich tatsächlich eine Lösung. Da passt alles hinein.«

Liv hob den Beutel an, schaute hinein und konnte nicht glauben, dass fünfzig Schwerter in den kleinen Beutel passen würden. »Lass mich raten, er ist innen größer?«

»So etwas in der Art«, antwortete er.

»Okay, ich gehe also auf deine unmögliche Mission, aber wirst du wenigstens das Huhn für mich aufbewahren?«, fragte Liv.

Er schüttelte sofort und vehement den Kopf. »Ich kann nicht. Papa Creola hat ausdrücklich gesagt, dass du es mitnehmen sollst.«

Liv knirschte mit den Zähnen und stellte Augenkontakt mit dem Huhn her. »Wie soll ich diese Waffen wiederfinden, wenn ich ein Huhn mit mir herumtrage? Kann ich es in den Sack stecken?«

»Nicht, wenn du es am Leben erhalten möchtest«, verdeutlichte Subner.

»Gut«, seufzte Liv. »Gibt es noch andere unmögliche Faktoren, die du diesem Auftrag hinzufügen möchtest? Vielleicht verlangst du noch, dass ich ihn mit verbundenen Augen erledige oder während ich ein Buch auf meinem Kopf balanciere?«

»Das wäre lächerlich«, stellte Subner fest und schnippte mit den Fingern. »Lass mich das Schwert sehen, das du mitgebracht hast.«

Liv fand das zänkische Wesen des Gnoms irgendwie liebenswert, wie ein alter Jagdhund, der sich nicht besonders um die frechen Welpen kümmerte, die im Frühjahr geboren wurden. Sie zog Inexorabilis aus seiner Scheide und bot es Subner an.

Beim Anblick der Klinge weiteten sich seine Augen. »Du hast das Schwert von Guinevere Beaufont wiedergefunden.«

»Warte, hat Papa Creola dir nicht gesagt, was ich dir bringe?«

Er schüttelte den Kopf und studierte das Schwert. »Nur, dass du Hilfe mit einer Waffe bräuchtest.«

»Ja, und meine Mutter hat eine Erinnerung in das Schwert gesperrt. Zumindest ist das der Eindruck, den ich habe.«

Subner nickte, seine blauen Augen studierten jeden Zentimeter der Klinge. »Deine Annahme ist richtig. Sie fühlt sich an wie ein volles Gewölbe.«

»Bekommst du Zugang zu den Informationen?«, fragte sie voller Hoffnung.

»Oh, nein«, antwortete er sofort. »Das kann nur der Schöpfer.«

Liv war enttäuscht. »Ich habe die Stimme meiner Mutter gehört, als ich das Schwert in die Hand genommen habe. Sie sagte ›Ich habe Erinnerungen tief in diesem Schwert vergraben und nur ein Experte kann sie aufdecken‹, nannte aber keinen Namen.«

»Obwohl ich mit den Waffen sehr geschickt umgehen kann, kann ich dir bei diesem Schwert nicht helfen«, erklärte Subner. »Nur der Elf, der es geschmiedet hat, wird die Botschaften entschlüsseln können.«

»Kannst du mir helfen, diese Person zu finden?«

»Ich bin mir nicht sicher, aber ich kann es versuchen«, meinte Subner und legte das Schwert auf die Arbeitsplatte neben das Huhn, das mit zur Seite geneigtem Kopf die Klinge betrachtete. »Du musst das Schwert aber bei mir lassen.«

Liv zögerte, ihre Brust zog sich zusammen. Sie hatte die Klinge gerade erst zurückbekommen und sie konnte nicht begreifen, dass jetzt etwas passierte und sie ihr Versprechen an Sophia brechen musste. Aber sie brauchte die Hilfe von Subner.

»Wenn ich das tue, dann …«

»Dem Schwert deiner Mutter wird nichts passieren«, unterbrach er sie. »Ich werde es mit meinem Leben beschützen. Aber ich werde die Waffe studieren müssen, um genau bestimmen zu können, wer sie geschaffen hat. Dann kann ich sagen, wer es war und vielleicht sogar, wie man ihn finden kann.«

Liv atmete kräftig aus und löste damit die Spannung in ihrer Brust. »Also gut. Ich freue mich darauf herauszufinden, was du entdecken wirst.«

»Wenn du mit dem Dequiem-Set zurückkehrst«, sagte Subner, kniete sich hin und hob die Tüte mit dem Proviant für das Huhn auf, als wolle er sie zum Gehen bewegen.

»Okay, es ist also so, dass du deine Meinung darüber, Cindy zu behalten, nicht ändern wirst«, erkannte Liv.

Das Huhn krächzte zweimal.

Subner schüttelte den Kopf. »Ich wünsche dir alles Gute auf deinen Reisen, Kriegerin Beaufont.«

»Danke«, antwortete Liv und nahm das Huhn unter einen Arm. »Das kann ich brauchen.«

Kapitel 9

Liv hielt das Huhn sowie eine Tüte mit verschiedenen Lebensmitteln in der Hand und starrte auf das geschäftige Treiben in der Roya Lane, während sie versuchte ihre Optionen herauszufinden. Sie musste das Dequiem-Set finden, aber sie hatte keine Ahnung, wo sie suchen sollte. In Anbetracht ihrer Ressourcen überlegte sie, wie sie dieses Problem am besten lösen könnte. Es gab immer eine Lösung die ihr zur Verfügung stand und alles was sie tun musste, war, sie zu finden.

Liv erwartete, Rudolf etwas Lächerliches tun zu sehen, als sie die Gasse hinunterging. Doch jetzt war er der König der Fae und hatte – hoffentlich – besseres zu tun. Sie blieb vor einer Ziegelmauer stehen und bemerkte plötzlich, dass sie jetzt lächerlich war, weil sie ein Huhn und dessen Tagesration in einer Tüte mit sich führte.

Wie konnte es nur so weit kommen, fragte sie sich, als sie zum Eingang des offiziellen Hauptquartiers der Brownies trat. Liv wusste nicht, ob Mortimer etwas über die Waffen wissen konnte, aber er war ihre beste Idee. Wenn nichts Genaues, so könnte er ihr vielleicht zumindest einen Hinweis geben.

Sie kündigte ihre Anwesenheit an der massiven Backsteinmauer an und wartete darauf, dass sich die Türöffnung auf die übliche Weise materialisieren würde. Als dies nicht geschah, räusperte sie sich.

»Hmmm ... Mortimer?« Liv begann. »Ich bin es, Liv Beaufont, Kriegerin für das Haus der Sieben. Ist jemand zu Hause?«

Irgendwie waren die Dinge noch merkwürdiger geworden. Liv hielt ein Huhn im Arm und führte Selbstgespräche, wodurch noch mehr Leute sie angafften.

»Im Ernst, wo bist du, Mortimer?«, fragte Liv und verzichtete darauf, gegen die Wand zu treten.

Das Huhn gackerte und schlug wild mit den Flügeln, um sich aus Livs Griff zu befreien. Es regnete Federn, als sie den Vogel losließ und einen Schritt zurück machte, weil er weiter flatterte, bis das Tier sich auf dem Gehweg niedergelassen hatte.

Liv hatte keine Ahnung, was in den Vogel gefahren war, der in einer rhythmischen Bewegung in den Ziegelstein pickte, als würde er einen Code eingeben.

»Hmmm ... was machst du da, Ava?«, fragte Liv.

Das Huhn krächzte zweimal und pickte weiter an verschiedenen Ziegeln. Hoch, runter, hoch, runter, links, rechts, links, rechts. Es war viel zu sehr ein Muster, um ein Zufall zu sein, dachte Liv.

Und dann tauchte plötzlich die Tür zum Büro der Brownies auf.

Das Huhn trat zurück und starrte Liv leidenschaftslos an.

Liv zeigte auf die Tür und dann auf das Huhn. »Hast du das gerade gemacht?«

Ein Schrei. Also Ja.

Liv beäugte den Vogel und dann die Tür. »Du bist sehr seltsam.«

Pricilla befand sich nicht an ihrem Schreibtisch, als sie das Büro betraten. Der Empfangsbereich und der Flur waren noch immer sauber und organisiert, wie bei ihrem letzten

Besuch. »Ich würde dir ja sagen, dass du hier warten sollst«, sagte Liv zu dem Huhn in ihren Armen, »aber da ich strikte Anweisung habe, dich in Sicherheit zu bringen, sieht es wohl so aus, als seien wir für eine Weile beste Kumpels.«

Als sie sich Mortimers Bürotür näherten, war Kichern zu hören. Liv bedeckte ihren Mund, als von der anderen Seite der Tür ein intimeres Geräusch kam. Sie war gerade dabei, sich umzudrehen und zum Ausgang zu rennen, als das Huhn laut krächzte. Livs Augen weiteten sich vor Entsetzen und sie bedeckte den Schnabel des Vogels.

Bevor sie rennen konnte, öffnete Mortimer die Tür einen Spalt und spähte hindurch. »Wer ... oh, Kriegerin Beaufont. Welch angenehme Überraschung.«

»Tut mir leid, ist das ein schlechter Zeitpunkt?«, fragte Liv in aller Eile. »Wir wollten uns nicht anschleichen. Es ist nur so, dass mein Huhn ... na ja, sie gehört nicht wirklich mir. Ich weiß nicht, wem sie gehört. Vielleicht sich selbst. Jedenfalls hat sie die Tür geöffnet und ich habe mich selbst reingelassen, weil ich deine Hilfe brauche.«

Mortimer schaute zur Seite, scheinbar abgelenkt durch denjenigen, der auf der anderen Seite der Tür stand. Der Brownie rückte sein unordentliches Haar zurecht und öffnete die Tür. »Nein, das ist ein perfekter Zeitpunkt. Wir konnten dich nur nicht klopfen hören, wir waren so beschäftigt mit der Arbeit hier drinnen.«

Pricilla, die neue Empfangsdame, erschien neben ihm, der enge Rock hochgerutscht und die Bluse falsch geknöpft. »Ja, ich habe bei der Ablage geholfen, aber wir sind hier fertig.«

»Ablage ...«, meinte Liv, als sie sich im Büro umsah. Es war nicht mehr so voll mit Papieren wie früher und an den Wänden standen keine Aktenschränke mehr. Eigentlich gab es nur Mortimers Schreibtisch, einen Computer und das Panoramafenster.

Kurz bevor Mortimer die Tür schloss, konnte Liv noch das Kichern von Pricilla aus dem Vorzimmer hören. »Bitte nimm Platz, Liv Beaufont. Ich freue mich, dich zu sehen.«

Mortimer sah tatsächlich glücklicher aus, als Liv ihn je gesehen hatte. Er hatte noch etwas mehr Gewicht verloren und sah noch schärfer aus als sonst.

»Also, du und Pricilla«, sagte Liv und ließ die Erklärung in der Luft hängen.

»Ja, sie ist eine gute Assistentin«, antwortete Mortimer und wurde rot, als er seinen Platz einnahm.

»Das sehe ich.« Liv versuchte ein Grinsen zu verbergen.

Er lehnte sich über den Schreibtisch. »Ich weiß nicht, ob ich dir das sagen soll, aber ich betrachte dich als eine Freundin.«

»Natürlich«, antwortete Liv. »Ich denke über dich auf die gleiche Weise.«

»Nun, es ist eine Art Geheimnis, aber Pricilla und ich sind zusammen.«

»Nein?« Liv versuchte, überrascht zu klingen.

Er nickte stolz. »Es ist wahr. Und alles nur deinetwegen.«

»Meinetwegen?«

»Ja! Du hast mich gedrängt, eine Assistentin zu holen und mich ermutigt, selbst nach draußen zu gehen. Und viele der Fälle, die du mir zugetragen hast, haben mich daran erinnert, dass ich nicht jünger werde. Eines Tages beschloss ich einfach, das Risiko einzugehen und sie um eine Verabredung zu bitten. Und rate mal, was sie gesagt hat?«

»Ja?«

Wieder nickte er. »Kannst du das glauben? Ich glaube, sie mag mich wirklich.«

»Nun, du *bist* ein guter Fang«, schwärmte Liv.

Er errötete noch mehr. »Also, was kann ich heute für dich tun? Bitte entschuldige die Unordnung hier drin. Die Ortsgruppe 420 streikt derzeit für bessere Löhne und das hat mich wirklich in Verzug gebracht.«

Liv blickte sich in dem makellosen Büro um. »Mmmmh ... ich habe nichts bemerkt. Und Ortsgruppe 420?«

»Ja, die Lebensmittel- und Handels-Gewerkschaft«, erklärte Mortimer und warf den Kopf zur Seite. »Alle paar Jahrzehnte tritt eine der Gewerkschaften vor und bittet um etwas. Ich schätze, das war überfällig.«

Liv setzte das Huhn auf dem Boden ab, in der Hoffnung, dass es stubenrein war. Sie wollte nicht, dass es Mortimers unberührtes Büro durcheinander brachte. »Nun, ich hoffe, der Gewerkschaftskram wird sich klären.«

»Irgendwann wird er das«, lächelte Mortimer. »Nun, was möchte Liv Beaufont, Kriegerin für das Haus der Sieben, heute?«

»Nun, ich weiß, dass es weit hergeholt ist, aber ich suche nach einer Waffensammlung mit dem Namen Dequiem. Es sind ungefähr fünfzig Schwerter, die verschwunden sind. Könntest du dich umhören und deine Brownies Ausschau halten lassen?«

»Ich kann noch eins draufsetzen.« Mortimer begann wild auf seiner Tastatur zu tippen. »Ich habe unsere Systeme aufgerüstet, sodass wir interessante Objekte inventarisieren und katalogisieren können. Zum einen erleichtert es die Reinigungsaufgaben, zum anderen dachte ich, dass es dir helfen könnte.«

»Wow, danke«, sagte Liv beeindruckt. »Du hast einen langen Weg von eurem Papiersystem zurückgelegt, nicht wahr?«

»Erinnere mich nicht daran, dass ich früher so altmodisch war«, bat Mortimer. »Es ist ein Wunder, dass ich überhaupt je etwas zustande gebracht habe.«

»Ich bin sicher, du genießt jetzt die Effizienz.«

»Nun, ich werde meinen ersten Urlaub seit ein paar hundert Jahren machen, also würde ich sagen, ja«, teilte Mortimer mit.

»Das ist großartig!«, rief Liv aus. »Wohin geht es?«

»Disney World«, antwortete Mortimer. »Pricilla wollte schon immer mit den Teetassen fahren.«

»Seid ihr beide denn groß genug dafür?«, erkundigte sich Liv und schüttelte dann den Kopf. »Ist doch egal. Ich bin mir sicher, dass du es herausfinden wirst.«

Er nickte und schielte auf den Computer. »Ja, es scheint, dass einer meiner Brownies etwas gefunden hat, das du als Dequiem, bestehend aus mindestens fünfzig von Gnomen gefertigten Schwertern, bezeichnet hast.«

»Ja, das könnte es sein!«, rief Liv aus. »Wo sind sie?«

Der freudige Ausdruck auf Mortimers Gesicht ließ nach. »An keinem Ort, den die meisten Magier leicht betreten können, selbst mit deiner Magie. Du brauchst einen meiner Brownies, um an den Schlössern vorbeizukommen.«

»Eigentlich habe ich einige Modifikationen an meinem Schwert vornehmen lassen. Vielleicht sind die Schlösser dann doch kein Problem«, erklärte Liv. »Wo sind die Waffen?«

»Sie befinden sich in einer geheimen Kammer innerhalb des Staatsarchivs im Forum Romanum«, antwortete Mortimer.

»Das klingt kompliziert«, erkannte Liv.

Er nickte. »Ja. Das ist eine verwirrende Menge aus alten Gebäuden und antiken Ruinen. Selbst wenn man weiß, wo die Waffen lagern, wird es nicht leicht sein, sie zu finden.«

»Das habe ich mir schon gedacht«, scherzte Liv.

»Jetzt habe ich dort einen meiner Besten stationiert. Wenn du Probleme haben solltest, sollte er in der Lage sein, dir zu helfen.«

»Danke«, sagte Liv. »Gibt es noch etwas, was du mir sagen könntest, um die Suche etwas einzugrenzen?«

Mortimer studierte kurz seinen Bildschirm. »Es scheint, dass die Waffen schwer bewacht werden. Sei also auf einen Kampf vorbereitet, aber versuche vorsichtig zu sein, um die Struktur nicht zu beschädigen. Es ist notwendig, sie für historische Zwecke zu erhalten.«

»Ich bemühe mich«, erklärte Liv. »Bekämpfe die Bestien, hol die Waffen zurück und fackle nicht die alten Ruinen in Rom ab. Das ist für mich ein ganz normaler Mittwochnachmittag.«

Kapitel 10

Aus irgendeinem Grund war es Liv nicht möglich, direkt in das Forum Romanum zu gelangen. Es hatte wahrscheinlich mit dem Schutz zu tun, der Jahrhunderte zuvor von Römern eingerichtet wurde, um ihre Stadt vor fremden Magiern oder anderen magischen Kreaturen zu schützen. Als Liv jedoch auf die Warteschlange vor dem Forum starrte, hielt sie es für einen kranken Witz.

»Wie soll ich da reinkommen?«, fragte Liv hauptsächlich sich selbst.

Das Huhn, das offenbar zu allem eine Meinung hatte, krächzte.

»Ja, und die andere Frage lautet, wie kann ich dich da reinschmuggeln?«, murmelte Liv. »Ich nehme nicht an, dass ich dich in dem Café gegenüber absetzen und später wieder abholen kann, hm?«

Kreischen.

Liv nickte und tat so, als verstünde sie die Beschwerde. »Ja, ich soll dich um jeden Preis beschützen. Ich erinnere mich.«

Liv ließ das Huhn wie ein Kleinkind in ihren Armen erscheinen, indem sie einen Tarnzauber auf das Huhn wirkte. Das hätte sie schon früher getan, aber es erschöpfte ihre Magie – was bedeutete, dass sie schnell durch die Sicherheitskontrolle gelangen musste.

Als sie sich umdrehte, um die Schlange zum Forum hin abzumessen, erhaschte Liv in der Ferne einen Blick auf das Kolosseum. Es war kaum zu glauben, dass diese Strukturen schon so lange standen. Ihre Geschichte, oder zumindest die Geschichte, die aufgezeichnet worden war, war barbarisch und seltsam. Und doch hatten die Römer sie bewahrt und ihre Vergangenheit geehrt, im Gegensatz zu den Magiern, die den großen Krieg vertuscht hatten, indem sie diejenigen, die verloren und sogar die, die gewonnen hatten, einer dauerhaften Gehirnwäsche unterzogen.

»Ich schätze, es ist unwahrscheinlich, dass mir einer dieser Millionen Touristen erlaubt, mich vorzudrängen, wenn ich sage, dass ich in offizieller Mission für Vater Zeit unterwegs bin«, flüsterte Liv mit gedämpfter Stimme dem Huhn zu.

Das Huhn hatte dazu offenbar keine Meinung.

»Entschuldigen Sie, Fräulein«, sagte ein Typ mit zurückgegelten Haaren und einer Lederjacke mit einem starken italienischen Akzent. »Haben Sie Ihre Tickets schon?«

»Nein«, antwortete Liv, während sie sich nach einem Kartenschalter umsah. Sie würde sich darüber bei Subner bitterlich beschweren. Die Waffen wurden nicht nur an einem Ort aufbewahrt, zu dem sie nicht durch ein Portal gelangen konnte, sondern sie musste auch noch bezahlen, um dorthin zu gelangen. Liv erwog, sich eine Eintrittskarte zu zaubern, wie sie es beim Betreten des Nationalen Geschichts-Museums in Los Angeles getan hatte. Sie versuchte jedoch, sich ihrer magischen Kapazitäten bewusst zu sein. Sie hatte keine Ahnung, was sie erwarten würde, um zum Dequiem-Set zu gelangen.

»Für vierzig Euro kann ich Ihnen einen VIP-Pass verkaufen«, schlug der Mann vor und lehnte sich dabei viel zu nah an sie heran.

»Das ist kein schlechter Deal für eine Eintrittskarte«, sagte Liv zu dem Huhn, obwohl es ein sommersprossiges kleines Mädchen mit Zöpfen zu sein schien.

»Oh, das ist nur für das Überholen der Schlange. Die Tickets selbst kosten zwölf Euro«, korrigierte der Mann.

»Der Pass, um an all diesen Schnappatmern vorbeizukommen, ist also fast viermal so teuer wie der tatsächliche Preis des Tickets?«, fragte Liv skeptisch.

»Das ist richtig«, sagte der Mann.

»Ich bin mir nicht sicher, ob das ein guter Deal ist«, murmelte Liv.

»Aber das hier ist nicht die Schlange, um die Tickets zu bekommen. Die ist dort drüben. Man muss Schlange stehen, um hineinzukommen und es gibt auch eine separate Warteschlange, um die Eintrittskarten für das Kolosseum zu bekommen. Dann gibt es auch noch die Schlange, um tatsächlich hinein zu gehen.«

»Ich glaube nicht, dass diese Mathematik sinnvoll ist.«

»Aber wenn Sie den VIP-Pass wollen, dann habe ich auch Ihr Ticket.«

»Gut«, sagte Liv dankbar, als sie ihr Geld herauszog und es automatisch in Euro wechselte. Wenigstens hatte sie kein Geld umtauschen müssen.

»Jetzt brauche ich nur noch die zweiundfünfzig Euro für Ihre schöne Tochter.« Der Mann streckte weiterhin die Hand aus.

Liv starrte das Huhn an. »Ernsthaft? Ich muss auch für sie bezahlen? Ich denke wirklich, ich hätte dich in einem Café lassen sollen.«

Der Mann warf ihr einen schockierten Blick zu.

Als Liv ihren Fehler bemerkte, wurde sie rot. »Sie ist ein sehr reifes Kleinkind. Sie erzieht sich praktisch selbst.«

Sie zog mehr Geld aus ihrer Tasche und legte es dem Mann in die Hand, während er ihr die Tickets reichte. »Okay, Fräulein. Stellen Sie sich einfach in dieser Schlange für das Forum an und alles ist bereit.«

»Moment«, stammelte Liv. »Ich dachte, Sie hätten mir gerade VIP-Pässe verkauft.«

»Das habe ich«, sagte er stolz. »Das hat dazu geführt, dass Sie die Schlange am Kolosseum übersprungen haben, um Ihre Tickets zu kaufen, aber Sie müssen immer noch vor der Sicherheitskontrolle am Forum warten.«

»Ihr Römer seid raffinierte Leute«, murmelte Liv.

Er verbeugte sich leicht. »Ja, und ich bin sehr dankbar, Ihnen geholfen zu haben.«

Liv schüttelte den Kopf und ging zum Ende der Schlange, die noch länger war als zuvor. Hinter ihr sprach eine Gruppe von Touristen laut, die keine Ahnung hatten, wie weit sie ihren persönlichen Raum verletzten.

Während Liv in der sich langsam bewegenden Schlange stand, kamen mindestens ein Dutzend weiterer Geier vorbei, die versuchten, ihre Eintrittskarten zu verkaufen und die VIP-Pässe an den Mann zu bringen. Sie konnte sich nicht dazu durchringen, sie einfach zu ignorieren und murmelte stattdessen immer wieder: »Nein, danke. Ich bin heute schon einmal betrogen worden.«

Als Liv endlich an der Spitze der Schlange stand, wurde ihr klar, dass sie ihren Umhang, Bellator, der aussah wie ein Regenschirm, ihren Gürtel und all ihre anderen persönlichen Gegenstände aus den Taschen nehmen musste.

Sie setzte das Huhn ab, damit sie mit dem langen Prozess der Entnahme ihrer Gegenstände beginnen konnte.

»Miss!« Ein Wachmann machte sich erschrocken bemerkbar. »Man kann ein Kind nicht auf das Förderband setzen. Sie wird geröntgt.«

»Oh, richtig«, sagte Liv, irgendwie von mörderischen Sicherheitsmaßnahmen überwältigt. Sie hob das Huhn hoch und setzte es auf den Boden. »Du kannst allein gehen, nicht wahr, Michelle?«

Das Huhn krächzte zweimal.

Also nicht Michelle, dachte Liv. *Ich habs kapiert, aber ich gebe nicht auf.*

»Entfernen Sie alle Gegenstände«, bat der Wachmann und zeigte auf die Scheide an Livs Gürtel.

»Oh, verdammt. Das wird ewig dauern.« Liv bedauerte sofort, keine Magie benutzt zu haben, um all diese Sicherheitsprotokolle zu umgehen. Glücklicherweise löste Bellator keinen Alarm aus, als es durch die Maschinen transportiert wurde.

Liv argumentierte innerlich, dass sie weniger magische Energie zur Wahrung des Anscheins von Dingen verwendet habe, als die Magie dazu einzusetzen, diesen Prozess zu umgehen. Mit beiden Händen arbeitete sie daran, ihren Gürtel und die Scheide wieder anzulegen, während das Huhn hinter ihr gackerte, pickte und ihr folgte.

»Ich denke, wir können das als demütigende Erfahrung bezeichnen«, erklärte Liv dem Vogel.

Nachdem sie Bellator wieder an seinem Platz und ihren Umhang über den Schultern hatte, machte sich Liv auf den Weg, der sich durch die antiken Ruinen schlängelte.

»Mindy, wenn du hier rüber schaust, siehst du einen Haufen alter Säulen«, erläuterte Liv dem Huhn, das daraufhin zweimal gackerte.

»Das ist eine gute Frage«, täuschte Liv Verständnis vor. »Das Gebäude wurde letztes Jahr gebaut, hat aber aufgrund des sauren Regens schwere Zeiten hinter sich. Es war ein einmal ein Laden, der Bio-Smoothies und Selfie-Sticks an Touristen verkauft hat.«

Das Huhn gackerte.

»Ja, du hast wahrscheinlich recht, dass man sie in Italien einfach Smoothies nennt, weil sie ihr Essen nicht mit Chemikalien verunreinigen wie wir Amerikaner.«

Das Huhn gackerte zweimal laut.

Liv schaute es erschrocken an, als sich eine Gruppe gaffend umdrehte. Wahrscheinlich klang es für sie so, als hätte das Kleinkind, das sie mit sich herumschleppte, einen Wutanfall. »Du bist also keine Amerikanerin? Ist es das, was du mir sagen willst?«

Ein Gackern.

»Okay, nun, jetzt machen wir Fortschritte«, sagte Liv, als sie am Titusbogen vorbeikam. »Ich weiß, dass dein Name nicht Mindy, Michelle, Dorothy, Jennifer oder Cindy ist und dass du keine Amerikanerin bist. Wow, bei diesem Tempo werde ich diesen Fall im Handumdrehen knacken.«

Das Huhn zitterte in ihren Armen, als wäre es frustriert.

»Ja, das war purer und ehrlicher Sarkasmus«, erklärte Liv. »Das ist meine erste Sprache. Was ist deine? Chinesisch? Japanisch? Spanisch? Oh, Mann, wenn du keine Amerikanerin bist, habe ich nur falsche Namen ausprobiert, nicht wahr? Heißt du Maria? Hanna? Chun?«

Das Huhn krächzte zweimal.

»Okay, gut, ich muss mich jetzt auf die vor mir liegende Aufgabe konzentrieren, aber später werde ich dir bei einer Flasche Wein weitere Fragen stellen.«

Ein Mann in der Nähe warf Liv einen fragenden Blick über die Schulter zu, da er sie offensichtlich belauscht hatte.

Sie lächelte ihn an. »Hey, ein bisschen Wein ist gut für das Kind. Außerdem, wenn man in Rom ist …«

Liv konnte sich nicht helfen. Sie lachte über ihren eigenen Witz, als sie an der Basilica Santa Francesca Romana zu ihrer Rechten vorbeimarschierte.

»Im Ernst, ich könnte nach dem hier wirklich Pizza essen gehen«, erklärte Liv. »Denkst du, du kannst in einem Hochstuhl rumhängen und nicht zu viel Lärm veranstalten?«

Das Huhn gackerte leise.

»Wir machen Fortschritte«, sagte Liv. »Obwohl ich wahrscheinlich bald meine Hände freihaben muss. Ist es in Ordnung für dich, am Boden zu bleiben?«

Das Huhn gackerte wieder.

Erleichtert setzte Liv das Huhn ab. Sie drehte sich einmal vollständig um ihre eigene Achse und versuchte, sich zu orientieren. »Also, wo ist dieses Staatsarchiv? Ich hätte mir wohl eine Karte bei dem Trottel besorgen sollen, der uns mit den Karten betrogen hat. Ich bin sicher, das hätte mich nur weitere zehn Euro gekostet. Fünfzehn, wenn ich die Schlange umgehen wollte, um an die Karte zu kommen, oder?«

Das Huhn war damit beschäftigt, im Dreck zu kratzen, als Liv die Weite des Forum Romanum betrachtete. Sie fühlte sich winzig, als sie auf die Gebäude starrte, die um sie herum aufragten. Hoch auf dem Hügel erschienen die Menschen, die dort oben standen, wie winzige Ameisen.

»Dieser Ort ist ziemlich unglaublich, aber auch ziemlich riesig«, stellte Liv fest. »Ich weiß nicht, wo ich anfangen soll zu suchen.«

Das Huhn krächzte laut.

Liv blickte zu dem Vogel hinunter und erkannte, dass es einen Pfeil in den Schmutz gezeichnet hatte, der geradeaus zeigte.

»Oh, du kennst dich also aus, was?«

Ein einziges Gackern.

»Heißt das, du bist Italienerin?«, fragte Liv.

Noch ein Gackern.

»Na, sieh mal einer an«, schwärmte Liv. »Ich habe dich durchschaut.« Der helle Ausdruck auf ihrem Gesicht wurde schwächer. »Oh, nein. Du warst einer dieser schrecklichen Geier, die Touristen überfallen und ihnen VIP-Pässe andrehen?«

Zwei Gackern.

»Ein Reiseführer im Forum?«

Zwei Gackern.

»Nun, zumindest habe ich diese Optionen ausgeschlossen.« Liv ging in die Richtung, in die der Pfeil zeigte und passierte die Basilica Julia. Als sie weitergehen wollte, gackerte das Huhn laut und kratzte mit den Füßen am Boden, wie ein Stier, der kurz vor dem Angriff stand.

Liv blieb stehen und zeigte auf das Gebäude. »Das ist es? Das Staatsarchiv?«

Ein Gackern.

»In Ordnung, also Showtime«, bestätigte Liv. Sie legte ihre Hand auf Bellator und näherte sich vorsichtig dem Gebäude.

Kapitel 11

Liv war gerade auf dem Weg zum Eingang des Staatsarchivs, als sie einen scharfen Ruck an ihrem Gürtel spürte. Sie blickte nach unten und sah Bellator leicht glühen. Als sie sich entschied, die Waffe herauszunehmen, wurde sie fast aus dem Gleichgewicht geworfen, weil das Schwert in ihren Händen schwang wie eine Kompassnadel, die versuchte, sich nach Norden auszurichten.

Die Spitze des Schwertes deutete auf eine massive Wand des alten Gebäudes. Liv zuckte mit den Achseln und starrte das Huhn vorsichtig an.

»Erscheint dir das richtig?«, fragte sie den Vogel.

Das Huhn sah unsicher aus.

Liv hielt das Schwert neben dem Teil der Wand hoch, der magnetisch zu sein schien und versuchte zu verstehen, was sie nicht sehen konnte. Könnte dort eine Geheimtür sein? Riesen konnten über den Schein solcher Wände hinweg sehen. Liv wünschte sich, Rory wäre genau jetzt hier, obwohl er sich wahrscheinlich mit dem Huhn beschäftigen und ihr Vorhaltungen machen würde, weil sie sich hatte betrügen lassen.

Liv hielt Bellator wie einen Schlüssel und drückte es gegen die Steinmauer, in der Erwartung, dass es auf eine harte Oberfläche treffen würde. Stattdessen verwandelte sich das große Schwert in einen kleinen Dolch und glitt in den massiven Stein. Nach einem Linksdreh hörte Liv ein Klicken. Sie drückte und es ertönte ein knarrendes Geräusch.

Liv schaute das Huhn schwer beeindruckt an, zog Bellator heraus und es nahm sofort seine normale Form wieder an. »Wusstest du von diesem Eingang, Italienerin?«

Das Huhn krächzte zweimal.

»Nun, wenn es dir nichts ausmacht, gehe ich vor«, erklärte Liv. »Bleib nah bei mir, Hühnchen und versuche mich nicht abzulenken.«

Es war kaum zu glauben, dass Liv ein antikes Gebäude zusammen mit einem Huhn betrat. Solche Situationen hätten schon längst zu ihrer zweiten Natur werden sollen, aber die Besonderheiten in ihrem Leben wurden nie langweilig.

Liv wurde von völliger Dunkelheit begrüßt, nachdem sie durch die scheinbar stabile Wand getreten war. Sie hob ihre Hand und erzeugte einen Feuerball, den sie gelernt hatte sowohl als Fackel und auch als Waffe einzusetzen.

»Ich vermute, hier dürfen keine Touristen herein«, flüsterte Liv dem Huhn zu, als es ebenfalls eintrat.

In der Ferne hörte sie ein leises Tropfen. Der Geruch von Feuchtigkeit lag intensiv in der Luft, mit einer Note von Müll. Das erinnerte Liv an einen Fall, bei dem sie sich in der Kanalisation aufgehalten hatte. Zu Beginn ihrer Karriere als Kriegerin hatte Adler ihr ständig sogenannte ›Scheiß‹-Fälle in Kanalisationssystemen zugewiesen. Liv konnte heute damit prahlen, dass sie die Tunnel unter vielen Großstädten besser kannte als die Straßen von Los Angeles.

Liv hielt Bellator als Kompass vor sich in der einen Hand, den Feuerball in der anderen. Es wies ihr den Weg nach rechts, als sich der Tunnel in zwei Richtungen spaltete. Dann nach links und einige Stufen hinunter. Ein kalter Luftzug erreichte Liv, während sie weiter in die Dunkelheit hinabstieg.

Liv drehte sich um, um sich zu vergewissern, dass das Huhn Schritt halten konnte. Der Vogel war ihr nicht nur dicht auf den Fersen, sondern es pickte ihr auch noch in die Wade, was einen stechenden Schmerz verursachte.

»Autsch! Warum tust du das?«, fragte Liv und blickte das Tier finster an.

Es öffnete seinen Schnabel, aber es kam nichts heraus. Stattdessen erschien Schrecken in den Augen des Vogels, als er hinter Liv schaute.

Sie erstarrte und verkrampfte sich. Sie lauschte auf das scharfe Zischen in ihrem Rücken. »Da ist eine Schlange hinter mir, nicht wahr?«

Das Huhn nickte leicht mit dem Kopf.

»Ist sie groß?«, flüsterte Liv.

Noch ein Nicken.

»Verdammt«, hauchte Liv. »Ich hasse Schlangen, verdammt noch mal.« Sie war mit einer Lophos konfrontiert worden, als sie die Kanister der Magie aufgespürt hatte. Mit dieser Schlange war es nicht sonderlich gut gelaufen. Man kann sagen, sie hatte das Biest nicht besiegt, nein, sie war mit eingezogenem Schwanz so schnell sie nur konnte durch ein Portal gerannt. Die Begegnung mit einer anderen Schlange entsprach nicht Livs Vorstellung von Spaß, aber sie vermutete, dass sie das Monster war, das die Waffen bewachte.

Das Biest schlug nach ihr, als sie sich umdrehte und dessen Zunge traf beinahe ihr Gesicht. Sie duckte sich weg und fühlte sich wie ein Fisch in einem winzigen Teich. Liv griff Bellator fester und bekam ihren ersten, klaren Blick auf das Monster.

Es war groß.

Und fies.

Und schuppig.

Allerdings auch irgendwie schön. Liv hatte noch nie eine Anakonda wie diese, der sie gerade Auge in Auge gegenüberstand, gesehen. Sie war beängstigend und überwältigend, jenseits ihrer Vorstellungskraft. Sie wollte die Kreatur eigentlich streicheln, aber sie wusste, dass die Schlange viel mächtiger war als sie und wahrscheinlich nicht mit ihren Annäherungsversuchen einverstanden wäre.

Es war abwegig, denn sie wusste, dass die Anakondas aus dem Amazonasgebiet stammten und doch war dieses Tier hier. Eine Kreatur, so groß wie ein Baumstamm, schaukelte hin und her. Liv war sich ziemlich sicher, dass sie genau das taten, kurz bevor sie eine Person zerquetschten oder was auch immer. Sie hatte nur begrenzte Erfahrung mit Anakondas ... nun, eigentlich gar keine.

Sie warf den Feuerball in ihrer Hand auf das Monster, aber kurz vor dem Auftreffen schwang es nach rechts und wich dem Geschoss aus. Liv erzeugte einen weiteren Feuerball, gerade als der andere an einer Rückwand erlosch und warf ihn erneut in die Dunkelheit. Sie konnte nicht Bellator schwingen und gleichzeitig einen Feuerball halten. *So viele Möglichkeiten.*

Die Schlange züngelte während sie sich aufrecht erhob und hoch über Liv hinausragte. Feuer schüchterte das Biest nicht im Geringsten ein, was sie zu der Annahme veranlasste, dass es der Bestie nicht viel anhaben konnte. Es gab nur einen Weg, das herauszufinden.

Schnell feuerte Liv den Ball auf die Schlange ab und schuf sofort einen weiteren. Diesmal traf er und wie sie befürchtete, geschah nichts, er löste sich einfach auf, als wäre er auf eine Schneebank getroffen.

Nun, das änderte alles, dachte Liv mit plötzlicher Furcht. Die einzige Waffe, zu der sie Zugang hatte, würde die Bestie nicht aufhalten. Was sie brauchte, war Licht, aber soweit

85

sie es beurteilen konnte, bestand dieser Bereich aus nacktem Stein, Ziegelmauern und Steinböden.

Die Schlange stürzte sich auf Liv und sie tauchte zur Seite, rollte ab und verlor ihren Feuerball. Ihr erster Gedanke galt dem Huhn. Liv erzeugte schnell einen weiteren Feuerball und war erleichtert, als sie sah, dass das Huhn unverletzt geblieben war. Und nicht nur das, es schien die Schlange in Trance zu versetzen, weil es den Kopf zur einen und dann zur anderen Seite bewegte und die Bewegung immer wieder wiederholte.

Liv hatte keine Ahnung, was vor sich ging und wie lange das Huhn noch durchhalten konnte. Da bemerkte sie eine Fackel an der Wand hinter dem Huhn. Es war ein ziemlicher Abstand und wenn Liv nicht perfekt zielte, konnte das Huhn gebraten werden. Trotzdem war es die beste Option, die Liv im Augenblick zur Verfügung hatte.

Sie schleuderte den Feuerball an der Schlange vorbei. Er flog über das Huhn, prallte gegen die Fackel, entzündete sie und erfüllte den höhlenartigen Bereich mit Licht. Der Schrei des Huhns klang eher wie der Schrei eines Kindes, als es in die Luft sprang, weg von der Glut, die von der Fackel herabregnete. Die Trance wurde durchbrochen und die Schlange ging auf das Huhn los, das glücklicherweise reagieren konnte. Der Vogel schlug mit den Flügeln und wich auch dem nächsten Angriff aus.

Liv schwang Bellator, gerade als die Schlange auf sie zuglitt. Da sie wusste, dass ein Zögern sie den Sieg kosten würde, zog Liv ihr Schwert in einer sauberen, schnellen Bewegung durch die Luft. Die Klinge trennte in einer einzigen fließenden Bewegung den riesigen Kopf vom Körper der Anakonda. Der Kopf rollte zur Seite, während der Rest der Schlange erschlaffte.

Liv sorgte intensiv ausatmend dafür, dass das Huhn in Sicherheit war. Ihre Erleichterung war nur von kurzer Dauer, weil hinter ihr ein rasselndes Geräusch ertönte.

»Da du mein Haustier getötet hast, muss ich jetzt wohl auch deines töten.«

Kapitel 12

Liv drehte sich zu der Stimme, Bellator nach der jüngsten Tötung noch warm in ihren Händen. Wahrscheinlich hätte sie das verstümmelte Gesicht erwarten müssen, das sie durch einen glühenden Torbogen anstarrte. Er war ein Magier. An ihrer Fähigkeit, Magie zu erkennen, hatte sie so viel gefeilt, dass sie es sehen konnte. Allerdings erfuhr sie nichts darüber, wie die langen Narben im Gesicht des Mannes verursacht worden waren oder weshalb er zitterte, während er seine Hand hob, um sein langes graues Haar aus dem Gesicht zu schieben.

»Es tut mir leid, dass ich dein Haustier getötet habe, aber es hat versucht, mich umzubringen«, sagte Liv, während sie ihre Optionen auslotete. Sie könnte einen Feuerball auf den Verrückten werfen, aber irgendetwas sagte ihr, dass das vermutlich nicht funktionieren sollte, da es auf seine Schlange auch keine Auswirkung gezeigt hatte. Es lag auch viel Platz zwischen ihr und ihm und das Huhn stand leider mittendrin.

Er zuckte die Achseln. »Es ist in Ordnung. So nahe standen wir uns nicht. Nicht so wie mit seiner Mutter, aber die habe ich selbst getötet.«

»Nachdem sie dir diese Narben zugefügt hatte«, vermutete Liv.

Der Magier machte einen Schritt nach vorn. »Da du eine Magierin mit Feuerballmagie bist, vermute ich, dass Subner dich geschickt hat, um meine Waffen zu holen.«

»Ich glaube, er behauptet, es wären seine«, antwortete Liv, wobei ihre Augen zur Seite glitten, als sie nach vorne ging und versuchte, sich zwischen den Magier und das Huhn zu stellen.

Ein ausgedehntes Gähnen entschlüpfte dem Mund des Mannes. »Subner versteht nicht, wie das Gesetz von Besitz funktioniert.«

»Sagt man nicht, Besitz ist drei Viertel des Gesetzes? Nun, es bleibt aber immer noch so eine gewisse Unsicherheit, dass die Sammlung jemand anderem gehört«, provozierte Liv.

Das Gesicht des Magiers verzerrte sich eigenartig, als er lächelte. »Ich sehe, dass du ein sehr schönes Schwert hast. Nur etwas Riesen-Gefertigtes, von höchster Qualität, konnte De Soto so effizient töten.«

»De Soto?«, fragte Liv. »Das war der Name der Riesenschlange? Ich hatte vermutet, sein Name wäre Wayne.«

»Ich denke, es wäre sehr schön, dein Schwert in meine Sammlung aufzunehmen«, erklärte der Zauberer und sah Bellator mit hungriger Miene an.

»Die Sache ist die, dass ich momentan nicht vorhabe, mich von meinem Schwert zu trennen«, erwiderte Liv. »Ich bin gekommen, um Waffen zu holen, nicht, um meine abzugeben.«

Das Lachen des Zauberers klang wie loses Gestein, das durch ein Gitter gesiebt wird. »Meine Macht erhalte ich aus dem bloßen Besitz des Dequiem-Sets. Du wärst dumm zu glauben, du könntest mich in meinem eigenen Haus herausfordern.«

»Ja, das höre ich oft«, stellte Liv fest, entfesselte einen Feuerball und warf ihn auf den Magier. Er war noch nicht einmal auf halbem Weg zu ihm, als er einfach mit den Fingern schnippte, der Feuerball auf den Boden fiel und sofort erlosch. Wie sie gedacht hatte, Feuer funktionierte bei diesem Kerl nicht.

Er lachte wieder. »Feuer ist keine Gefahr für mich. Eigentlich genieße ich es, im Gegensatz zu Wasser. De Soto liebte Wasser, weshalb wir uns auch kaum verstanden.«

Liv wechselte einen unruhigen Blick mit dem Huhn. Wenn dieser Zauberer es kurios fand, dass das Huhn auf den Steinboden pickte, zeigte er es nicht. Liv versuchte, dem Vogel nicht zu viel Aufmerksamkeit zu schenken, aber es war kaum zu übersehen, dass er ein rundes Muster auf den Boden zeichnete.

Liv hatte keine Ahnung, was das Huhn da tat, aber sie wollte ihnen etwas Zeit verschaffen, während sie versuchte, es herauszufinden.

»Diese Waffen geben dir also Macht, indem du sie einfach besitzt?«, erkundigte sie sich bei dem Mann.

»Warum, ja, natürlich!«, dröhnte er. »Hast du schon vom ›Großen Cheverone‹ gehört?«

»Bis jetzt nicht«, konterte Liv und trat einen Schritt zurück, weil sie den Wunsch in Bellator spürte. Es wollte, dass sie zurücksprang, als Cheverone sich ihr näherte. Sie war sich nicht sicher weshalb, da die Waffe gewöhnlich keinem Kampf auswich.

Der Zauberer lachte, als ob Liv Witze reißen würde. »Ich bin auf der ganzen Welt für meine unglaublichen Kräfte bekannt. Der Vorfall mit den Zäunen in Budapest? Das war ich.«

»Diese Schlagzeile habe ich wohl verpasst«, berichtete Liv und machte einen weiteren Schritt zurück, jetzt fast an der Mauer.

»Natürlich hast du das. Ich habe Zäune um das ganze Budapester Umland gezogen.«

»Warum?«, fragte Liv und beobachtete, wie das Huhn den Kreis auf dem Steinboden beendete und sich neben sie stellte. Sie wusste immer noch nicht, was das Huhn vorhatte oder warum Bellator sie an diese Stelle zurückgezerrt und erst aufgehört hatte, als sie sich auf der anderen Seite des Kreises befand.

»Weil es lustig war«, meinte Cheverone und lachte immer noch. »Alle Bauern kamen heraus, und die Zäune waren kilometerweit in alle Richtungen gespannt.«

»Du hast sie also eingesperrt?«, wollte Liv wissen.

Er schüttelte den Kopf. »Nein, ich habe stellenweise Lücken in den Zäunen gelassen. Es war zu schwierig, sie endlos zu machen.«

»Nochmals, warum hast du das getan?«, hakte Liv nach, irgendwie unterhalten von diesem Verrückten.

»Weil es mich zur Legende gemacht hat!«

»Mmmmh ... ich glaube, es hat dich nur zu einem Idioten gemacht, der magische Energie verschwendet hat, die man hätte nutzen können, um Gutes zu tun.«

Das verrückte Funkeln in seinen Augen wurde intensiver. »Es gibt nichts Gutes auf der Welt. Es gibt nur Machtdemonstrationen. Das Dequiem-Set ist seit langer Zeit meine Kraftquelle und weder du noch Subner könnt es mir nehmen. Ich bin zu mächtig.« Er hob seine Hand und mit ihr erhob sich Liv von ihren Füßen.

»Verdammt!«, knurrte sie und trat um sich. »Nicht noch einer dieser Zaubersprüche! Ich hasse es, von den Füßen gehoben zu werden. Es ist so erniedrigend.«

»Weil ich ein freundlicher und nachdenklicher Zauberer bin«, begann Cheverone, »habe ich vor, dich an mein anderes Haustier zu verfüttern. Dann dein Huhn. Auf diese Weise musst du nicht zusehen, wie es stirbt.«

»Anderes Haustier?« Liv versuchte, sich aus der Umklammerung zu befreien, die er auf sie ausgeübt hatte, aber sie erzielte keine großen Fortschritte.

»Natürlich«, sagte er, als der Kopf einer anderen Anakonda zischend durch den Torbogen in seinem Rücken glitt.

»Oh, zwei Schlangen«, murmelte Liv. »Ich schätze, zwei sind genauso viel Arbeit wie eine. Du beschäftigst dich selbst, ist das richtig?«

Cheverone warf einen Blick aus zusammengekniffenen Augen auf die Schlange. »Sie bremst mich aus, aber ich kann es ihr nicht wirklich übel nehmen.«

Livs Augen huschten zu dem Huhn, das etwas anderes in den Staub auf dem Boden pickte.

»Was soll das heißen, du bist nicht hungrig?«, fragte Cheverone die Schlange, was Liv nicht hörte.

»Das verstehe ich«, fuhr Cheverone fort. »Deshalb habe ich ursprünglich De Soto auf sie losgehen lassen.« Er bewegte sich auf die geköpfte Schlange zu, die in der Ferne lag. »Wie du sehen kannst, hat das nicht so gut geklappt.«

Die Anakonda zischte wütend und stieg in die Höhe.

»Mach dir keine Gedanken«, meinte Cheverone sachlich zu der Schlange. »Ich besorge dir einen anderen Freund. Töte sie einfach zuerst.«

Der Schlange gefiel Cheverones unsensibles Verhalten offenbar nicht. Sie wandte sich gegen ihn und stieg noch höher.

Gerade jetzt von ihrer erhöhten Position erkannte Liv, was das schlaue Huhn am Boden skizziert hatte. Es war ein Bild des Raumes, in dem sie standen. Es hatte jedoch ein paar Details hinzugefügt und als Liv sich umschaute, wurde ihr klar, was genau das Huhn von ihr wollte.

Der Magier hielt seine Hand hoch und fror die Schlange ein. »Vergiss nicht, wer hier die Macht besitzt.«

Als er die Schlange bewegungsunfähig machte, ließ er Liv los, die auf den Boden fiel. Liv landete mit einem dumpfen

Aufprall und schleuderte einen Ball magischer Energie in die Mitte des Kreises, den das Huhn gezeichnet hatte und der, wie sie jetzt feststellte, darauf hindeutete, dass eine Stützsäule fehlte. Die Stelle, an der sie gestanden hatte, war nur ein verfärbter Fleck auf dem Boden in der Mitte des Kreises.

Cheverone und die Schlange wandten sich Liv zu, als der Energieball unter ihnen auf den Boden aufschlug und ihn in zwei Hälften spaltete. Er öffnete sich wie eine riesige Höhle und die Strukturen um sie herum bebten. Liv presste sich gegen die Wand, weil sie befürchtete, dass der Boden unter ihren Füßen ebenfalls in das Wasser darunter bröckeln würde, wie es bei Cheverone und seiner Schlange der Fall war.

Dort verlief unter der Stadt die Cloaca Maxima, das Abwassersystem Roms und glich mehr einem Fluss als den Rohren, an die Liv gewöhnt war.

Liv war sich nicht sicher, ob es funktionieren könnte, weil Cheverone zum Torbogen kroch, durch den er gekommen war. Die Ziegelsteine lösten sich unter ihm auf, aber er bewegte sich schnell. Doch dann streckte die Anakonda ihren langen Schwanz aus und wickelte sie um Cheverones Körper und drückte ihn fest zusammen.

»Was machst du da, du Stück Scheiße?!«, brüllte der Zauberer, sein Gesicht wurde von dem Druck rot. Die Schlange hatte seine Arme an die Seite gebunden.

Liv war sich tatsächlich nicht sicher, was die Schlange tun würde. Seinen Herrn retten? Ihn durch den Raum auf sie zu schleudern? Oder durch das Loch in der Mitte des Raumes gleiten, das glücklicherweise nicht mehr breiter geworden war. Der Druckpunkt, den das Huhn angedeutet hatte, war perfekt. Er öffnete ein perfekt symmetrisches Loch. Das bräunliche Wasser der Cloaca Maxima wühlte unter ihren

Füßen auf und sandte einen unangenehmen Geruch nach oben.

Die grünen Augen der Schlange leuchteten in ihre Richtung. Liv bereitete sich auf den Einsatz von Bellator vor, obwohl sie auf einer schmalen Kante stand, die nur wenig Platz zum Schwingen des Schwertes bot. Was sie brauchte, war eine Kante zum breiteren Teil des Bodens, aber das Huhn versperrte ihr den Weg, seine Augen richteten sich auf die Schlange.

Liv war gerade dabei, über den Vogel zu steigen, als der Kopf der Anakonda in die Gewässer der Cloaca Maxima stürzte und mit einer seltsamen Anmut abtauchte. Sie glitt geräuschlos durch die große Öffnung und nahm Cheverone mit sich.

»Nein!«, schrie der Zauberer, sein Gesicht verzerrte sich vor Angst und Unglauben, als er in den dunklen Gewässern verschwand.

»Friss Scheiße und stirb, Arschloch«, sagte Liv und ließ einen Seufzer der Erleichterung los.

Kapitel 13

»Das war ziemlich klug geplant von dir«, bemerkte Liv, als das Huhn durch das Portal in die Roya Lane trat.

Es antwortete nicht. Stattdessen schlug es mit den Flügeln, während es versuchte, nicht von den Menschenmassen fast zertrampelt zu werden.

»Oh, Entschuldigung«, sagte Liv, bückte sich und hob den Vogel auf. »Ich habe vergessen, dass du manchmal getragen werden musst.«

Weil sie sich in einem Ballungsraum befanden, war Liv überrascht, als Plato neben ihr auftauchte. Sie blinzelte ihn an, unsicher, ob sie den Lynx tatsächlich sah.

»Was machst du denn hier?«, fragte sie ihn.

»Dir sagen, dass du wieder verfolgt wirst«, antwortete er mit gedämpfter Stimme.

Liv blickte sich um. »Adler ist hier?«

Er nickte. »Ja, aber er hat dich noch nicht zu Gesicht bekommen. Er hat sich da drüben verkleidet versteckt und darauf gewartet, dich kommen zu sehen und ich schätze, er hofft, dir zu Subners Laden folgen zu können.«

»Woher wusste er, dass er mich hier suchen musste?«

»Ich vermute, er hat deine Portalmagie lokalisiert, nachdem ich ihn das letzte Mal in die Irre geführt habe.«

Liv schüttelte den Kopf. »Dieser Mann hat etwas vor.«

»Ich stimme zu«, flüsterte Plato. Es war so viel los, dass ihnen niemand Aufmerksamkeit schenkte. Außerdem war die Tatsache, dass Liv ein Huhn im Arm hielt, kurioser, als dass sie mit einer Katze sprach.

»Ich bin mir nicht sicher, ob ich mich vorbeischleichen kann«, konstatierte Liv, als sie den Weg studierte. »Ich muss genau an dem Bereich vorbei, in dem er sich befindet und es scheint, als würde die Menschenmenge dort drüben dünner werden.«

»Bestimmt hat er den Platz deshalb ausgewählt«, erklärte Plato. »Aber keine Sorge, ich habe es im Griff. Gib mir nur eine Minute, dann kannst du weiter zu Subner gehen.«

»Was wirst du tun?«, wollte Liv neugierig wissen.

Er hob eine Augenbraue und warf ihr einen ungläubigen Blick zu.

»Okay, gut, du musst die Katze nicht aus dem Sack lassen«, lachte sie.

Plato rollte mit den Augen. »Ich werde dir weiterhin helfen, auch wenn diese Witze mich irgendwann das Leben kosten werden.«

»Weil sie so lustig sind?«, fragte Liv.

»Ja, das könnte man meinen.«

»Nun, danke, dass du mir helfen willst, Adler wieder auf die Schippe zu nehmen«, sagte Liv. »Und dafür, dass du meine schlechten Witze erträgst.«

»Liv, wenn ich dich wegen schlechter Witze im Stich lassen würde, wäre ich schon weg gewesen bevor Du von Clark ins Haus zurückgerufen wurdest.«

Sie zog eine Grimasse und hob das Huhn hoch. »Rosella mag meine Witze zufälligerweise.«

Der Vogel quäkte zweimal.

»Ja, sie liebt sie absolut«, stimmte Plato trocken zu.

»Hey, ich wette, du weißt wie sie heißt, nicht wahr?«

»Ja, und du bist nicht im Entferntesten nahe dran.«

»Camila? Eva? Isabella?«

Plato schüttelte den Kopf.

»Nun, sag es mir nicht und lass mir den Spaß«, so Liv.

»Du weißt, dass ich das ohnehin nicht tun würde«, bemerkte Plato.

»Nein, das wäre auch zu einfach. Stattdessen werde ich anfangen, sie Lady Huhn zu nennen.«

Platos Augen studierten das Huhn, bevor er zu Liv schaute. »Das mag sie nicht.«

»Woher weißt du das?«, fragte Liv. »Sie hat keinen Piep gesagt.«

Plato rollte wieder mit den Augen.

»Okay, tut mir leid, das *war* ein schlechter Witz«, gab Liv zu.

»Das sind alles schlechte Witze«, erklärte Plato. »Und ich weiß es einfach. Da du ihren Namen nicht kennst …«

»Und du und Papa Creola es mir nicht sagen wollt«, legte Liv nach.

»Und du es allein nicht herausfinden kannst«, fuhr Plato fort. »Sie würde es vorziehen, wenn du sie ›die Wissenschaftlerin‹ nennen würdest.«

»Was?«, rief Liv aus. »Selbst in der magischen Welt werde ich wie eine Irre aussehen, wenn ich ein Huhn als Wissenschaftlerin bezeichne.«

Plato schüttelte den Kopf Richtung Huhn. »Nein, ich weiß nicht, wie ich sie dazu bringen kann, damit aufzuhören. Es ist wie diese merkwürdige idiotische Sache, die sie immer macht.«

»Ja, meine besondere Fähigkeit sind Wortspiele«, bestätigte Liv und blickte die Tiere finster an. »Und woher weißt *du*, wie sie genannt werden will?«

Als Plato nicht antwortete, winkte Liv mit ihrer freien Hand ab. »Gut, gut. Sag es mir nicht. Ich trage einfach das

Huhn mit mir herum und nenne es ›Wissenschaftlerin‹. Vielleicht kann ich dich unter meinem anderen Arm herumschleppen und dich ›Lehrer‹ oder ›Guru‹ nennen. Ich denke, dann bekomme ich etwas Aufmerksamkeit.«

»Du weißt schon, dass ich mich nicht gern tragen lasse«, platzte Plato heraus.

»Und du musst gehen und dich für mich einsetzen.« Liv zeigte in die Richtung, in der sich Adler befand.

»Ja, und es könnte etwas länger dauern als angenommen, wenn es überhaupt funktioniert. Die Dynamik der Menschenmenge hat sich während unseres Gesprächs verändert.«

»Hey, ich möchte, dass du deine Pfoten bewegst.« Liv schlug sich kichernd auf ein Knie.

Plato blinzelte ihr unnachgiebig zu.

»Okay, wie erkenne ich, dass es sicher ist, auf der Roya Lane weiterzugehen?«, fragte Liv.

»Du wirst es sehen«, meinte er einfach und verschwand in der Menge.

Liv schüttelte den Kopf. »Ist er nicht süß?«

Der Vogel hatte offensichtlich keine Reaktion darauf. Zumindest keine, die Liv verstehen konnte, da sie keine Telepathie hatte oder was auch immer es war, das Plato bestimmte Dinge wissen ließ.

Sie überlegte, welche Möglichkeiten sie hatte, um eine solche Fähigkeit zu erlangen, als Krawall auf der Straße ihre Aufmerksamkeit auf sich lenkte. Eine Frauenstimme hallte die Straße hinunter, während die Menge vorwärts stürmte.

»Geh weg von mir!«, schrie die Frau, als in ihrer Nähe lautes Knurren ertönte.

»Helft ihr!«, brüllte jemand.

DIE UNBEUGSAME KÄMPFERIN

»Hierher, wir stellen uns um sie herum«, rief jemand anderes und die Menge verwandelte sich in eine Mauer um den Ort, an dem Adler war, offenbar als Frau verkleidet.

Liv duckte sich, sprintete vorbei und steuerte auf Subners Laden zu, bevor die Ablenkung vorbei war.

Kapitel 14

Auf dem ganzen Weg die Roya Lane entlang schaute Liv immer wieder über ihre Schultern. Zum Glück bemerkte sie weder Adler noch die alte Dame, nur eine Menge Aufregung am anderen Ende der Straße. Wer wusste schon, was Plato getan hatte, um ihr die erforderliche Zeit zu verschaffen, er wollte es ihr schließlich nicht sagen.

Die Tür zu den ›Fantastischen Waffen‹ stand offen, als Liv mit dem Huhn und dem Sack, gefüllt mit Schwertern, eintrat.

Subner blickte von seinem Buch auf, eine Lesebrille im Gesicht. »Da bist du ja. Du hast lange genug gebraucht.«

»Das ist eine seltsame Art, ›Danke‹ zu sagen«, meinte Liv und ließ die Tasche voller Schwerter fallen.

»Du bist schon vor einem Tag abgereist«, murmelte er.

»Waffen zu suchen, wenn man null Ahnung hatte, wo sie sein könnten oder wer sie genommen hat?«, argumentierte Liv.

»Woher willst du wissen, dass du erfolgreich warst?«

»Klingelt beim Namen Cheverone bei dir irgendetwas?«

Subner schaute finster drein. »Nicht der! Dieser alte Knallkopf. Ich wette, er hat nicht einmal eines der Schwerter benutzt.«

»Nein, er sagte, er brauchte das Dequiem-Set wegen seiner Energiereserven.«

Subner nickte, als wäre das durchaus sinnvoll. »So ein Feigling. Er hat ein ganzes Arsenal gestohlen, obwohl er keine Ahnung hatte, wie man ein Schwert überhaupt schwingt. Ich hoffe, du hast ihn büßen lassen.«

Liv schaute das Huhn von der Seite an. »Sagen wir einfach, dass er sich im Moment ziemlich beschissen fühlt.«

Subner öffnete den kleinen Beutel und schaute hinein. Sein Mund klappte auf und er eilte zum hinteren Tresen. »Sie sind es wirklich! Das Dequiem-Set.«

»Gern geschehen«, antwortete Liv, ihre Stimme klang ein wenig unsicher.

Eines nach dem anderen zog Subner die Schwerter aus dem Sack und bewunderte jedes einzelne. »Das scheinen tatsächlich alle zu sein.«

»Ich kann nur bestätigen, dass ich bei der Bergung deiner mysteriösen Objekte erstaunliche Arbeit geleistet habe«, neckte Liv. Subner ignorierte sie und starrte weiter verzückt seine Sammlung an.

»Wenn du ein Dankeschön von ihm erwartest, wirst du lange warten müssen«, erklärte Papa Creola an ihrer Seite, nachdem er wie von Zauberhand erschienen war.

»Bedeutet das mehrere Minuten oder Jahre oder was?«, fragte Liv. »Mir ist klar, dass Zeit für dich relativ ist.«

Ihr Witz schien ihm nicht zu gefallen. »Gnome verschwenden keine Zeit damit, Dankbarkeit zu zeigen.«

»Kein Wunder, dass sie so mürrisch sind«, stellte Liv fest und hielt sich dann vermeintlich erschrocken eine Hand an die Wange. »Aber nicht du, Papa Creola. Du bist der reinste Sonnenschein.«

Das war wohl wahr. Papa Creola sah im Vergleich zu anderen Gnomen mit seinen runden, rosigen Wangen und funkelnden Augen beinah munter aus.

Er winkte mit einer Hand ab. »Ich weiß es zu schätzen, dass du Subners Waffen für ihn sichergestellt hast. Dieser

Ort ist ein bisschen kahl und das wird helfen, das Geschäft zum Laufen zu bringen.«

Liv blickte sich in dem leeren Laden um und suchte nach einem Platz zum Absetzen der Wissenschaftlerin. »Also, ich habe das Huhn lebendig hier. Wie geht es weiter?«

Papa Creola schien ein stummes Gespräch mit dem Vogel zu führen, bevor er einen Blick auf Liv warf und mit dem Kopf nickte. Es fing an, sie zu frustrieren, dass offensichtlich jeder außer ihr das tun konnte. »Die Person in diesem Huhn ist die einzige, die weiß, wo ein böser Magier sich aufhält. Er ist derjenige, der sie gezwungen hat, die illegalen magisch-technischen Geräte herzustellen. Sein Name ist Shitkphace.«

Liv lachte laut auf. »Du willst, dass ich einem Schurken namens Shitface nachstelle?«

Papa Creola wirkte nicht amüsiert. »Sein Name ist Shitkphace. Das ›k‹ ist still.«

»Okay, aber es wird mir schwer fallen, mein Gesicht unter Kontrolle zu halten, wenn ich Shitface hochnehme.«

»Ich vermute, dass du dein Gesicht niemals unter Kontrolle halten kannst«, erklärte Papa Creola. »Jedenfalls habe ich keine Ahnung, wo Shitkphace sich versteckt.« Er zeigte auf das Huhn. »Nur sie weiß es.«

»Nun, kannst du nicht mit ihr kommunizieren?«, wollte Liv wissen.

Er warf ihr einen entsetzten Blick zu. »Natürlich kann ich das nicht. Sie ist derzeit ein Huhn.«

»Oh, nun, ich habe einfach angenommen, dass ihr beide interne telepathische Gespräche führen würdet, wie sie es mit Plato getan hat«, erzählte Liv.

»Plato ist eine andere Art von Wesen und er spielt nicht nach den Regeln, wie sie für die meisten von uns gelten.«

Liv stieß einen langen Atemzug aus, etwas überwältigt davon, dass Plato gegen Regeln verstieß, die selbst Vater Zeit befolgen musste.

»Wie auch immer, die Wissenschaftlerin ist die einzige, die weiß, wo sich Shitkphace befindet. Ich war damit beschäftigt, die magisch-technischen Geräte zusammenzusammeln, die er von ihr hat anfertigen lassen, aber er hat herausgefunden, wie man die Designs nachbauen kann. Solange er da draußen ist, wird er weiterhin Technik entwickeln, die das Gewebe der Zeit durcheinander bringt.«

»Okay, also kannst du die Wissenschaftlerin wieder hervorholen?«, fragte Liv.

»Nein, kann ich nicht«, antwortete Papa Creola. »Die einzige Person, von der ich glaube, dass sie es sicher tun kann, ist ein Fae namens Phillippe Foggerbottom …«

»Wer sind die Eltern? Warum gibt man einem Kind einen solchen Namen?«, echauffierte sich Liv.

Papa Creola ignorierte ihren Kommentar. »Phillippe wird dir nicht helfen wollen.«

»Wie schockierend«, maulte Liv mit null Emotion.

»Er ist der Einzige, dem ich zutraue, die Wissenschaftlerin zurückzuholen«, so Papa Creola weiter. »Schau, er war einst ein Meister der Verwandlung.«

»Einst?«, fragte Liv, die sich darüber freute, wie sich alles langsam auflöste.

»Er hat eine andere Rolle in der Welt der Sterblichen eingenommen«, fuhr Papa Creola fort.

»Okay, also muss ich ihm drohen, damit er die Wissenschaftlerin zurückverwandelt, oder?«

Papa Creola schüttelte den Kopf.

»Du wirst mir eine Notiz mitgeben, die besagt, dass du zur Strafe sein Leben um ein paar hundert Jahre verkürzen wirst, wenn er nicht tut, was ich sage?«, versuchte Liv zu raten.

»Nein, ich fürchte, dass der Tod genau das ist, worauf sich der alte Fae am meisten freut.«

»Wow, das klingt nach einem wirklich fröhlichen Menschen«, scherzte Liv.

»Ist er nicht und das wird wahrscheinlich eines der größten Hindernisse sein, die es zu überwinden gilt, um seine Kooperation zu erhalten.«

»Nun, wie bringe ich ihn dann dazu, das Huhn zurückzuverwandeln?«, forderte Liv Antworten.

»Er wird nicht auf mich hören, aber alle Fae sind ihrem König gegenüber loyal, egal was passiert«, erklärte Papa Creola.

Liv ließ ihr Kinn hängen und betrachtete ihn mit undurchschaubarem Gesichtsausdruck. »Du willst doch nicht andeuten …«

Der alte Gnom nickte. »Das will ich. König Rudolfus ist der einzige, der Phillippe Foggerbottom zwingen kann, das zu tun, was wir wollen. Glaubst du, du könntest ihn dazu bringen, dieses Dekret zu erlassen?«

Liv seufzte. »Ja, aber es wird mich mehrere hundert Gehirnzellen kosten und wahrscheinlich dazu bringen, mir mit einem Vorschlaghammer auf den Kopf hauen zu wollen.«

Papa Creola lächelte leicht. »Das ist die Wirkung, die Rudolfus Sweetwater auch auf mich hat, also besser du als ich.«

Liv ging, um das Huhn zu holen. »Ja, danke, Paps.«

Kapitel 15

»Oh, *du wirst dich freuen*«, sagte Liv und trat durch das Portal in das Königreich der Fae, auch bekannt als Las Vegas Strip.

Das Huhn sah nicht beeindruckt aus, nur leicht aufgeregt wegen des Zigarettenrauchs, der über sie hinwegwehte, als lästige Touristen sich vorbeidrängten und ihre Köpfe hoben, um die über ihnen aufragenden Gebäude zu betrachten. Viele hatten ihre Telefone in der Hand und fotografierten die Lichter oder machten Selfies, während sie vor dem Bellagio-Brunnen posierten.

»Weißt du was? Vielleicht sollte ich nicht davon ausgehen, dass du Rudolf Sweetwater noch nicht kennst«, meinte Liv zu dem Huhn. »Er ist ganz schön rumgekommen. Heutzutage viel weniger, aber trotzdem glaube ich, dass er ein paar Jahrhunderte lang überall herumgehurt hat.«

Die Wissenschaftlerin schrie beleidigt.

»Ich unterstelle damit nicht, dass du leicht zu haben bist«, verbesserte Liv. »Ich sage nur, dass es möglich ist, dass er sich an dich rangemacht oder deine Intelligenz irgendwie infrage gestellt hat. Darin ist er am besten.«

Sobald sie das Cosmopolitan betraten, erkannte Liv die vielen Fae, die vorgaben, wie Sterbliche zu arbeiten, denn ihre Flügel glitzerten.

»Hey, ich muss unbedingt den König treffen«, sagte sie zu einem Kellner, der gerade behäbig einen Cocktail-Tisch abräumte.

Der Fae schaute sie an, mit ihrem schwarzen Umhang und den strähnigen Haaren und schüttelte den Kopf. »Erwartet er dich, Magierin?«

»Nein, aber das dürfte keine Rolle spielen«, verdeutlichte sie. »Er mag es, wenn ich ihn überrasche.«

Der Mann gab ein humorloses Lachen von sich. »Wir verstehen, dass du den aktuellen König der Fae treffen möchtest, aber wir können ihn nicht wegen jedem dahergelaufenen Magier belästigen.« Seine Augen glitten über das Huhn. »Besonders nicht wegen denen, die eigenartige Haustiere haben.«

»Das ist nicht mein Haustier«, argumentierte Liv. »Ich habe eine sprechende Katze. Rudolf wird mich sehen wollen. Ich bin einer seiner Berater und ich war bei seiner Krönung. Erkennst du mich nicht wieder?«

Die Fae beäugte sie genau. »Nein, tue ich nicht.«

Liv knurrte. Bei der Krönung hatte sie völlig anders ausgesehen. Wenn sie nur ihren Herbeiruf-Stein dabei hätte, dann wäre alles kein Problem. Sie könnte Rudolf direkt an ihre Seite holen, ohne sich mit diesem Schwachkopf auseinandersetzen zu müssen.

»Sieh her, ich bin eine Kriegerin für das Haus der Sieben und ich schlage vor, du bringst mich sofort zu Rudolf. Andernfalls werde ich ihm sagen, er soll dir die Flügel stutzen und deine Nutella-Ration kürzen, wenn ich ihn sehe.«

Der Mann unterdrückte das Keuchen, das seinem Mund zu entkommen versuchte. »Also gut. Wir werden dich hinaufbringen, aber wenn dich der König nicht sehen will, dann hast du dein elendes Schicksal selbst besiegelt.«

Drei Fae in Anzügen schritten plötzlich herüber.

»Warte nur ab, du überdimensionierte Fee«, drohte Liv. Nächstes Mal bräuchte sie einen direkteren Weg, um Rudolf zu treffen. Sie hatte nur noch keine Gelegenheit gehabt, mit ihm Kontakt aufzunehmen, seit er das Imperium seines Volkes übernommen hatte. Sie war sich nicht einmal sicher, ob sein Thronsaal sich am selben Ort befand wie der von Königin Visa, aber trotzdem wusste sie, dass er schwer bewacht sein würde.

»Ich dachte, ich wäre respektvoll genug, indem ich darum bat, den König zu treffen«, flüsterte Liv dem Huhn zu, als der Kellner sie durch das Kasino führte, während die Sicherheitsleute hinter ihr herliefen, »aber jetzt wird mir klar, dass sie mich nur für eine Schwätzerin halten.«

Das Huhn senkte den Kopf und bedeckte ihn mit seinem Flügel.

»Du tust das wegen des Lärms und Rauchs und nicht wegen meines tollen Witzes, oder?«

Die Wissenschaftlerin antwortete nicht.

Als sie den Aufzug verließen, wurde Liv klar, dass sie zum selben Ort unterwegs waren, an dem sich die Gemächer von Queen Visa befunden hatten. Doch die Dinge sahen ganz anders aus. Anstelle des schicken, monochromen Dekors seiner Vorgängerin hatte Rudolf den moderneren Generation-X-Ansatz verwendet.

Der Putz und die Leisten an den Wänden waren mit ungebeiztem Holz verkleidet worden. Oben waren die Dachsparren freigelegt und die Einbauschränke waren aus gebürstetem Stahl.

»Wow, ich habe meine Hipster-Hosen zu Hause vergessen«, sagte Liv zu dem Huhn, laut genug, dass die Sicherheitskräfte es hören konnten.

Der Fae vor ihr drehte sich um, ein entsetzter Ausdruck auf seinem Gesicht. »Seine Exzellenz macht uns wichtiger, indem er uns aus dem finsteren Mittelalter herausführt und unseren Geist durch Einfallsreichtum beflügelt.«

»Ich gebe dir hundert Dollar, wenn du mir in Umgangssprache erklären kannst, was das bedeuten soll«, forderte Liv ihn heraus.

Dem Mann fiel die Kinnlade herunter. Er schloss den Mund wieder und schaute zu den Wachleuten hinter ihr, als ob er nach Antworten suchte. »Es ist kompliziert zu erklären.«

Liv zuckte mit den Achseln und marschierte um den Fae herum. »Ich verstehe, dass es Spaß macht, große Worte zu reißen, aber ohne ihre Bedeutung zu kennen sind sie wertlos.«

Die Wachen überholten sie sofort, zwei von ihnen streckten die Arme aus und versperrten ihr den Weg.

Liv lächelte und genoss dieses Spiel. »Ich kenne meinen Weg von hier aus, Jungs. Die Eskorte ist nicht mehr nötig.«

»Deine Anwesenheit ist vom König noch nicht gebilligt worden«, erwiderte der erste Fae mit missbilligendem Gesichtsausdruck.

Liv deutete zu den hohen Doppeltüren. »Okay, gut. Lass uns deinen König fragen, ob es okay ist, dass ich zum Spielen komme.«

Der Fae bewegte sich wieder und bemühte sich, die schweren Türen zu öffnen. Als es ihm gelang, eine zurückzuschieben, war Liv sowohl beeindruckt als auch leicht angewidert wegen der spartanischen Ausstattung des Thronsaals. Der Boden war ganz aus Beton. Oben war das gesamte Kabelnetz freigelegt. Glühbirnen hingen von der Decke und die Wände waren alle aus Backstein.

Auf einer Seite des großen Raumes befand sich eine eher minimalistische Bar. Dahinter stand ein Mann mit Schnurrbart, einer schwarzen Weste über seinem zerknitterten, zugeknöpften Hemd und servierte Getränke.

DIE UNBEUGSAME KÄMPFERIN

Die im Raum verstreuten Fae waren ganz anders gekleidet als das letzte Mal, als Liv dort war. Sie trugen weder enge Kleider noch extravagante Anzüge. Stattdessen hatten fast alle schmale, an den Knöcheln hochgerollte Jeans angezogen. Die Männer trugen Hosenträger und viele der Mädchen hatten kurz geschnittene Haare und Baby Bangs. Die Fae saßen aufrecht auf gepolsterten Sofas oder unbequemen Metallstühlen und führten gedämpft Gespräche.

»Wohin hast du mich nur gebracht?«, fragte Liv panisch. »Bin ich in Nord-Hollywood? Bitte sag mir, dass wir nicht in diesem Hipster-Heiligtum gelandet sind, denn ich kann meine Wut nicht kontrollieren, wenn diese Typen ständig von gemeinnützigen Organisationen reden und Akkordeon spielen.«

Sie ignorierend, führte der Fae sie durch den Raum. Hinten, statt des Thrones, der zuvor dort gestanden hatte, gab es eine miese Ausrede für einen Schreibtisch. Er bestand hauptsächlich aus unpoliertem Holz und großen Metallbolzen. Dahinter saß Rudolf mit dem Rücken zu ihnen, während er sich in einem Drehstuhl zurücklehnte.

»Teile ihnen mit, dass ich einen besseren Lieferanten für biologische, vegane Erdnüsse will«, schimpfte er in das Telefon und klang überhaupt nicht nach Rudolf.

Nach einer Pause antwortete er: »Das ist es, was sie dir glauben machen wollen. Ich habe jedoch Erdnüsse gegessen, von denen ich sicher bin, dass sie fragwürdigen Ursprungs sind.«

Er würgte das Telefonat ab.

Der Fae, der sie hereingeführt hatte, räusperte sich, um die Aufmerksamkeit des Königs zu erregen. Rudolf drehte sich herum, ein Lächeln erhellte seine Augen. Er verbarg es schnell und drehte seinen Kopf mit verschmitztem Gesichtsausdruck zur Seite.

»Eure Majestät, diese Magierin hat uns erzählt, dass sie Euch kennt und dass Ihr sie sehen wollt«, erklärte der Fae. »Bitte sagen Sie uns, ob wir ihr erlauben können zu bleiben, oder ob wir sie vom Grundstück begleiten dürfen.«

Rudolf richtete sich auf. Ihm war ein langer Bart gewachsen und sein Haar an der Seite des Kopfes war rasiert, genau wie bei diesen ekelhaften Hipstern. Und noch merkwürdiger war, dass er eine dick umrahmte Brille trug. »Du! Wie kannst du es wagen hier aufzutauchen, Biv Leaufont!«

Kapitel 16

Liv senkte ihr Kinn und erkannte sofort das Machtspiel, das Rudolf spielte. »Mmmmh, ernsthaft? Das machst du doch nicht wirklich, oder, Ru?«

Er zwinkerte und stand auf, um zu zeigen, dass er ein bis zum Hals geknöpftes, kurzärmeliges Hemd, eine Fliege, Jeans und Hosenträger trug. »Doch, das tue ich. Und weißt du auch warum?«

»Weil dir langweilig ist und du willst, dass ich deinem Personal in den Arsch trete?«, mutmaßte Liv.

Er lächelte. »Das ist genau richtig.« Er richtete seine Aufmerksamkeit auf den ersten Fae und klatschte mit den Händen an die Wangen. »Oh, nein. Du hast eine gefährliche Attentäterin hier reingelassen. Schnappt sie euch, bevor es zu spät ist.«

Alle drei Wachmänner in Livs Rücken griffen nach ihr. Als sie dies spürte, fiel sie zu Boden und rollte zur Seite. Als sie wieder auf den Beinen war, setzte sie das Huhn ab und versetzte dem ersten Wachmann sofort einen Schlag in die Magengrube. Eine Sekunde später warf ein anderer seine Handfläche nach oben und eine Eiskugel schoss auf sie zu.

Liv hielt ihre eigene Hand hoch und schickte dem Eis einen Feuerball entgegen. Sie trafen sich in der Luft, beide lösten sich sofort auf. Während der Fae unvorbereitet war, schickte Liv ihm einen Windstoß, der ihn auf eines der leeren Sofas fegte und ihn dann kopfüber nach hinten bugsierte.

Der letzte hatte geglaubt, er könne sich von hinten anschleichen, aber sie packte ihn am Hals und drehte ihn, bis sie ihn fest im Schwitzkasten hatte.

»Ist es das, was du wolltest?«, fragte Liv und schaute Rudolf direkt an.

Er stampfte mit dem Fuß auf, die Arme vor der Brust verschränkt und nickte. »Ja, das war genau das, was ich gebraucht habe, um etwas Leben in die Bude zu bringen.«

»Ruf deine Männer zurück oder in der nächsten Runde fließt Blut«, warnte Liv.

Er nickte. »Sehr gut.« Rudolf schüttelte den Kopf und richtete seinen Blick auf den Wachmann, den Liv im Schwitzkasten hatte. »Nichts passiert. Ich dachte, sie wäre eine meiner Nemesis, aber es hat sich herausgestellt, dass sie tatsächlich meine beste Freundin Liv Beaufont ist. Wie dumm von mir. Ich verwechsle sie immer.«

Als wäre er an solche Eskapaden gewöhnt, presste der Wachmann die Lippen zusammen und nickte. Der Typ, der über die Couch gestürzt war, stand auf und staubte sich ab. Liv ließ den Wächter im Schwitzkasten los und stieß ihn weg, nur für den Fall, dass er nicht wusste, wie man Befehle entgegennahm. Er wich sofort vor ihr zurück.

»Ihr könnt gehen, Jungs«, winkte Rudolf sein Sicherheitspersonal weg. »Und bitte belästigt Liv nie wieder, wenn sie mich besuchen möchte.«

»Was nie wieder geschehen wird«, bemerkte Liv, als sie das Huhn aufhob.

»Ach, komm schon«, bat Rudolf. »Du bist in meinem Rat. Ich werde deine Hilfe brauchen.«

»Du musst dringend deinen Kopf untersuchen lassen.«

»Kann man mir wirklich vorwerfen, dass ich deine Fortschritte sehen möchte?«, fragte Rudolf. »Ich wusste, du würdest sie schnell fertig machen und sie bleiben dabei bescheiden.«

»Was wäre, wenn sie bessere Kämpfer wären als ich?«, warf Liv ein.

»Das ist unmöglich.« Er zeigte auf das Huhn. »Hast du mir ein Einweihungsgeschenk mitgebracht? Ich habe darüber nachgedacht, einen Hühnerstall auf dem Dach bauen zu lassen. Es gibt nichts Besseres als frische Eier.«

»Nein.« Liv stellte das Huhn auf Rudolfs Schreibtisch. »Aber das Huhn ist der Grund, warum ich hier bin.«

»Nun, bevor wir zu all dem kommen, sollten wir etwas nachholen.« Er hakte seinen Arm bei ihr unter und brachte sie zu einem DJ-Pult, wie sie jetzt erkannte. Der Hipster hinter dem Pult hatte drei Apple-Computer und einen Plattenspieler vor sich. »Willard, leg eine Schallplatte auf!«

Der Fae gab Rudolf ein Daumen hoch. »Natürlich. Ich habe etwas Neues von einer Band, von der noch nie jemand etwas gehört hat. Ihre Akkorde sind wirklich geschmeidig, aber ich glaube, sie stehen kurz davor, von einem großen Tonstudio unter Vertrag genommen zu werden.«

Rudolf nickte. »Du darfst sie spielen, bis sie bekannt sind. Dann zertrümmern wir alle ihre Platten und spotten, wenn die Leute sie nur erwähnen.«

»Ja, mein König«, antwortete der Mann und legte eine Platte auf.

Rudolf führte Liv immer noch und leitete sie an die Bar. »Hättest du gerne ein Bier oder vielleicht etwas Feminineres, wie einen Bio-Orangen-Crush mit Nelken und einem Schuss Whiskey?«

»Ich würde dir am liebsten aufs Maul hauen«, sagte Liv und riss sich los.

Rudolf strich grinsend mit der Hand durch seinen Bart. »Es gefällt dir, nicht wahr?«

»Nein«, antwortete Liv sofort. »Und warum trägst du eine Brille? Ich dachte, Fae hätten perfekte Sehkraft.«

»Die haben wir«, stimmte Rudolf zu. »Ich fand, sie steht mir einfach. Es ist eine Fake-Brille, weil ich sie nicht wirklich brauche. Findest du nicht, dass sie mich klug aussehen lässt?«

»Ich bin mir nicht sicher, ob es auf diesem Planeten etwas gibt, das dich klug erscheinen lässt. Nun, es sei denn, du stehst neben Serena. Sie lässt dich irgendwie klug aussehen.«

»Genau wie es eine gute Frau tun sollte«, resümierte Rudolf.

»Jetzt will ich wissen, was zum Teufel hier vor sich geht? Du sagtest, du würdest positive Veränderungen für die Fae vornehmen. Stattdessen verwandelst du dein gesamtes Königreich in die Faeversion von Portland, Oregon. Bitte, bitte, bitte bestätige mir, dass du nicht zu jedem Menü auf dem Strip Grünkohl hinzufügen lässt und verlangt hast, dass alle Computer durch Schreibmaschinen ersetzt werden?«

Rudolfs Blick senkte sich Richtung Boden. »Es ist wirklich unheimlich, wie du die Dinge über mich weißt. Es ist, als ob wir ein und dieselbe Person wären.«

»Nein, das tun wir nicht, denn ich habe ein Gehirn in meinem Kopf und du bist ein verdammter Idiot.«

Der Barkeeper schob Rudolf zwei Bierdosen ›Pabst Blue Ribbon‹ über den Tresen. Er nahm sie auf und gab eine an Liv weiter. »Ich dachte, ich probiere mal was anderes. Königin Visa war so materialistisch. Ich versuche einen anderen Ansatz. Einen, der mehr ist …«

»Lächerlicher?«, fiel Liv ihm ins Wort.

»Einen, bei dem es weniger um Anpassung geht«, korrigierte er.

Sie schüttelte den Kopf. »Nein, du tauschst nur eine Art Materialismus gegen eine andere aus. Früher durften deine Leute nur Top-Designer tragen und zu Elektro-Musik rocken. Jetzt müssen sie American Apparel und Ray-Ban-Sonnenbrillen tragen und sich nur noch Indie-Filme ansehen. Hast du schon einmal versucht, sie einfach sie selbst sein zu lassen?«

»Denkst du wirklich, dass das funktionieren könnte?«, fragte Rudolf und öffnete seine Bierdose.

Liv nickte und tat dasselbe. »Natürlich könnte es das. Du wärest überrascht, wer deine Leute sind, wenn du ihnen erlaubst, das zu tun, was sie möchten.« Eine Sekunde später fügte sie hinzu: »In einem vernünftigen Rahmen natürlich.«

Rudolf nahm einen Schluck. »Ich dachte, meine Leute kommen nur zu mir, damit ich ihnen etwas gebe.«

»Das tun sie«, argumentierte sie. »Sie verlangen Führung, Ressourcen und Unterstützung. Was sie *nicht* brauchen, ist, dass du ihnen vorschreibst, dass sie ihr eigenes Gemüse anbauen und nur veganes Essen zu sich nehmen sollen.« Sie nahm einen Schluck von dem Bier und spuckte es aus. »Warum ist das warm?«

»So soll es besser schmecken«, antwortete Rudolf.

Liv schob ihm die Bierdose unter die Nase. »Im Ernst, tu das, was sich gut anfühlt und nicht das, was irgendeine dumme Kultur von überheblichen Hipstern für richtig hält.« Sie warf einen Blick auf die Dekoration. »Gefällt dir eigentlich, wie dieser Ort aussieht?«

Rudolf sah sie ertappt an. »Nicht wirklich. Mein Schreibtisch ist super unbequem und dieser Bart juckt schrecklich.«

»Würdest du dann bitte alles wieder loswerden und diesen Ort so dekorieren, wie du ihn möchtest und nicht so, wie einige vermeintlich ›coole Kids‹ meinen, dass er aussehen sollte?«

»Okay, du hast recht«, gestand Rudolf ein, während Serena herüber trottete und einen fragenden Blick auf das Huhn warf.

»Ich glaube, eine der Tauben vom Dach ist hier reingekommen«, stellte die Sterbliche fest.

»Das ist ein Huhn«, korrigierte Liv.

Serena schenkte ihr ein falsches Lächeln. »Es ist so schön, dich wiederzusehen, Liv. Ich bin froh, dass du hier bist, denn Rudolf erzählte mir, dass du uns geholfen hast, die Dinge wieder in Ordnung zu bringen, als wir vor der Krönung diesen Streit hatten.«

»Wow«, meinte Liv trocken. »Das wirkt jetzt so überhaupt nicht einstudiert.«

Serena schnippte ihr langes braunes Haar von der Schulter. »Und ich hasse dich nicht dafür, dass du ständig vorbeikommst und deine angeblich magischen Kräfte und dein Ansehen als Soldat dieser Hütte der Sieben zur Schau stellst.«

»Dir ist doch klar, dass du wieder herumbrüllst, oder?«, fragte Liv die Sterbliche.

Sie blinzelte lediglich zurück.

»Und meine magischen Kräfte sind nicht nur angeblich vorhanden«, begann Liv. »Und ich bin ein Krieger für das Haus der Sieben, aber das ist eine Menge an Information für dich, an die du dich erinnern musst, also nehmen wir es bröckchenweise. Könntest du mal testweise ›Kriegerin‹ sagen?«

Als ob sie das nicht könnte, schüttelte Serena den Kopf und schenkte Rudolf ihre Aufmerksamkeit. »Das Wasserwerk hat angerufen und gesagt, dass es wahrscheinlich nicht funktionieren wird, das Wasser aus den Hähnen durch Champagner zu ersetzen.«

»Warte mal«, sagte Liv und trat nach vorne. »Du versuchst was zu tun?«

Serena schoss ihr einen feindseligen Blick entgegen. »Rudolf sagte, ich dürfe einige meiner Ideen umsetzen.«

»Weil ich ihn ermutigt habe, dich nicht so klein zu halten«, argumentierte Liv und versuchte, den Schwachkopf dazu zu bringen, ihre Logik dahinter zu erkennen.

»Das behauptest du«, antwortete Serena. »Wie auch immer, ich habe drei Projekte, die ich versuche, durchzusetzen. Eines ist eine Energiequelle, die unterirdisch zu finden ist. Ich denke, wir könnten sie als Treibstoff für unsere Fahrzeuge verwenden.«

»Das nennt man Öl und das ist bereits geschehen«, erklärte Liv trocken.

»Dann würde ich gerne das Wasser in unseren Leitungen durch Champagner ersetzen«, fuhr Serena fort.

»Das birgt so viele Probleme, dass nicht einmal ich weiß, wo ich anfangen soll«, sagte Liv.

»Und wenn ich Zeit habe, würde ich gerne die brandneue Kalte-Fusions-Technologie in allen Casinos einführen. Damit könnten auch die Elektrizitätswerke jedes Jahr über neunzig Prozent ihrer Kosten einsparen«, erklärte Serena gelangweilt.

»Ja!«, jubelte Liv. »Jetzt hast du eine Idee. Setz sie um! Tu es!«

Über Livs Reaktion erfreut, lächelte Serena. »Wenn dir diese Idee gefällt, hätte ich noch eine, bei der wir die Beleuchtung in den Hotelbädern durch Bräunungslampen ersetzen könnten. Auf diese Weise können sich unsere Gäste bräunen lassen, während sie sich aufhübschen. Ziemlich genial, oder?«

Liv atmete besiegt aus. »Ich hätte mir wirklich gewünscht, dass du aufgehört hättest, als du noch vorne lagst, aber ich verstehe, dass nicht alle Ideen Gold sein können.«

»Serena hat noch viele, viele mehr«, sagte Rudolf stolz und schlang seinen Arm um ihre Schulter.

»Das alles sollte zuerst von mir überprüft werden«, stellte Liv sicherheitshalber fest. »Als einer deiner vertrauenswürdigsten Berater denke ich, dass du mir die Verantwortung übertragen solltest, all dies zu prüfen, bevor es umgesetzt wird.«

»Aber kein Ideenklau, oder?«, fragte Serena entsetzt.

»Ich würde nicht einmal im Traum daran denken«, bestätigte Liv und zeigte auf das Huhn. »Hattest du schon Gelegenheit, die Wissenschaftlerin zu treffen? Ich wette, sie würde gerne von deinen Ideen hören.«

Serena musste beim Huhn gleich zweimal hingucken. »Sehen so Wissenschaftler aus? Ich habe noch nie einen getroffen.« Sie beugte sich nach vorne, spitze ihren Mund und flüsterte leise: »Um ehrlich zu sein, ich dachte, das sei eine Vogelart.«

Liv täuschte einen Schock vor: »Nein!«

Serena nickte. »Doch, das dachte ich. Aber ich werde auf jeden Fall hingehen und der Wissenschaftlerin meine Ideen mitteilen.«

»Wenn sie krächzt, bedeutet das, weiter reden«, rief Liv Serena zu, während die Sterbliche in Richtung Huhn ging.

»Sie ist wirklich etwas Besonderes«, machte Rudolf klar und lächelte der Sterblichen nach, als sie sich zurückzog.

»Sie ist etwas *sehr Besonderes*«, stimmte Liv zu.

»Wo wir gerade von Ideen sprechen«, begann Rudolf, »ich beabsichtige ein paar Unternehmen zu gründen. Ich würde gerne aus dem Glücksspielgeschäft aussteigen und unsere Ressourcen in ein Projekt der Fae investieren, das sich um ein Feinschmecker-Konglomerat dreht.«

»Wie bitte?«, fragte Liv.

»Nun, Glücksspiel und übermäßiger Genuss waren die zentralen Pfeiler der Kultur der Fae.«

»So ist der Las Vegas Strip entstanden«, fügte Liv hinzu.

»Genau«, bestätigte Rudolf. »Aber, wie wir schon besprochen haben, möchte ich, dass meine Leute ihre Talente nutzen. Ich dachte, wir könnten eine Reihe von Keto-freundlichen Powerriegeln erfinden und dann erweitern. Kohlenhydratarme Chips, kalorienfreier Wein und vielleicht Kuchen, der es erleichtert schwanger zu werden.«

»Nochmal, ich brauche eine Liste dieser Ideen«, forderte Liv. »Allerdings gefallen sie mir größtenteils. Ich denke, dass eine gesunde Ernährung gefördert werden sollte. Und die Sterblichen werden dir diese Keto-freundlichen Produkte buchstäblich aus der Hand fressen.«

Rudolf warf ihr einen enttäuschten Blick zu. »Ich billige das Wortspiel nicht.«

»Im Ernst, ausgerechnet du bist jetzt gegen meine Witze?«, fragte Liv. »Ich kann wirklich bei keinem gewinnen.«

Liv dachte, ihre Augen spielten ihr einen Streich, als ein Riese, den sie kannte, durch die Tür hinter Rudolfs Schreibtisch geschlichen kam. »Rory? Was machst du denn hier?«

Kapitel 17

Glücklicherweise trug der Riese weder einen dämlichen Bart noch ein Tank-Top. Er schien ganz einfach er selbst zu sein. Trotzdem war Liv besorgt, dass er Fieber haben könnte, verloren und desorientiert wäre.

Seine Augen schauten von dem Ordner in seinen Händen auf. Ein wenig verloren wirkte er schon. »Liv, was machst du hier?«

»Ich versuche, Rudolfs Hilfe bei dem Huhn zu bekommen, das anscheinend Wissenschaftlerin genannt werden will«, sagte Liv und zeigte auf den Vogel.

Rory blickte hinüber, wo Serena unaufhörlich auf den Vogel einplapperte. »Oh, du weißt also immer noch nicht, wie sie heißt.«

»Ich weiß, dass sie eine Magierin aus Italien ist, also mache ich Fortschritte«, erklärte Liv. »Und, was machst du hier? Hat Rudolf dich unter Drogen gesetzt und entführt? Das hat er mit mir auch einmal gemacht.«

Rudolf bedeckte sein Gesicht. »Ich kann immer noch nicht fassen, dass du mir damals die Nase gebrochen hast. Ich wollte dich einfach nur überraschen.«

»Ich mag es nicht, Stunden vor der Eröffnung einer Kneipe dort auf dem Boden aufzuwachen«, erläuterte Liv.

Rudolf schniefte. »Das weiß ich jetzt. Aber so konnte man davon ausgehen, dass man in einem beliebten Lokal die besten Plätze bekommt.«

Liv winkte ab und konzentrierte sich auf Rory. »Im Ernst, was machst du hier?«

»Ich helfe Rudolf bei seinem neuen Unternehmen«, antwortete Rory.

Livs Stirn legte sich in Falten. »Wie? Warum? Ich habe im Moment eigentlich so viele Fragen, dass mir der Kopf raucht.«

»Nun, Ronalds Spezialgebiet ist etwas, das wir dringend brauchen«, stellte Rudolf fest.

»Sein Name ist Rory«, korrigierte Liv. »Welches Spezialgebiet?«

Rory stieß den Fae mit dem Ellbogen an und deutete grinsend auf die junge Magierin. »Sie weiß immer noch nicht, womit ich meinen Lebensunterhalt verdiene, weil sie nicht aufpasst.«

»Oh, mein Gott!«, beschwerte sich Liv. »Ich habe in antiken römischen Ruinen gegen einen Irren gekämpft und Dämonen abgeschlachtet, damit ihr alle eure Ruhe habt, aber ich bekomme Ärger, weil ich einige Details über euren Beruf angeblich nicht beachtet habe, von denen ich ohnehin glaube, dass ihr sie noch rausrücken müsst.«

Rudolf rollte mit den Augen und schaute den Riesen mitleidig an. »Sie weiß auch nichts über mich. Ich musste ihr erst sagen, dass ich der König dieses Reiches bin.«

»Ich war dabei, als du Königin Visa besiegt hast und automatisch ernannt wurdest«, meinte Liv, wobei die Frustration in ihrem Tonfall deutlich wurde.

»Sie hat immer irgendwelche Ausreden«, sagte Rudolf und nahm Rory den Bericht aus der Hand. »Oh, ich sehe, was du getan hast. Es gefällt mir.«

Rory drehte den Bericht um. »Er steht auf dem Kopf.«

Rudolf runzelte die Stirn. »Nun, jetzt ergibt es keinen Sinn mehr.«

»Im Ernst, Ronald, womit hilfst du? Sag mir einfach, welchen Beruf du hast«, forderte Liv.

»Ich helfe den Fae bei ihren neuesten geschäftlichen Vorhaben«, erklärte Rory schlicht und ergreifend.

»Indem du was tust?«, ermutigte Liv ihn zu einer genaueren Antwort.

»Raketenwissenschaft, wie es aussieht«, antwortete Rudolf und schloss die Berichtsmappe. »Gute Arbeit, mein riesiger Freund. Du kannst ein oder zwei meiner Fae als deine Diener nehmen.«

»Rudolf ...«, murrte Liv in einem strafenden Tonfall.

»Okay, du kannst sie nicht bekommen. Aber ich werde dich für deine Dienste entlohnen, wenn das akzeptabel ist«, verbesserte Rudolf.

»Ja, das geht in Ordnung«, meinte Rory. »Ich richte es so ein, dass es auf mein Offshore-Konto geht und nicht zurückverfolgt werden kann, wie all die anderen Transaktionen der Fae.«

»Warum fühle ich mich wie in einem eigenartigen, verrückten Gruselkabinett?«, fragte Liv.

»Du hast kein Leitungswasser getrunken, oder?«, wollte Rudolf plötzlich besorgt wissen. »Wir haben möglicherweise mit einigen Dingen experimentiert, bevor Serena die geniale Idee mit dem Champagnerwasser hatte.«

»Das war keine geniale Idee«, korrigierte Liv.

»Richtig«, sagte Rudolf. »Daran erinnere ich mich jetzt. Jedenfalls hatte sie mich vorher ein Glätteisen für Haare in die Wasserversorgung zaubern lassen, damit jeder glatte Locken bekommen könnte. Dann ist uns eingefallen, dass die Leute das Wasser ja trinken und nicht nur damit duschen. Wir arbeiten daran, es in Ordnung zu bringen.«

»Ja, es ist sicher schwer, diese Kleinigkeit von vornoherein zu berücksichtigen.« Liv schüttelte den Kopf.

»Du hast also eine Bitte an mich, meine Lieblingsfreundin?«, fragte Rudolf.

Liv kratzte sich am Kopf, nachdem sie komischerweise ausgeblendet hatte, weshalb sie sich all diesen Irritationen aussetzen musste. Sie erblickte das Huhn. »Oh, ja. Richtig. Ich möchte, dass du eine Verfügung erlässt, dass einer deiner Fae, ein Mister Phillippe Foggerbottom, tut, worum ich ihn bitte.«

Rudolfs Gesicht erhellte sich. »Oh, ein kleines Dating-Experiment. Ich wusste, dass du früher oder später darauf einsteigst. Aber du siehst soweit okay aus, also bin ich mir sicher, dass du mich nicht dazu brauchst, einen Fae zu zwingen, mit dir auszugehen. Nun, okay, vielleicht einen Fae, aber keinen Magier. Sie sind ziemlich verzweifelt.«

Liv senkte ihr Kinn und dachte, sie hätte damit rechnen müssen. »Ich brauche den Fae, um das Wissenschaftlerhuhn wieder in seine normale Gestalt zu befördern.«

»Und dann soll er mit dir ausgehen?«, fragte Rudolf hartnäckig weiter.

»Nein«, antwortete Liv. »Ich bin so gar nicht auf der Suche nach einem Date.«

»Dieser Besuch ist also rein geschäftlich?« Rudolf klang sichtlich enttäuscht.

»Ja, warum?«

»Nun, ich hatte gehofft ... ist schon in Ordnung«, lenkte Rudolf ein. »Aber ich kann dir nicht helfen, wenn du dich nicht bereit erklärst, etwas für mich zu tun.«

»Warte«, beklagte sich Liv. »Du hast mir erzählt, wir wären fertig mit diesen Vereinbarungen. Ich dachte, ich wäre dir nicht mehr für Gefälligkeiten zu Gegenleistungen verpflichtet.«

»Nun, da hast du dich geirrt«, korrigierte Rudolf.

Liv fühlte die Hitze nach oben kochen. »Rudolf Sweetwater, ich habe so viel von deiner Scheiße mitgemacht, wie ich ertragen konnte!«

Alle Fae im Raum drehten sich um, um das Spektakel zu beobachten. Liv war gerade dabei, auf Rudolfs blütenweiße Converse-Schuhe zu trampeln, als er seine Hand hob. »Ich wollte dich einfach bitten, mein Trauzeuge bei meiner Hochzeit zu sein. Es tut mir leid, wenn das zu viel verlangt ist. Ich werde tun, was immer du willst, ohne dich darum zu bitten.«

Liv blieb ruhig stehen. Sie neigte den Kopf zur Seite. »Du weißt schon, dass ich kein Mann bin, oder?«

Er winkte ab. »So weit bist du noch nicht gekommen. Aber ich sehe eine Zukunft, in der du …«

»Beende diesen Satz besser nicht, sonst hole ich ohne Rücksicht auf Verluste dein Innerstes nach außen – mit einem Kartoffelsparschäler!«, erklärte Liv.

Er nickte. »Und ja, ich möchte, dass du mein Trauzeuge bei meiner Hochzeit bist. Bitte sag, dass du es tun wirst.«

Liv zog es in Betracht. Es wäre wahrscheinlich etwas, das sie bedauern würde, aber als sie in Rudolfs blaue Augen blickte, konnte sie nicht nein sagen. »Ja, gut. Ich mache es.«

Er schnippte mit den Fingern und ein zusammengerolltes Stück Pergament materialisierte sich. »Und wie immer werde ich deine Bitte erfüllen. Es sei denn, es erfordert, dass ich …«

»Ich bitte dich, auch diesen Satz nicht zu beenden.« Liv riss ihm das Dekret aus den Fingern.

Kapitel 18

Liv wartete ungeduldig darauf, dass Papa Creola die Informationen über Phillippe Foggerbottom an ihr Gerät schickte. Da er Vater Zeit war, musste er nicht wirklich pünktlich sein.

»Also, freust du dich darauf, deinen Körper zurückzubekommen?«, fragte Liv das Huhn, als sie in der Bar auf dem Dach saßen und den Strip überblickten. Sie hatte es keine Minute länger in diesem industriellen Hipster-Palast aushalten können. Rory war losgezogen und hatte etwas über das Verfassen einiger Berichte gemurmelt und Rudolf hatte verkündet, es sei Zeit für seinen morgendlichen Kopfstand. Er wollte nicht auf die Vernunft hören, als Liv ihm mitteilte, es sei bereits Nachmittag. Da hatte sie beschlossen, dass sie etwas frische Luft und einen Schluck Whisky gebrauchen könnte, während sie auf Vater ›Nimmt sich Zeit‹ wartete.

Das Huhn, das sich in dem belebten Veranstaltungsort auf einem Barhocker nicht wohlfühlte, sah sich einfach nur um. Liv ließ sich keineswegs von den ausgewachsenen, männlichen Kindern abschrecken, die mit zu viel Testosteron um die Aufmerksamkeit eines der vielen Mädchen buhlten, die zu viel Schminke im Gesicht und ihr Haar mit Extensions verlängert hatten. Vielleicht machte der Whiskey es Liv leichter, die Mundatmer zu tolerieren, die sie normalerweise nervös machten, wenn sie ihr zu nahe kamen.

Liv spürte, wie etwas an ihrem Kopf vorbeirauschte. Eine Sekunde später steckte eine Klinge mit Elfenbeingriff in der Wand hinter der Bar.

»Da bist du ja, Kriegerin!«, rief jemand. »Bereite dich auf deinen Tod vor.«

Die Menschenmenge um Liv löste sich sofort auf. Dennoch tat sie kaum mehr als zu blinzeln. Sie schaute das Huhn lässig an und nahm ihren Whiskey. »Würde es dir etwas ausmachen, hinter diese Bar zu hüpfen, während ich mich mit dem Müll beschäftige?«

Das Huhn antwortete nicht, sprang nur auf die Stange und verschwand auf der anderen Seite.

Wenn nur alle so kooperativ wären, dachte Liv, als sie einen Schluck von ihrem Getränk nahm. Verdammt, das war guter Whiskey und sie wollte ihn gerne austrinken, aber er war nicht von der Sorte, die man einfach hinunterschüttete. Hoffentlich brauchte dieser Idiot, der ihr im Rücken stand, nicht zu lange, um sie zu töten. Sie wischte sich den Mund ab, im Bewusstsein, dass die Sterblichen sie aus der Ferne anstarrten und sich wahrscheinlich fragten, warum sie nicht sofort auf die Bedrohung in ihrem Rücken reagiert hatte. Der Grund war einfach. Wer auch immer hinter ihr stand, wollte ihr kein Messer in den Rücken rammen. Das zeigte sich an den Expertenfähigkeiten, mit denen er sein Messer geworfen hatte. Nein, wer auch immer das war, wollte ihr in die Augen sehen, wenn er sie tötete. Schade für ihn, dass er zuerst sterben würde.

Liv stellte das halbleere Glas ab, ihre andere Hand glitt instinktiv zu Bellator. Liv schob den Barhocker zurück und zog das Schwert in einer einzigen fließenden Bewegung aus der Scheide.

Die Gestalt, die direkt vor ihr stand, nur gut vier Meter entfernt, war niemand, dem sie schon einmal begegnet war. Es handelte sich um einen Elfen mit langen, weißlichgrünen Haaren, der ungefähr so alt aussah wie Liv, obwohl er wahrscheinlich mehrere hundert Jahre hinter sich hatte. Verdammte Elfen und ihre Anti-Aging-Eigenschaften.

Der Elf trug eine herrliche Lederrüstung, einen klobigen Gürtel und Reitstiefel. Eine seiner Hände ruhte auf dem Schwertgriff, während er lässig vor ihr stand.

Er war eigentlich irgendwie niedlich, mit seinen glänzenden grünen Augen und den hohen Wangenknochen. *Nun, er wäre niedlich, aber da war diese ganze Sache mit dem Wunsch mich umzubringen*, dachte Liv.

Seine Hand beugte sich an der Seite, als sich seine Lippen öffneten und er sagte: »Du hast mich gesucht, nicht wahr?«

Livs Augen richteten sich nach oben und nach rechts, während sie überlegte. »Nein, ich glaube nicht.«

»Tja, da bin ich nun.« Mit lang trainierter Anmut schwang der Elf das Schwert nach oben und warf es in die andere Hand. Dabei traf es Bellator in der Luft.

»Wer genau bist du denn?«, fragte Liv zwischen zwei Atemzügen und blockte die nächsten beiden Attacken ab.

Der Elf gluckste und sah sich in der Menge um, als würden sie sich ihm anschließen wollen. »Als ob du das nicht wüsstest.«

Liv schob den Elfen zurück, aber er schloss die Lücke schnell wieder. »Nein, ernsthaft, ich weiß es nicht.«

Als ob ihn der Kampf gegen sie langweilen würde, schlenderte der Elf nach rechts und brachte sein Schwert in gefährliche Nähe von Livs Gesicht. »Du hast all diese Anstrengungen unternommen, um mich aufzuspüren und jetzt tust du so, als wüsstest du nicht, wer ich bin.«

Anstatt ihr das Gesicht zu zerschneiden, packte der Elf sie lediglich am Umhang und warf sie auf ein paar Stühle neben dem Pool. Sie zog sich wieder auf die Beine und blickte ihn fragend an. »Bist du derjenige, der Inexorabilis gemacht hat?«

»Was?«, fragte der Elf und schnitt mit seiner Klinge durch die Luft. Liv ruckte zur Seite, kurz bevor die Waffe in den Tisch neben ihr einschlug.

Der Elf hatte Mühe, das Schwert wieder herauszuziehen, da es den ganzen Tisch durchbohrt und sich in den Metallbeinen verklemmt hatte. Sie nutzte diesen Moment, um in die Beine des Elfen zu treten. Er landete auf seinem Hintern, erholte sich aber schnell und sprang direkt wieder auf die Füße.

»Im Ernst, Mister«, erklärte Liv, indem sie zur Seite trat, als der Elf ihre Bewegung kopierte. »Ich weiß nicht, wer du bist.«

»Oh, Kriegerin, ich weiß, dass du es warst, die sich nach mir erkundigt hat«, sagte der Elf.

Liv wollte gerade angreifen, weil er unbewaffnet war, aber blitzschnell huschte er vorwärts und packte den Griff seines Schwertes. In einer wunderschönen Machtdemonstration sprang er auf einen Stuhl, die Hand immer noch am Schwert, kippte nach hinten und riss die Klinge heraus. Er landete auf der Tischkante und ließ den Tisch nach vorne kippen, während er wie auf einer Rampe hinunterlief und sein Schwert hin und her schwang, wobei reiner Wahnsinn aus seinen glänzenden Augen strahlte.

Liv nahm Bellator, aber der Irre schlug ihre Waffe sofort aus der Hand und es schepperte über den Boden und landete im Pool. Der Elf schickte sie mit einem plötzlichen magischen Ruck zu Boden. Sie wollte gerade mit einem Feuerball antworten, als sie bemerkte, dass sie vom Kopf abwärts gelähmt war. Alles, was sie noch tun konnte, war blinzeln.

DIE UNBEUGSAME KÄMPFERIN

Der rasende Elf schwang sein Schwert und richtete es auf Livs Kehle. Sie wollte schlucken oder etwas sagen, um ihn entweder zu beleidigen oder ihn aus der Bahn zu werfen. Vielleicht beides. Worte waren ihre stärksten Waffen.

»Irgendwelche letzten Worte, Kriegerin?«, fragte der Elf, reine Bösartigkeit in seinen Worten.

Liv sah ihr Spiegelbild in seinen Augen. Sie hatte eine Antwort parat, etwas Feuriges und Beleidigendes, das definitiv den Spieß umdrehen könnte. Als sie ihren Mund zum Sprechen öffnete, schoss ein Pfeil direkt durch den Kopf des Elfen. Er zögerte einen Moment, als ob er von dieser Veränderung der Ereignisse überrascht wäre, dann schwankte er nach links, bevor er nach rechts umfiel und auf der Seite landete, wobei sein Schwert mit ihm zu Boden klapperte.

Kapitel 19

Sobald sie frei von dem Zauber war, rumpelte Liv auf die Füße, wobei sie sofort einen Feuerball erzeugte und bereit war, ihn auf denjenigen abzuschießen, der mit Pfeil und Bogen geschossen hatte.

Sie erstarrte.

Auf der anderen Seite des Pools stand kein Geringerer als Stefan Ludwig mit seinem schwarzen Mantel, der sich im Wind wölbte. Sein schwarzes Haar war über der Stirn etwas verfilzt und seine Augen glitzerten schelmisch.

Er senkte den Bogen und betrachtete Liv mit einem seitwärts gerichteten Grinsen, bevor er sich umdrehte, um die Menge anzusprechen. »Das war alles für den Moment. Schauen Sie sich die komplette Show später an. Gleiche Stelle, andere Schauspieler. Bis dahin bleibt das Dach geschlossen.«

Die Sterblichen, die sich in sichere Entfernung zurückgezogen hatten, um den Kampf zu beobachten, applaudierten, als Liv Bellator mit Herbeiruf-Magie vom Grund des Beckens zurückholte.

Aufgeregt plaudernd zerstreuten sich die Sterblichen.

Liv sah Stefan in die Augen, als sie zur Bar zurückging und über die Leiche des Elfen trat. Der leblose Körper war eindeutig Stefans Problem.

Liv steckte Bellator in die Scheide, sprang über die Bar und landete, gerade als Stefan auf der anderen Seite ankam, mit einem stolzen Grinsen im Gesicht.

»Gern geschehen«, sang er und zwinkerte ihr zu.

»Du warst der Krieger, der nach Spiegelauge gefragt hat, nicht wahr?«

Er schwang den Bogen auf seinen Rücken und nickte. »Spincoster war der Name dieses verachtenswerten Elfen.« Stefan gestikulierte beiläufig über die Schulter zu der Leiche. »Und ja, ich war derjenige, der sich nach ihm erkundigt hat, obwohl ich nicht annehmen konnte, dass er auf dich oder einen anderen Krieger losgehen würde. Gut, dass ich ihm gefolgt bin. Also nochmals, gern geschehen.« Er verbeugte sich leicht.

»Ich hatte die Angelegenheit völlig im Griff«, sagte Liv, nahm einen Schluck von ihrem Whiskey und war dankbar, dass er nicht verschüttet wurde.

»Er hatte sein Schwert schon an deiner Kehle«, konterte Stefan.

»Ich war dabei, mich wieder in eine aufrechte Position zurückzuquatschen«, argumentierte Liv.

»Obwohl ich dir glaube, bin ich mir nicht sicher, ob es funktioniert hätte, gegen Spincoster anzukommen«, erklärte Stefan. »Er ist tödlich mit dem Schwert in der Hand. Ich wäre niemals auf diese Weise gegen ihn angetreten, weshalb ich auch Pfeil und Bogen in die Hand genommen habe.« Er tätschelte liebevoll seinen Köcher.

Liv betrachtete ihn über das Glas in ihren Händen. »Ich hatte nicht wirklich eine Wahl, ob ich mich gegen sein Schwert stellen wollte und er *war* ziemlich beeindruckend. Wenn wir weiter gekämpft hätten, hätte ich auf jeden Fall den Kürzeren gezogen.«

»Aber ich kam dir ja zu Hilfe.« Stolz drückte Stefan seine Hand an die Brust.

»Du hättest gerne ein Dankeschön, oder?«, fragte Liv.

»Ich bin nur froh, dass ich mich endlich revanchieren konnte, nach all den Malen, die du mich gerettet hast.«

»Muss ich dich daran erinnern, dass ich ohne dich und deine Rumschnüffelei nie durch Spincoster in Gefahr geraten wäre?«

Er zuckte mit den Achseln, legte die Ellbogen auf die Stange und lehnte sich nach vorne. »Ich sehe keinen Grund, diesen Teil zu erwähnen.«

Liv schüttelte den Kopf und trank aus.

»Da du schon mal da bist, würdest du mir einen Drink machen?«, fragte Stefan.

Liv zog ihr Kommunikationsgerät heraus und erkannte, dass Papa Creola den Standort von Foggerbottom noch immer nicht übermittelt hatte. »Sicher, warum nicht? Aber zuerst musst du etwas für mich halten.«

»Ja, aber natürlich«, antwortete Stefan und streckte die Hände aus.

Liv beugte sich hinunter und hob die Wissenschaftlerin hoch.

Stefans Gesichtsausdruck war unbezahlbar, als sie ihm das Huhn in die Arme drückte.

»Hier, du hältst mein Huhn, damit ich nicht drauftrete«, erklärte Liv, als sie sich an die Arbeit machte.

Stefan lachte. »Du bist einfach unberechenbar!« Er setzte das Huhn auf die Theke, wo es prompt Platz nahm und zu ihm aufschaute, was man nur als sofortige Verehrung bezeichnen konnte.

»Du möchtest bestimmt einen jungfräulichen Erdbeer-Daiquiri, richtig?«, fragte Liv und ließ Eiswürfel in zwei Gläser fallen.

»Mit zwei Limetten, bitte«, antwortete Stefan prompt.

Liv schenkte zwei gesunde Portionen Whiskey ein. »Was wirst du mit deinem Toten machen?« Sie nickte in Richtung Spincoster.

»Seinen Körper zurück in das Königreich der Elfen schicken«, sagte er und warf ihr einen anerkennenden Blick zu, als sie ein Glas in seine Richtung schob.

»Das hat also etwas mit deinem Fall zu tun? Du hast nicht versucht, mich umbringen zu lassen?«, fragte Liv und bemerkte, dass das Huhn Stefan immer noch nicht aus den Augen gelassen hatte.

»Dich umbringen zu lassen, stand nie auf meiner Tagesordnung«, erklärte Stefan und nahm einen Schluck. »Spincoster war klüger, als ich es ihm zugetraut hatte. Er bekam Wind davon, dass ich mich nach ihm erkundigt hatte und machte sich auf die Suche nach dem nächsten Krieger, den er finden konnte. Das warst zufällig du, aber was er nicht bemerkt hat, war, dass ich dicht hinter ihm war. Das war, als ich vorhin eingesprungen bin und dein Leben gerettet habe. Erinnerst du dich an diesen Teil?«

Liv nippte an ihrem Getränk. »Kaum.«

»Ich werde dir zur Erinnerung ein Fotoalbum anlegen«, schoss Stefan zurück.

»Achte darauf, dass es mit nach Rosen duftendem Papier ist, sonst werfe ich es weg«, warnte Liv.

»Natürlich. Wofür hältst du mich? Einen Barbaren?«, spottete er.

»Du hast gerade einen Pfeil über einen schicken Pool auf dem Dach des Cosmopolitan geschossen und dabei einen wirklich ansehnlichen Elfen getötet«, erklärte Liv fadenscheinig.

»Der übrigens ein schrecklicher Schurke und eine der größten Gefahren für den Hohen Elfenrat war«, erläuterte Stefan.

»Und deshalb hast du ihn verfolgt, nicht wahr? Um die Gunst des Hohen Elfenrates zu gewinnen, damit er die

Erklärung für das Haus der Sieben unterzeichnet?«, forderte Liv.

Er klopfte mit den Fingern rhythmisch auf die Stange. »Nun, ich habe mich gefragt: Was würde Liv Beaufont wohl tun?«

»Wenn sie du wäre, würde sie ihre verdammten Fingernägel reinigen«, sagte Liv und nickte in Richtung seiner Hände.

Er warf einen Blick auf seine Nägel und zuckte die Achseln. »Ja, ich sollte mich mal waschen. Ich bin schon seit Tagen unterwegs. Vielleicht nehme ich mir unten ein Zimmer. Ich habe gehört, dass sie recht hübsch sind.«

»Trinke einfach kein Leitungswasser«, warnte Liv.

»Warum Wasser trinken, wenn es Whiskey gibt?«, meinte Stefan und zeigte auf sein leeres Glas.

Liv stellte die Flasche auf den Tresen und ging um die Bar herum, um sich neben Stefan zu setzen.

»Wie ich schon sagte, habe ich mich gefragt, was du in meiner Situation tun würdest«, fuhr Stefan fort. »Da kam ich auf die Idee, den Elfen zu beweisen, dass sie das Haus der Sieben brauchen. Also habe ich mich entschieden, ihren Meistgesuchten zu fassen und mir damit ihre Gunst zu verdienen.«

Liv nahm einen Schluck von ihrem Getränk. »Kein schlechter Ansatz. Obwohl ich ihnen vielleicht nur erklärt hätte, dass ich sie vor all ihren Nemesis schützen würde, anstatt sofort Jagd auf sie zu machen.«

»Ja, guter Punkt«, bestätigte Stefan. »Aber sie würden dir wahrscheinlich glauben, da du diesen Ruf hast. Ich dachte, ich müsste meine Loyalität beweisen und jetzt muss ich nur noch zwei oder drei weitere Schurken zur Strecke bringen, bevor ich mir den Respekt des Hohen Rates verdient habe.«

»Dann wirst du sie bitten, die Erklärung zu unterzeichnen?«, fragte Liv.

»Ja, und ich nehme an, das werden sie auch. Spincoster war eine große Nervensäge«, erklärte Stefan, als sich sein Gesicht verzog. »Fandest du ihn wirklich attraktiv?«

Liv warf einen Blick auf den toten Elfenkörper, der hinter ihnen lag. »Er hatte schöne Augen, einen guten Körperbau und einen geilen Arsch.«

»Es geht nicht nur um Optik. Konnte er auch bei einem Drink eine angenehme Unterhaltung führen?« Stefan hielt seinen Whiskey hoch, ein erwartungsvoller Blick in seinen Augen.

»Dank dir werde ich es nie erfahren«, sagte sie und stieß mit ihm an.

»Gern geschehen.« Er blickte sich um, ein friedlicher Ausdruck auf seinem Gesicht. »Also, was bringt dich und dein Huhn nach Las Vegas?«

»Vater Zeit wollte, dass ich das Huhn wieder in eine Wissenschaftlerin verwandeln lasse, aber um das zu tun, muss ich diesen Fae namens Foggerbottom aufspüren. Er wird mir jedoch nur helfen, wenn König Dumpfbacke ihn dazu zwingt. Deshalb bin ich hierher gekommen, um ein Dekret von Rudolf zu besorgen, aber jetzt muss ich Trauzeuge bei seiner Hochzeit sein, die, wenn er seine Streiche weiterspielt, auch seine Beerdigung werden könnte.« Livs Erklärung sprudelte aus ihrem Mund, ohne dass sie auch nur einmal Luft holen musste.

Stefans blaue Augen blitzten vor Belustigung. »Du bist wirklich ein Meister im Geschichtenerzählen, Kriegerin Beaufont.«

»Oh, wo sind nur meine Manieren?«, fragte Liv, als sie halb über die Theke hechtete und sich ein Glas schnappte.

Sie stellte es vor das Huhn und schenkte dem Tier ein. Das Huhn schnüffelte daran, bevor es einen kleinen Schluck nahm.

»Und jetzt trinkst du mit einem Vogel, während du den Las Vegas Strip überblickst«, erkannte Stefan. »Ernsthaft, wie können deine Tage nicht vor Monotonie strotzen?«

Liv nahm einen Schluck. »Der Whiskey hilft.«

Stefan lehnte sich nach vorne und flüsterte Liv ins Ohr. »Geht es nur mir so, oder schaut mich dein Huhn komisch an?«

Die Wissenschaftlerin hatte den Whiskey fast geleert, der auf jeden Fall direkt in den kleinen Kopf des Vogels gehen musste. Tatsächlich betrachtete sie Stefan mit einem seltsamen Gesichtsausdruck. Sie schien fast zu flirten, weil sie ihm schnell zuzwinkerte.

»Sie ist nicht wirklich mein Huhn«, erklärte Liv. »Ich bin sozusagen nur ihr Beschützer. Aber bald werde ich sie in das verwandeln, was auch immer sie ist und dann wird sie mich zu Shitkphace führen.«

»Ich erfinde auch gerne Namen für die Bösewichte, hinter denen ich her bin«, sagte Stefan. »Ich habe Spincoster ein paar verschiedene auserlesene Bezeichnungen hinterhergeworfen, während ich ihn verfolgt habe.«

»Das war der richtige Name des Schurken«, korrigierte Liv.

»Oh, deine Fälle sind viel interessanter als meine«, befand Stefan und rutschte vom Huhn weg, als es sich ihm auf der Stange näherte.

»Keine Sorge, sie ist nur ein Vogel«, tröstete Liv und schaute dann nach einem kurzen Moment schuldbewusst. »Das war gemein, sie ist eine Wissenschaftlerin im Körper eines Vogels und anscheinend kann sie total abgefahrene magische Technik herstellen, die der Zeit trotzt, aber trotzdem werde ich dich beschützen, wenn sie noch näher kommt.«

Der Alkohol hatte anscheinend seine volle Wirkung auf das Huhn entfaltet. Es legte den Kopf auf die Bar und schloss sofort die Augen.

Stefan seufzte erleichtert. »Danke. Ich schlafe nachts deutlich besser, weil ich weiß, dass du mir den Rücken freihältst.«

Nach einem langen Moment des Schweigens, hob Stefan sein Glas an. »So, es sieht tatsächlich so aus, als hätte ich dich endlich dazu gebracht, mit mir etwas zu trinken.«

Liv schaute sich auf dem leeren Dach um. »Ja. Zwar nicht so, wie ich es erwartet hatte, aber es funktioniert total.«

»Und diese Hochzeit, an der du teilnehmen musst …«

Liv schaute ihm skeptisch ins Gesicht. »Was ist damit?«

»Brauchst du ein Date?«, fragte er.

Liv schluckte den Rest ihres Getränks und fühlte, wie sich Wärme in ihrem Magen ausbreitete. »Ich denke, wir wissen beide, dass du diesen Satz völlig falsch formuliert hast.«

Stefan blinzelte ihr verwirrt zu. »Brauchst du jemanden, der dich begleitet?«, versuchte er es erneut.

»Ich brauche niemanden, der mit mir mitkommt, Krieger Ludwig«, antwortete sie sofort.

Er nickte und erkannte seinen Fehler. »Richtig. Ja, natürlich. Aber wenn du einen Komplizen für diese verschwenderische Angelegenheit suchst, würde ich in Erwägung ziehen, als dein Gast zu erscheinen.«

Liv war gerade dabei, ihren Mund zu öffnen, um zu protestieren, als Stefan seine Hand hob, um ihr Einhalt zu gebieten. »Aber bitte beachte, dass ich jedem Fae, der mir zu nahe kommt, das Maul stopfen, subtile Witze über den König reißen, mich lustig machen und seine Braut mit so vielen Worten ermutigen werde, sich niemals mit ihm zu paaren.«

Zur Hölle noch mal, dachte Liv und verengte ihre Augen.

»Was? Habe ich etwas Falsches gesagt?«, fragte Stefan vermeintlich sorgenvoll.

Sie schüttelte den Kopf. »Nein, genau im Gegenteil. Wasch dir die Hände und du kannst mit mir zur Hochzeit kommen.«

Er zwinkerte ihr zu. »Du hast ein Date.«

Kapitel 20

Als Papa Creola endlich die Informationen übermittelte, wo Foggerbottom zu finden wäre, war das Huhn ohnmächtig geworden und sie und Stefan hatten zwei Flaschen Whiskey der Spitzenklasse geleert.

»Es ist verdammt noch mal an der Zeit«, hatte sie Vater Zeit geantwortet.

»Timing ist eigentlich alles«, stellte der Gnom in seiner Antwortnachricht fest.

»Ich habe das Dekret. Ich muss mir keine Gedanken um die zeitliche Planung meiner Forderung an Foggerbottom mehr machen.«

»Ich bezog mich eher auf die Vorkommnisse, die sich auf dem Dach in Las Vegas ereignet haben«, erklärte Papa Creola.

Liv blickte finster auf den Bildschirm. Natürlich wusste dieser Gnom, was in der Bar mit dem Elfen und Stefan passiert war. Er schien in vielen Dingen irgendwie seine Hand im Spiel zu haben.

»Du hast also die Übermittlung von Foggerbottoms Standort so lange hinausgezögert, dass ich fast von einem Elf getötet worden wäre?«, fragte Liv, die sich durch den Whiskey etwas mutiger fühlte als sonst. Das war wahrscheinlich keine gute Vorgehensweise, da sie mit einem ziemlich wichtigen Mann simste. Vielleicht dem wichtigsten Mann der Welt.

»Nein, ich habe es aufgeschoben, damit du gerettet werden konntest«, schrieb er zurück.

»Du mischst dich in Angelegenheiten ein, die dich nichts angehen.«

Die Antwort von Papa Creola kam sofort. »ALLES BETRIFFT MICH.«

Liv seufzte. Jetzt war nicht die Zeit, ihrem neuen Chef zu sagen, dass er wie ein überheblicher Diktator daherkam.

Eine weitere Botschaft erschien, als sie erwog, die ihre zu senden. »Phillippe Foggerbottom befindet sich in einer Pause, wird aber in sechs Minuten und vierunddreißig Sekunden auf seinem Posten sein.«

»Könntest du genauer werden?«, tippte Liv und kicherte vor sich hin.

Als Vater Zeit nicht auf das reagierte, was sie für einen entzückenden Scherz gehalten hatte, schuf Liv das Portal und überprüfte den Ort, den er ihr zu Foggerbottom angegeben hatte, doppelt. Sie war nicht betrunken, aber der Schritt durch das Portal in das Flughafengebäude in Frankfurt fühlte sich ein wenig an wie ein Spaziergang auf dem Deck eines Bootes. Sie warf einen kritischen Blick nach unten, um sicherzustellen, dass sich der Boden unter ihren Füßen nicht bewegte.

Nein, der Fliesenboden in dem überlaufenen Flughafengebäude war noch vorhanden, obwohl die vorbeidrängenden Menschen sich wie Wellen im Meer bewegten.

Liv blickte sich um und suchte nach Zeichen, die ihr den Weg weisen sollten. Glücklicherweise musste sie keinen Flug nehmen, um diesen Foggerbottom zu finden, aber sich auf den Flughafen wagen zu müssen, war fast noch unangenehmer, als im Flugzeug neben einem Kerl zu sitzen, der dachte, die Armlehne zwischen ihnen gehöre ihm.

Da Liv noch Zeit hatte, schaute sie bei den Sanitärräumen vorbei. Eine ganze Minute lang starrte sie in den

Räumlichkeiten herum und versuchte zu entscheiden, was sie mit dem schlafenden Huhn anstellen sollte. Es auf den schmutzigen Boden der Flughafentoilette zu legen, erschien ihr falsch, da bemerkte Liv den Wickeltisch. Sie war sich nicht sicher, was schlimmer war, das Huhn auf den Boden oder eine Fläche zu legen, auf der Babys der Hintern abgewischt wurde.

Als sie ihr Geschäft erledigt hatte, war sie nicht sonderlich überrascht, dass das Huhn noch nicht aufgewacht war. Sie ließ es auf dem Wickeltisch liegen, während sie sich die Hände waschen wollte, was nicht gerade der einfachste Vorgang auf der Welt war. Der automatische Seifenspender wollte nicht funktionieren, bis sie ihre Hand zurückzog, weil sie dachte, er sei leer. Dann spuckte er Seife über das komplette Waschbecken. Am Ende benutzte sie Magie, um den Spender korrekt funktionieren zu lassen. »Gern geschehen, Flughafen Frankfurt«, sagte Liv zu sich selbst, als sie versuchte, herauszufinden, wie das Gebläse seine Tätigkeit aufnehmen sollte. Sie fuhr immer wieder mit der Hand über die Sensoren und fragte sich, woran es den scheitern könnte.

Eine Frau mit einem Kleinkind im Schlepptau kam herein, gerade als das Gebläse lauwarme Luft in Livs Gesicht pustete, keineswegs in Richtung ihrer Hände. Sie schnippte und ließ ein wenig Magie in das Gerät fließen, sodass es effizienter arbeitete.

»*Hier ist ein Huhn drin!*«, schrie die Frau neben dem Wickeltisch, den Liv gerade verlassen hatte.

Obwohl Liv kein Deutsch sprach, war sie sich ziemlich sicher, dass die Dame wegen des Huhns so brüllte. »Oh, Entschuldigung. Das ist mein Vogel«, sagte sie eilig, schnappte sich die Wissenschaftlerin und raste durch die offene Tür.

Die Frau schien nicht begeistert, als Liv sich zurückzog,

den Krallenfuß des Huhns anhob und ihn dazu benutzte, ihr und dem Kleinkind zuzuwinken.

»Manche Leute verstehen eben keinen Spaß«, maulte Liv über den schlafenden Vogel hinweg.

Die Schlange zum Zoll für einreisende Nicht-EU-Bürger war außergewöhnlich lang und wand sich durch einen riesigen Raum voller gereizter Sicherheitsbeamten. Liv stellte sich auf die Zehenspitzen und versuchte, ihren Mann zu finden. Genau aufs Stichwort besetzte Phillippe Foggerbottom den Schreibtisch an der Schlange für deutsche Staatsbürger, an dem keiner anstand.

»Ein Kinderspiel also«, sagte Liv, marschierte zielstrebig an all den mürrischen Touristen vorbei und machte sich auf den Weg zum Zollbeamten, der einige Dokumente durchsah.

»Mister Foggerbottom«, grüßte Liv und bemerkte, dass der Zollbeamte mit seinem dunklen Haar und den kräftigen Zügen ein attraktiver Fae war, wie die meisten seiner Art. Seine Flügel waren natürlich magisch modifiziert, sodass niemand sie sehen konnte. Das musste seine Persönlichkeit auch sein, weil er weiter die Papiere vor sich anstarrte.

»Deutscher oder europäischer Pass«, forderte er, ohne einen Blick nach oben zu werfen.

»Ich bin eigentlich US-Bürgerin«, antwortete Liv, während andere ihr neugierig zusahen.

Er wurde ärgerlich. »Dann gehen Sie rüber zu der Schlange dort.« Foggerbottom zeigte auf die gefühlt kilometerlange Reihe nebenan.

»Ja, aber ich bin eigentlich in Eile und brauche Ihre Hilfe«, erklärte Liv.

»Sie haben sich also vorgedrängelt, ja?«

Liv blickte hinter sich. »Nun, in dieser Reihe steht momentan niemand.«

»Aber haben Sie all jene in der anderen Schlange gefragt, ob Sie vorbeigehen können, um in eine Schlange zu gelangen, in die Sie nicht gehören?«, fragte Foggerbottom.

»Ich schätze, ich könnte meine Mission zur Rettung des Raum-Zeit-Kontinuums unterbrechen und das einfach schnell machen«, stellte Liv fest, ihr Tonfall triefte vor Sarkasmus.

Ohne ihren Humor zu registrieren nickte Foggerbottom, wobei er seinen Bericht hochnahm, um sein Gesicht zu verdecken. »Ja, machen Sie das.«

Liv erwartete, dass der Fae lachen und ihr sagen würde, dass das ebenfalls ein Scherz gewesen war. Als er das nicht tat, räusperte sie sich, um seine Aufmerksamkeit zu erregen. »Mister Foggerbottom, ich bin hier, weil ich ihre Hilfe brauche.«

»Deutscher Pass«, sagte er nachdrücklich.

»Nochmals, ich habe keinen«, antwortete Liv.

»Haben Sie etwas zu verzollen? Obst, Gemüse oder Vieh?«

Liv hielt die Wissenschaftlerin hoch. »Ja, ich habe ein Huhn.«

»Benutzerdefiniertes Formular«, erklärte Foggerbottom.

»Nochmals, das habe ich nicht. Was ich habe, ist ein Erlass von König Rudolfus Sweetwater, der besagt, dass Sie tun müssen, was ich von Ihnen verlange.« Liv legte das Pergament auf die Theke.

Langsam überflutete Irritation Foggerbottom, er senkte den Bericht und starrte Liv zum ersten Mal an. »Was haben Sie gesagt?«

»Ich bin eine Magierin und mir ist bewusst, dass Sie ein Fae sind«, begann Liv. »Was ich nicht begreifen kann, ist, warum Sie hier beim Zoll arbeiten.«

»Ich wollte Luftveränderung«, meinte Foggerbottom kühl. »Etwas Normales.«

»Wie kann das normal sein?«, fragte Liv und starrte auf die lange Schlange wütender Reisender.

Als er den Bericht niederlegte, blickte Foggerbottom finster drein. »Was ist es, was Sie von mir wollen?«

Liv hielt die Wissenschaftlerin hoch. »Wissen Sie noch, dass ich gesagt habe, ich hätte ein Huhn?«

»Nein«, antwortete er.

»Okay, nun, ich habe dieses Huhn, das eigentlich gar keins ist.«

Er nickte. »Sicher. Es handelt sich um eine Italienerin namens Alicia.«

»Alicia!«, rief Liv aus. Zu ihrer Enttäuschung erwachte der Vogel jedoch nicht. Der Whiskey hatte sie wirklich umgehauen. Viele der Touristen in der anderen Schlange glotzten Liv an. »Wie auch immer, ich brauche Sie, um Alicia wieder in ihre richtige Gestalt zu bringen.«

»Und dieses Dekret, von dem Sie behaupten, es wäre von meinem König erlassen worden?«, fragte Foggerbottom.

Liv deutete auf das Papier auf der Theke.

Als hätte er alle Zeit der Welt, hob Foggerbottom es auf und rollte es langsam auseinander. Liv schaute genervt. »Die Sache ist die, ich bin etwas in Eile.«

»Pst, ich lese«, forderte der Fae lapidar.

»Das verstehe ich«, begann Liv. »Aber erinnern Sie sich, was ich über den Versuch gesagt habe, das Raum-Zeit-Kontinuum zu retten?«

»Eigentlich tue ich das nicht.«

»Wie auch immer, wenn Sie jetzt bitte einfach schnippen könnten, damit dieser Vogel wieder normal wird, bin ich hier weg und Sie können wieder …« Liv starrte hinter sich und zuckte die Achseln. »Nun, was immer es ist, was Sie hier tun.«

»Ich kann Alicia hier nicht einfach so zurückverwandeln«, meinte Foggerbottom beleidigt. »Hat sie überhaupt ihren Reisepass dabei?«

»Nun, da sie in Huhngestalt ist, werde ich raten, also nein«, erklärte Liv.

»Miss …«

»Beaufont«, ergänzte sie.

»Miss Beaufont, das hier ist eine sichere Grenze für die Bundesrepublik Deutschland«, sagte Foggerbottom, ein Hauch von Anspruch in seiner Stimme. »Ich kann Sie ohne die entsprechenden Papiere nicht über diese Grenze lassen, ganz zu schweigen davon, dass Sie am völlig falschen Schalter sind.«

»Genau«, Liv zog das Wort in die Länge. »Ich muss eigentlich auch gar nicht durch den Zoll. Ich gehe einfach dorthin, wo ich hingehen muss.«

Er wurde wieder ärgerlich. »Das war schon immer das Problem mit diesen Portalen. Jeder kann einfach überall hingehen. Es gibt keinerlei Kontrollen.«

»Ich versuche wieder einmal, ein Problem mit Löchern im Gewebe der Zeit zu lösen. Wenn Sie also nach einem Grund suchen, sich über etwas aufzuregen, wie wäre es damit?«

Foggerbottom breitete den Erlass auf dem Schreibtisch aus. »Ich versuche, mich nicht in die Angelegenheiten von Magiern einzumischen. Es fällt immer wieder auf mich zurück und bringt nur Ärger.«

»Deshalb arbeiten Sie auch in der Welt der Sterblichen und an einem Ort, den kein magisches Geschöpf freiwillig betreten würde, oder?«, vermutete Liv.

»Zumindest bis heute nicht«, knurrte Foggerbottom ungehalten.

Liv hielt das Huhn in die Höhe. »Also, noch mal zu unserer Alicia hier. Würden Sie sie bitte zurückverwandeln, so wie Ihr König es verlangt hat?«

»Natürlich«, antwortete Foggerbottom. »Sobald Mittagspause ist.«

»Was?«, fragte Liv entgeistert, ihre Lautstärke fast ein Schreien. »Aber Rudolf hat befohlen, dass Sie es tun müssen.«

»Das ist richtig«, erklärte der Fae stolz. »Allerdings hat er nicht angegeben, *wann* ich es tun muss. Und ich darf mich nicht um Nicht-Zollangelegenheiten kümmern, solange ich im Dienst bin.«

»Ernsthaft?« Liv streckte ihren Arm weit aus. »Es steht sonst keiner an!«

»Das kann sich jeden Moment ändern«, schoss er zurück.

Tatsächlich schaute Liv weg und neigte den Kopf zur Seite. Nach einer langen Minute schaute sie zurück zum Fae. »Es ist immer noch niemand hier.«

»Sie werden nicht verschwinden, bis ich Alicia umgewandelt habe, oder?«, fragte Foggerbottom säuerlich.

»Vermittle ich etwa diesen Eindruck?«

Er stieß einen langen Atemzug aus. »Gut, aber hier kann ich es trotzdem nicht machen. Das würde zu viel Aufmerksamkeit erregen. Sie müssen es woanders tun.« Er streckte seine Hand aus und tippte mit der Fingerspitze auf die Handfläche. Ein lauter Knall ertönte, als eine kleine Pille in seiner Hand erschien, gefolgt von einer Rauchfahne.

»Sie machen sich Gedanken, dass *ich* zu viel Aufmerksamkeit erregen könnte?«, fragte Liv, aber zu ihrer Überraschung schien keiner der Sterblichen in der Schlange etwas bemerkt zu haben. Sie alle waren mit ihren Telefonen beschäftigt oder betrachteten die Decke mit großer Aufmerksamkeit, während sie weiter warteten.

»Bringen Sie Alicia an einen etwas privateren Ort und lassen Sie sie dies schlucken«, befahl Foggerbottom. »Und vielleicht decken Sie sie etwas zu, da sie wahrscheinlich keine Kleidung tragen wird, wenn sie sich zurückverwandelt hat.«

Liv griff nach der Pille, aber kurz bevor sie sie nehmen konnte, schloss Foggerbottom die Hand. »Eine Sache noch. Nicht durch ein Portal damit, oder ihre Wirkung wird zunichtegemacht.«

Liv schaute sich um. »Wo genau soll ich hingehen, um sie zu verwandeln?«

Die Fae öffnete seine Finger und ließ die Pille auf seinen Schreibtisch kullern. »Das ist nicht mein Problem.«

Kapitel 21

Ich denke, Mister Foggerbottom sollte ernsthaft an seinen Fähigkeiten in Sachen Kundenservice arbeiten«, meinte Liv zu Alicia, die immer noch tief und fest schlief. Sie war in die Sanitärräume zurückgekehrt, die jetzt einen funktionierenden Seifenspender und Handtrockner besaßen. Die Frauen in der Schlange schauten komisch, als wäre es seltsam, mit einem schlafenden Huhn zu sprechen.

Liv hielt den Vogel hoch. »Sie ist mein Begleithuhn. Ohne sie finde ich den Weg durch den Flughafen nicht und ich bin allergisch gegen Hundehaare.«

Einige Frauen schienen diese Ausrede zu glauben. Die anderen beäugten Liv weiterhin, als sei sie geistesgestört.

»Hey, Alicia, du musst aufwachen«, sagte Liv und bemerkte, dass dies die Aufmerksamkeit derer erregte, die in der Reihe standen.

»Weil ich zu meinem Fluggate muss«, erklärte Liv den lauschenden Frauen.

Liv schüttelte den Vogel leicht und versuchte, das Tier zu wecken. Das klappte nicht. Sie hielt ihre Hand unter den Wasserhahn und spritzte es nass, bevor sie über die Federn des Huhnes strich. Nichts half. Liv fiel plötzlich ein, dass sie kürzlich einen Zauberspruch erlernt hatte, der vielleicht etwas bewirken konnte.

Sie deutete auf das Huhn und murmelte eine Beschwörungsformel. Wie ein Hahn in der Morgendämmerung, stieß Alicia einen lauten Schrei aus, sodass sich jeder im Toilettenbereich die Ohren zuhielt, während das Geräusch von den gefliesten Wänden widerhallte.

»Da bist du ja wieder!«, rief Liv erfreut. »Ich weiß, dass dein Name Alicia ist und ich habe, was du brauchst, um …«

Sie bemerkte die Damen, die sie belauschten, ging in eine Ecke und bedeckte ihren Mund. »Ich habe, was du brauchst, um dich in eine Person zurückzuverwandeln.«

Das Huhn wirkte immer noch desorientiert, wurde aber durch diese Nachricht munterer. Liv erkannte jedoch, dass die Schlange an den Toiletten noch länger geworden war, seit sie hineingegangen war.

»Oh, so ein Mist«, sagte Liv und widmete den Frauen ihre Aufmerksamkeit. »Es tut mir leid, dass ich das frage, aber mein Huhn hat ein dringendes Bedürfnis. Es ist nicht gut darin, das Wasser zu halten, weil seine Blase noch winziger ist als sein Gehirn.«

Alicia krächzte aus Protest.

Liv flüsterte: »Hey, mach einfach mit.« Liv lenkte ihre Aufmerksamkeit wieder auf die Frauen und fragte: »Kann sie sich vordrängeln? Ich verspreche auch, dass sie nicht lange brauchen wird.«

Die Frau an der Spitze der Reihe lächelte Liv einfühlsam an. »Ja, nur zu, Liebes. Ich finde es niedlich, dass du ein Huhn als Begleittier hast.«

»Danke«, nickte Liv und ging in die erste freie Toilette. Sie setzte Alicia auf den Boden und legte die Pille vor sie auf ein sauberes Tuch. »Siehst du, ich kümmere mich. Ich lasse nicht zu, dass du vom Toilettenboden isst. Du musst diese Pille schlucken und dann verwandelst du dich. Verstanden?«

Der Vogel nickte.

Liv war gerade dabei die Türe zu schließen, um Alicia Privatsphäre zu gewähren, als sie sich daran erinnerte, was Foggerbottom gesagt hatte. Sie schlüpfte aus ihrem Umhang, hängte ihn auf, und warf dem Huhn einen letzten Blick zu. »Hier, das brauchst du, wenn du wieder normal bist. Wir besorgen dir Schuhe und was sonst noch nötig ist, sobald ich weiß, welche Größe du hast.«

Das Huhn blinzelte ihr anerkennend zu, als sie die Türe zuschob.

»Ich warte einfach hier draußen, bis du fertig bist«, flüsterte Liv, die Damen in der Schlange schauten immer noch neugierig zu.

Sie lächelte sie sanft an. »Mein Huhn mag Privatsphäre, wenn es sein Geschäft erledigt.«

»So sollte es sein«, sagte die Frau, die ihr erlaubt hatte, sich vorzudrängeln.

Einen Moment später knallte es so laut, dass außer Liv alle zusammenzuckten. Sie war mittlerweile viel zu sehr an verdächtige, laute Geräusche gewöhnt.

Stoff wurde ausgeschüttelt und die Türe wurde Richtung Liv geöffnet. Heraus trat eine attraktive Frau mit langen, seidig braunen Haaren und vollen Lippen.

Jede Frau in der Reihe sah Alicia ungläubig an, während sie barfuß zum Waschbecken marschierte, um sich die Hände zu waschen.

Liv war angespannt und fragte sich, wie sie das in Ordnung bringen konnte. Alicia warf Liv einen anerkennenden Blick zu, als sie sich die Hände trocknete. »Danke für … na ja, du weißt schon«, sagte sie mit starkem italienischem Akzent.

Die Damen drehten ihre Köpfe Richtung Liv und warteten auf ihre Antwort. »Keine Ursache. Ich bin froh, dass du dich nach all dem besser fühlst.«

»Ja, und jetzt könnte ich etwas zu essen vertragen«, stellte Alicia mit einem Augenzwinkern fest. »Ich bin ein bisschen hungrig.«

Kapitel 22

Liv und Alicia kicherten eine ganze Minute lang über die Toilettenszene, als sie in einem nahegelegenen Outlet Store Kleidung aussuchten.

Die Frauen auf der Toilette hatten inzwischen wahrscheinlich bereits vergessen, was geschehen war, nachdem die beiden Magierinnen die Sanitärräume verlassen hatten. Das war das Tolle an den Sterblichen. Sie vergaßen einfach, was sie sich nicht erklären konnten, was ihnen gegenüber aber überhaupt nicht fair war, meinte Liv. Bald würde sie ihre Mission wieder aufnehmen, die Menschen von dem Fluch zu befreien, der sie davon abhielt, Magie zu erkennen.

»Hungrig«, lachte Liv. »Der war gut.«

Alicia hielt eine Jeans hoch und schaute sie an. »Ja, deine schlechten Wortspiele haben auf mich abgefärbt.«

»Das habe ich vermutet. Wir haben auch viel Zeit miteinander verbracht.« Liv zeigte ihr ein Paar Ballerinas.

Alicia nickte und nahm sie zusammen mit den anderen Kleidungsstücken, die sie ausgesucht hatte, mit. Sie verschwand in einer Umkleidekabine. »Ja, das haben wir. Du führst ein sehr interessantes Leben, Kriegerin Beaufont.«

»Es ist viel chaotischer als früher«, stellte Liv fest. »Ich habe früher hauptberuflich in einer Reparaturwerkstatt gearbeitet und an Elektrogeräten herumgebastelt.«

Der schwarze Umhang, den Liv Alicia gegeben hatte, wurde über der Vorhangstange drapiert. »Oh, gut, dann wird dir *mein* Laden gefallen.«

»Du hast eine Reparaturwerkstatt?«

»Nein, es ist eher ein magisch-technischer Ort. Na ja, zumindest war er das mal.«

»Bevor Shitface dich in ein Huhn verwandelt hat?«, fragte Liv neugierig.

»Ja, zunächst gab er sich als ganz normaler Kunde aus, der maßgefertigtes Material benötigte«, erklärte Alicia. »Aber ehe ich mich versah, wurde ich von diesen Kobolden als Geisel genommen. Ich wollte die Geräte, die er von mir verlangte, nicht bauen. Sie hatten alle Einfluss auf die Zeit. Sie kehrten Ereignisse um, stoppten oder beschleunigten sie.«

»Papa Creola hat deshalb auch gewaltige Kopfschmerzen«, berichtete Liv.

»Aber ich hatte doch keine Wahl«, fuhr Alicia fort. »Er sagte mir, er würde mich umbringen, also tat ich, was er wollte und hoffte, er würde verschwinden. Doch gerade als ich dachte, ich sei mit ihm fertig, verwandelte er mich in ein Huhn. In der einen Minute bin ich in meinem Laden und versuche herauszufinden, was hier vor sich geht und dann teleportiert er mich zu diesem Restaurant. Für Shitkphace war das aber noch nicht genug. Er hatte noch nicht herausgefunden, wie er meine Arbeit replizieren kann.«

»Das war der Grund, warum die Zeit in Liams Restaurant immer wieder durcheinander gebracht wurde«, vermutete Liv.

»Genau«, bekräftigte Alicia. »Also kam Shitkphace, holte mich ab und versprach, mich zurückzuverwandeln und mich in Ruhe zu lassen, wenn ich Pläne für ihn erstellen würde.«

Liv senkte ihr Kinn. »Und du hast diesem Schurken geglaubt?«

»Glaub mir, ich fühle mich wie eine Idiotin«, gestand Alicia ängstlich. »Aber ich hatte nicht wirklich eine Wahl. Ich habe die Pläne für ihn gezeichnet, damit er meine Arbeit replizieren konnte und gerade als ich hoffte, er würde mich zurückverwandeln, hat er mich zu dir geschickt. Plötzlich war ich an einem Strand mit einer Magierin aus dem Haus der Sieben und einem Riesen. Es war irre.«

»Ja, ich glaube, er wollte seine Kobolde zurück«, erzählte Liv und erinnerte sich an die Ereignisse in Seattle.

»Aber am Ende hat ja alles geklappt«, sagte Alicia erleichtert, als sie hinter dem Vorhang in einem Paisley-Top und Jeans herauskam. Ihre Schönheit war atemberaubend.

Liv deutete auf ein Stirnband mit Federn, das in einem Regal lag. »Für dein Haar?«

Alicia blickte sie mit finsterer Miene an.

»Was? Ist es noch zu früh?«, scherzte Liv.

»Können wir etwas essen gehen? Ich bin so richtig am Verhungern.«

»Ja, was möchtest du? Hähnchensticks? Hähnchenpastete? Geflügelsalat?«

Das Stirnrunzeln auf Alicias Gesicht vertiefte sich.

Liv schlug sich mit der Hand an die Stirn. »Es tut mir leid. Ich vergaß, dass du Italienerin bist. Wie wärs mit Hühnchen Marsala? Oder Hühnchen Piccata?«

Alicia stürmte davon, ihr langes braunes Haar wehte hin und her.

»Oh, oder Hühnchen Cacciatore?«

»Du bist nicht witzig, Liv«, sagte Alicia, die sie nach dem Bezahlen der Kleidung einholte.

»Warum lächelst du dann?«, fragte Liv und erkannte das Grinsen, dass das ehemalige Huhn zu verbergen suchte.

Alicia erlaubte sich, laut zu lachen. »Okay, du bist witzig. Ich schwöre, ich hätte den Verstand verloren, wenn du nicht gewesen wärst. Die Art, wie du dich über den niedlichen

Rory lustig machst, ist wirklich unterhaltsam. Er ist so ein reizender Mann.«

»Ja, das ist er«, sagte Liv, dann fiel ihr etwas ein. »Du weißt nicht zufällig, womit er seinen Lebensunterhalt verdient, oder?«

Alicia dachte einen Moment lang nach. »Nein, ich habe nie irgendwelche Hinweise bemerkt. Er war immer so damit beschäftigt, mich zu füttern.«

Liv nickte. »Ja, so ist er, wie ein lieber Opa.«

»Und dann war da noch König Rudolf«, sagte Alicia. »Er ist einer der attraktivsten Männer, die ich je gesehen habe.«

»Was nur beweist, dass die Optik einen Menschen nach oben bringen kann.«

»Oh, aber der schönste Mann, den ich je gesehen habe, war der auf dem Dach in Las Vegas«, so Alicia.

»Oh, Spincoster?«, fragte Liv. »Ja, der war irgendwie heiß für einen Elfen, obwohl ich nie mit den spitzen Ohren und dem Hippie-Lebensstil klarkommen werde. Zuletzt war er natürlich nicht mehr so vorzeigbar.«

»Nein, ich meinte deinen Freund Stefan«, sagte Alicia, als sie zum Restaurantbereich am Flughafen kamen.

»Ist er das?«, fragte Liv. »Ich habe es nicht wirklich bemerkt.«

»Natürlich hast du das«, bestätigte Alicia, als sie sich in der Pizzeria anstellte.

»Im Ernst, du möchtest in Deutschland Pizza essen?«

»Ich bin am Verhungern«, sagte Alicia. »Und die Pizza in Deutschland ist für ›außerhalb von Italien‹ eigentlich ziemlich hervorragend und erinnert mich außerdem irgendwie an Zuhause.«

»Ja, ich bin sicher, du vermisst es«, antwortete Liv. »Wo kommst du her? Rom?«

Alicia schüttelte den Kopf. »Eigentlich ist mein Geschäft in Venedig. Dort gibt es zwar nicht die beste Pizza in Italien, aber ich mag sie ganz gerne.«

»Warum ist das so? Ich dachte, die Venezianer seien in allem die Besten?«, erkundigte sich Liv.

»Das sind wir auch«, meinte Alicia selbstgefällig. »Aber es gibt keine ordentlichen Pizzaöfen.«

»Oh, denn die Insel damit abzufackeln wäre ein ziemlich schlechter Deal«, nahm Liv an.

»Ganz genau«, bekräftigte Alicia.

»Also ist Shitface immer noch in Venedig?«

Wut huschte über Alicias Gesicht. »Ja, er ist wahrscheinlich immer noch in meinem Laden.«

»Was bedeutet, dass er leicht zu finden sein wird.«

»Ja, aber man muss vorsichtig sein«, erklärte Alicia. »Er ist ein sehr mächtiger Magier und er hat massenweise magisch-technische Geräte, sodass sein Energievorrat dem Deinen überlegen sein wird. Dann sind da noch seine widerlichen Kobolde.«

Liv dachte einen Moment lang nach. »Klingt, als müssten wir ihn austricksen.« Sie lächelte die Wissenschaftlerin an. »Ich denke, du und ich werden ein großartiges Team in diesem Projekt abgeben.«

Kapitel 23

Liv beobachtete vom Dach des Gebäudes gegenüber Alicias Laden. Scheinbar wurden dort Dinge wie Telefonbatterien und Ladegeräte an Touristen verkauft. Doch hinter einer falschen Wand konnten diejenigen, die Bescheid wussten, in einer großen Sammlung von magisch-technischen Geräten stöbern. Alicia fertigte und verkaufte ursprünglich Telefone mit außergewöhnlichen Kontaktlisten. Der Benutzer brauchte nur an die Person zu denken, der er eine Nachricht schicken wollte und die Nummer wurde automatisch gewählt, ob er sie nun hatte oder nicht. Es gab auch selbstschreibende Computer, die laut Alicia von vielen Schriftstellern benutzt wurden. Sie dachten sich einfach die Geschichte aus und der Computer erledigte den Rest. Und dann gab es Sofort-Haartrockner, Laufwerke mit unbegrenztem Speicherplatz und eisfreie Kühlschränke, die ohne Energiequelle immer kühlten.

Liv konnte es kaum erwarten, den Laden zu erkunden. Sie könnte mit Sicherheit das eine oder andere von Alicia lernen. Aber zuerst mussten sie die Seuche loswerden, die den Laden befallen hatte.

Die Straßen von Venedig waren ruhig, als die Sonne langsam über dem Kanal aufging. Doch schon bald wären die vielen Gassen von Touristen bevölkert, die die frisch zubereitete Pasta in den Schaufenstern mit Freude betrachten würden. Liv war noch nie an einem Ort gewesen, der so reich an Geschichte und Kultur war. Im Gespräch mit Alicia hatte sie bald entdeckt, dass die Venezianer liebevolle und offene Menschen, aber auch sehr stolz waren. Es gab Dinge, die nur die Venezianer tun konnten, wie Glasblasen oder Gondeln reparieren.

Liv sah zu, wie Alicia ein Stück dunkle Schokolade auf der gepflasterten Straße niederlegte. Sie war verkleidet und trug eine der aufwendig verzierten Masken, für die Venedig bekannt war.

»Sie ist dir ans Herz gewachsen«, sagte Plato, als er an ihrer Seite auftauchte und über den Rand des Gebäudes blickte.

»Ja, und ich werde mein kleines Hühnchen vermissen, aber das darfst du nie jemandem erzählen.«

»Ich denke, wir wissen beide, dass ich grundsätzlich niemandem etwas erzähle, aber wenn du denkst, es sei ein Geheimnis, dass du ein Herz hast ... nun, ich hasse es der Überbringer schlechter Nachrichten zu sein.«

Liv runzelte die Stirn. »Denkst du, die Leute haben einen Verdacht?«

»Ich glaube, man kauft dir diese abfällige, herzlose Art nicht ab.«

»Nun, was kann ich tun?«, fragte Liv flehentlich.

»Tritt ein Kätzchen«, schlug Plato vor.

Liv warf ihm einen langen, angewiderten Blick zu.

»Okay, gut«, kapitulierte er. »Du brauchst das Kätzchen nicht zu *treten*. Vielleicht genügt beleidigen. Mach dich darüber lustig, dass es winzig ist und keine Erfahrung hat.«

Liv betrachtete den Lynx, als sei er zu weit gegangen, obwohl sie wusste, dass er niemals ein unschuldiges Tier verletzen würde ... oder zumindest hoffte sie das. Sie wusste nicht viel ... nun, eigentlich überhaupt nichts über diese

Katze neben ihr. Nur, dass sie ihn fast mehr liebte als jeden anderen. Er war ... nun, wie konnte sie es am besten ausdrücken ... Plato war ein Teil von ihr.

»Was hast du mit Kätzchen am Hut?«, fragte Liv.

Er zuckte die Achseln. »Ich habe nur wenige Schwachstellen in dieser Welt.«

»Wie sieht es in anderen Welten aus?«, fragte Liv und versuchte, sich nicht darüber aufzuregen, was der Lynx ihr mitteilte. Sie verharrte in einer gleichgültigen Haltung und starrte über den Rand des Gebäudes, während Alicia weiterhin Köder auslegte.

»Noch immer nur einige«, antwortete er.

»Wir wissen also, dass du gegen eine Lophos machtlos bist«, sagte Liv und dachte darüber nach, wie sie der alten Schlange im Kloster begegnet waren.

Plato sah zu, wie Alicia hinter einer Ecke verschwand. Die Tür zum Laden öffnete sich und drei Kobolde lugten heraus, jeder blickte in eine andere Richtung, während sie in der Luft schnupperten.

»Und dann erwähntest du etwas darüber, dass das Offenlegen deiner Geheimnisse dazu führen würde, dass du deine Macht verlierst«, fuhr Liv fort.

»Ich glaube nicht, dass ich das erwähnt habe«, sagte Plato, als die Kobolde aus dem Laden rannten und um die Schokolade kämpften. Alicia hatte ihr mitgeteilt, dass Shitkphace die Kobolde nicht sehr gut fütterte und sie stattdessen zwang, selbst nach Nahrung zu suchen. Das machte die Strategieplanung für die erste Phase etwas einfacher.

»Nun, vielleicht habe ich das abgeleitet«, erklärte Liv. »Und dann tauchen auf der kurzen Liste deiner Unzulänglichkeiten Kätzchen auf. Das ergibt absolut Sinn. Ein allmächtiges Wesen, das überall hingehen und sich in viele verschiedene Wesen verwandeln kann, wird von niedlichen, kleinen, kuscheligen Kätzchen entmachtet.«

»Sie kacken in eine Kiste und jagen ihre Schwänze«, argumentierte Plato.

»Richtig, was meinen Standpunkt darüber, wie unglaublich merkwürdig es ist, eine Schwachstelle zu haben, die so harmlos ist, nur noch weiter bestätigt«, sagte Liv.

Weil Plato nicht daran interessiert schien, ihre Beobachtungen zu ergänzen, zuckte sie die Achseln. »Aber ich schätze, die Schlange war ziemlich mächtig. Dann gibt es noch die Geheimnisse. Die sind jedermanns Schwäche, nicht wahr?«

»Ich bin mir nicht sicher«, sagte Plato. »Ich kann nicht für alle sprechen. Wenn wir jedoch unseren Zeitplan einhalten wollen, sollte ich jetzt besser gehen.«

Liv nickte und beobachtete, wie die Kobolde die Köder schluckten. »Danke, dass du uns hilfst, diese Plagegeister loszuwerden.«

Plato warf ihr einen beiläufigen Blick über die Schulter zu, bevor er verschwand.

»Ich hoffe nur, dass du heute Morgen nicht auf Kätzchen triffst. Oder in irgendeiner Nacht«, sagte Liv zu der kalten Morgenluft. »Ich hoffe, du triffst niemals deine Schwachstellen, Plato.«

Kapitel 24

Der erste Schritt in Alicia und Livs komplexem Plan war es, die Kobolde vom Laden wegzulocken. Sie waren, wie Liv von ihrer ersten Begegnung mit ihnen wusste, verschlagene, schlüpfrige, kleine Trottel. Laut Alicia waren sie rücksichtslos, teilten billige Schläge aus und taten noch verabscheuungswürdigere Dinge. Liv lachte sich ins Fäustchen, weil sie wusste, dass sie es mit Plato zu tun bekamen.

Der nächste Teil des Plans sah vor, Shitkphace aus dem Laden zu holen, was etwas schwieriger würde. Anscheinend verließ er ihn nicht so oft, gewöhnlich schickte er die Kobolde hinaus, um die Bestellungen abzuliefern. Aber wenn sie auf den Grund des Kanals gesunken waren – oder was immer Plato mit ihnen machen wollte – konnten sie keine Botengänge für den bösen Magier mehr erledigen.

Liv wusste jedoch, dass sie Shitkphace nicht einfach so herauslocken konnten. Sie mussten ihn zuerst schwächen. Sie könnte stundenlang mit ihm kämpfen, ja, aber das würde ihre magischen Reserven schmälern. Nein, um die magische Energie eines bösen, machthungrigen Magiers zu verringern, mussten sie sich auf das verlassen, was sie über ihn wussten. Laut Alicia war er ein Workaholic, besessen von seinen Fristen, zwang sich zu langen Arbeitszeiten und hatte Alicia in der Vergangenheit dazu gezwungen, magische Technik zu produzieren.

Liv wartete, bis sie Funken an der Rückseite des Ladengebäudes fliegen sah. Die Lichter im Laden flackerten kurz, bevor alle Fenster völlig dunkel wurden.

Alicia hatte ihre beiden Aufgaben erfüllt. Jetzt war Liv an der Reihe. Sie trat auf den Sims des zweistöckigen Gebäudes, auf dem sie stand. Sie atmete tief durch, flog durch die Luft und landete sanft in einer Hocke vor dem dunklen Laden. Liv hob ruckartig den Kopf und starrte direkt auf die Tür vor ihr.

Jetzt weiß ich wie sich Trinity in Matrix gefühlt hat. Nun ist Showtime angesagt.

* * *

Alicia De Luca hatte lange Zeit in Venedig gelebt. Sie kannte diese Insel besser als die meisten anderen, obwohl sie selbst für die Einheimischen zeitweise ein Labyrinth darstellte. Aus diesem Grund wollte sie eigentlich diejenige sein, die Shitkphace weglockte. Es ergab nur Sinn. Allerdings war sie auch die Einzige, die das elektromagnetische Signal hervorrufen konnte.

Sie hatte Liv Beaufont so gut sie konnte beraten und ihr eine Strategie gegeben, wie sie sich durch die Kanäle fortbewegen musste. Alicia hatte genug Zeit mit der Magierin verbracht, um zu wissen, dass sie sich anpassen und Dinge selbst herausfinden konnte, aber Shitkphace war nicht wie andere. Er war bewaffnet und würde auf Rache aus sein – vor allem, wenn er bemerkte, dass er ausgetrickst worden war. Und wenn sie zwischendurch eine Pause einlegen würde, wäre Liv am Arsch und es wäre Alicias Schuld.

Sie wartete im Schatten hinter ihrem Laden. Seltsamerweise konnte sie die Vertrautheit des Ortes riechen. Das war der Laden ihrer Eltern gewesen, bevor sie ihn geerbt hatte. Sie hatten Tränke und Kräuter an die örtliche magische Gemeinschaft verkauft. Obwohl sie Alicia unterstützten, hatten sie ihre Bastelbesessenheit nie verstanden.

Magische Technik war nicht nur in der alten Welt, in der Dinge völlig anders waren, kurios gewesen. In den Kreisen der fortschrittlichen Magier galt sie immer noch als ziemlich abenteuerlich. Das war auch der Grund, warum das Haus der Sieben dazu übergegangen war, Magier besonders zu registrieren, die diese Technik nutzten. Es galt als zu liberal.

Als es für Alicias Eltern an der Zeit war, sich zur Ruhe zu setzen, übernahm sie das Geschäft, ließ die Tränke auslaufen und ersetzte sie durch die von ihr geschaffene magische Technik. Die venezianischen Magiekundigen wussten anfangs nicht, wie sie auf den fortschrittlichen Vorgang reagieren sollten. Aber innerhalb nur eines Jahres waren ihre Artikel gut nachgefragt und sie wurde mit Bestellungen überhäuft. Diese Art von Aufmerksamkeit zog Magier und andere magische Kreaturen von überall her an. Alles lief großartig bis Shitkphace an einem windigen Herbsttag auftauchte. Von diesem Moment an hatte Alicia bereut, dass sie das Warenangebot im Laden ihrer Eltern umgestellt und somit diesen Übeltäter in ihr Haus gebracht hatte.

»Questo è per voi Mamma e Papà«, sagte Alicia, als sie zwischen den Gebäuden zum Sternenhimmel aufschaute. *Das ist für euch, Mama und Papa.*

Einen Moment später wurde die Hintertür des Geschäfts aufgerissen, Alicia erstarrte und presste ihren Körper gegen die Stuckwand hinter sich. Wasser schwappte über ihre Gummistiefel. Die Flut stieg bereits. Sie hatten nicht mehr viel Zeit.

»Verdammt!«, maulte Shitkphace, sein nasaler Ton traf Alicia im Innersten. Sie hatte diese Stimme nicht vermisst. »Was ist mit dem Strom passiert?«

Ich bin ihm passiert, du großmäuliger Idiot, dachte Alicia und hielt den Atem an.

»Wie soll ich …«, murmelte Shitkphace vor sich hin.

Es gab keine Möglichkeit, den Generator manuell zu reparieren, nicht so, wie Alicia ihn beschädigt hatte. Sie müsste danach einen nagelneuen kaufen, aber das wäre es wert. Sie wollte sich auch einen neuen Werkzeugsatz und eine Katze besorgen und ein besseres Sicherheitssystem installieren.

Ein knallendes Geräusch sagte ihr, dass Shitkphace das einzige getan hatte, was ihm zur Verfügung stand, um das Problem zu beheben – er hatte sich auf seine Magie verlassen, um den Generator zu reparieren. Das hatte ihn vermutlich die Hälfte seiner Reserven gekostet, wenn nicht sogar mehr.

Er seufzte und fluchte laut, als er die Hintertür zuschlug.

Alicia rollte mit den Augen und hoffte, dass er in ihrem Laden nichts kaputtgemacht hatte, indem er Dinge um sich warf.

Ich werde auch den ganzen Ort gründlich reinigen lassen, sobald er draußen ist.

Sie schaute auf ihre Uhr und zählte die Sekunden bis zur nächsten Phase. Bald würde sie wieder in ihrem Laden sein, da, wo sie hingehörte. Noch nie hatte sich etwas so gut angefühlt.

* * *

Die Kobolde waren so ziemlich die lästigsten Geschöpfe auf der Erde. Denn niemand sonst auf diesem Planeten würde Plato solch schrecklichen Bestien gegenüberstellen, aber niemand war wie Olivia Beaufont. Sie war genau so unglaublich, wie ihre Eltern ihm an diesem Tag vor so vielen Jahren erzählt hatten. Was Plato verwunderte, war, dass er Guinevere und Theodore Beaufont nicht geglaubt hatte, als sie ihm von ihrer Tochter erzählt hatten. Er hatte gedacht, sie seien voreingenommene, übervorsichtige Eltern. Anstatt zu glauben, was sie ihm über Olivia erzählt hatten, musste Plato es selbst herausfinden, aber es war auch besser so.

Die Kobolde quietschten und gackerten, während sie durch die Straßen von Venedig rannten. Plato hob seinen Kopf am Ende der dunklen Sackgasse, seine Tigeraugen glühten gelb. Im Dunkeln konnte er perfekt sehen und beobachten, wie die drei Kobolde beim Anblick der riesigen Katze erstarrten. Sie schrien, rannten rückwärts und ließen viel von der gesammelten Schokolade fallen.

Plato senkte den Kopf und schüttelte ihn. Das war fast zu einfach.

Er verschwand und tauchte an dem Ort auf, von dem er wusste, dass die Kobolde dort als Nächstes zuschlagen würden. Sie waren unglaublich vorhersehbar. Er brauchte nur an die kurzfristigste Lösung zu denken. Und genau das taten die Kobolde.

Die Augen der Kobolde weiteten sich beim Anblick eines schwarzen Panthers. Einer sah aus, als hätte er sich eingenässt, aber das konnte auch von dem Wasser kommen, durch das sie gerannt waren. Bald würden die Straßen von Venedig überflutet sein. Plato sollte diese Plagegeister bis dahin auf die andere Seite der Insel getrieben haben, wo sie ein Boot nehmen mussten, um so weit wie möglich von ihm wegzukommen und nie wieder zurückzukehren.

Er verschwand und wartete darauf, dass die Kobolde die Kurve kriegten. Diesmal würden sie etwas länger brauchen, weil sie nervös waren und vorsichtig um die Ecken schlichen, anstatt wild umherzulaufen. Es war nicht viel nötig, um ihre Moral zu mindern.

Die Kobolde waren das komplette Gegenteil von Liv. Nichts hatte dieses Mädchen je gebrochen. Plato hatte sie vor fünf Jahren als Olivia Beaufont kennen gelernt und bald genau erkannt, warum ihre Eltern wollten, dass er auf sie aufpasste, falls ihnen jemals etwas zustoßen sollte. Sie war in allem genau so wie sie gesagt hatten: leidenschaftlich, intelligent und absolut für Großes bestimmt.

Ob Guinevere und Theodore Beaufont den Prophezeiungen zugestimmt hätten, die ihre Kinder betrafen, würde Plato nie erfahren. Alles, was er sicher wusste, war, dass diese beiden Magier ihn ein Jahrzehnt zuvor um einen Gefallen gebeten hatten, als Gegenleistung für etwas, das sie für ihn getan hatten. Er hatte mehrere Jahre damit verbracht, Magier und andere magische Kreaturen aus Pflichtgefühl zu beaufsichtigen und das war es, worauf er sich wieder einzulassen glaubte, als er zugestimmt hatte, Olivia unter seine Fittiche zu nehmen, falls ihnen jemals etwas zustoßen sollte.

Plato war vieles, aber er stand immer zu seinem Wort. Deshalb tauchte er, als Guinevere und Theodore Beaufont starben, pflichtbewusst neben Liv auf. Die Vereinbarung lautete jedoch nur, dass er sie beschützen sollte, bis sie ihre volle Macht erlangt hatte und diese Zeit war schon lange vorbei, seit sie eine Kriegerin für das Haus der Sieben geworden war.

Plato hatte sich ursprünglich unverbindlich bereit erklärt, über Olivia Beaufont zu wachen. Er plante jetzt jedoch, solange an Livs Seite zu bleiben, wie sie ihn ließ, denn sie war der unglaublichste Mensch, den er in seinem langen Leben getroffen hatte.

DIE UNBEUGSAME KÄMPFERIN

Er hoffte nur, dass sie nie alle seine Geheimnisse erfahren würde. Manche würde sie ihm vielleicht nicht verzeihen können. Das war leider das Schicksal eines Lynx.

Kapitel 25

Das Wasser in den Straßen stand Liv fast bis zu den Knöcheln. Sie watete hindurch und bemerkte wie das Wasser sie bremste.

Das wird eine interessante Verfolgungsjagd, dachte sie, als sie sich der Tür näherte. Die Lichter in der Technikwerkstatt waren gerade wieder zum Leben erwacht. Sie spielte in ihrem Kopf durch, was Alicia ihr über Shitkphace erzählt hatte. Er war ein hinterhältiger Lügner, der zufällig aber auch extrem abergläubisch war. Noch wichtiger als das war aber die Tatsache, dass er höchst organisiert war.

Als er ihren Laden übernommen hatte, hatte er ihn neu organisiert und die Dinge dorthin gestellt, wo er meinte, dass sie sein sollten. Darauf setzte Liv für die nächste Phase. Ihr Plan war darauf ausgelegt, klüger und strategischer als Shitkphace vorzugehen, was für zwei Damen wie Alicia und Liv nicht schwer sein sollte.

Liv hob ihre Hand und holte tief Luft, bevor sie an die Tür klopfte.

»Verschwinde!«, schrie Shitkphace.

Liv klopfte erneut.

»Ich sagte, verschwinde!«

Noch ein Klopfen, diesmal lauter.

»Klutz, erledige das!«, befahl Shitkphace.

Klopf, klopf.

»Klutz? Ponny? Ding?«, schrie Shitkphace. »Wo seid ihr wertlosen Winzlinge?«

Klopf, klopf.

»Verdammt!«, brüllte Shitkphace und riss die Tür auf. Der untere Teil blieb an seinem Platz und verhinderte, dass das die Straßen überschwemmende Wasser in den Laden fließen konnte.

Liv blickte unter ihrer Kapuze hervor, als ob es in Strömen regnen würde. »Hey. Entschuldige die Störung, aber der Strom in meiner Wohnung ist weg.« Sie zeigte grob über ihre Schulter.

»Das ist mir egal!« Shitkphace hatte einen langen grauen Spitzbart und den gesamten Kopf voller Dreadlocks, die über seine Schultern fielen.

»Ich glaube, Kobolde haben die Macht an sich gerissen«, behauptete Liv. »Ich wusste nicht, dass wir hier einen Befall haben. Ich wollte nur sehen …«

»Ich bin beschäftigt!«, stotterte Shitkphace und Liv konnte leider seine nasse Aussprache spüren.

»Oh, Entschuldigung«, sagte sie, blickte über ihre Schulter und suchte nach dem Gegenstand, von dem Alicia ihr erzählt hatte. »Trotzdem glaube ich nicht, dass das verhindern wird, dass deine Räumlichkeiten durchsucht werden.«

»Durchsucht?«, wiederholte Shitkphace, sein Tonfall klang plötzlich nervös.

»Oh, ja«, meinte Liv. »Ich habe die Kobolde dem Haus der Sieben gemeldet, da ich mir sicher bin, dass sie nicht registriert sind, und du weißt ja, wie diese Organisation in solchen Dingen vorgeht. Sie schicken jeden Moment einen Krieger vorbei.«

»Einen Krieger?« Shitkphace streckte seinen Kopf hinaus und blickte die enge Gasse hinauf und hinunter.

»Ja, ich habe gehört, dass sie Decar Sinclair schicken«, bestätigte Liv und erhaschte einen Blick auf das Objekt, das sie suchte – einen aufziehbaren rosa Flamingo. Wenn er aufgezogen wurde, schlurfte er auf seinen Beinen vorwärts und das Wichtigste an dem scheinbar primitiven Spielzeug war, dass es sich um den wertvollsten Gegenstand von Shitkphace handelte. Deshalb stand es oben auf einem Regal im hinteren Teil des vorderen Raumes, genau dort, wo Alicia gesagt hatte.

»Nicht Decar Sinclair«, antwortete Shitkphace mit gedämpfter Stimme.

Sie nickte und versuchte, ihre Frustration darüber zu unterdrücken, dass dieser Mann Angst vor dem anderen Krieger hatte. »Ja, und ich habe gehört, dass er tödliche Gewalt anwenden wird.«

Genau wie Alicia es vorausgesagt hatte, griff Shitkphace mit der Hand in die Tasche seiner Robe.

Er war also bewaffnet.

»Gut zu wissen«, murmelte Shitkphace und blickte wieder einmal die Gasse rauf und runter.

Während er abgelenkt war, schnippte Liv mit dem Finger in Richtung des kleinen rosa Spielzeugs. Es verschwand und tauchte in ihrer Hand wieder auf, ihre Finger schlossen sich.

»Nun, viel Glück mit Decar«, beendete Liv das Gespräch und zog sich zurück, da die Strömung des Wassers sie beinahe mitgerissen hätte.

»Ja, ich hoffe du irrst dich und sie schicken einen anderen Krieger«, murrte Shitkphace, wobei sich seine Schultern beim Studium der Gegend immer mehr anspannten.

Als sie sich in sicherer Entfernung befand, öffnete Liv ihre Hand und erlaubte ihm einen Blick auf den Gegenstand, den sie gerade hatte mitgehen lassen. Das Rosa blitzte aus ihrer Hand und fing sofort den Blick von Shitkphace ein.

DIE UNBEUGSAME KÄMPFERIN

Er drehte sich um, schaute zum Regal und dann wieder zurück. »Gib das zurück!«

Liv schüttelte den Kopf. »Wenn du dein kleines Schmuckstück wiederhaben willst, musst du mich schon fangen!« Sie rannte los, wohl wissend, dass sie nicht mehr viel Zeit hatte, bis Shitkphace hinter ihr her sein würde.

* * *

Mithilfe eines von ihr nach ihrer Rückkehr nach Venedig konstruierten Abhörgerätes hatte Alicia Livs Gespräch mit Shitkphace belauscht und wusste, dass die Jagd jetzt begann.

Sie schlüpfte aus dem Schatten zur Hintertür des Ladens hinüber. Kopfschüttelnd lachte sie sich ins Fäustchen. Shitkphace hatte Angst vor Decar Sinclair, aber er wusste nichts über Liv Beaufont. Er war im Begriff zu lernen, dass er auch sie fürchten sollte.

Alicia schob den Entriegelungsmechanismus der Hintertür zurück. Shitkphace hatte Vorkehrungen für den Laden getroffen, aber sie verloren ihre Wirkung in dem Moment, in dem er seine Energiereserven benutzt hatte, um den Strom wieder einzuschalten. Die meisten wären trotzdem nicht in der Lage gewesen, in den Laden einzubrechen, denn auch Alicia hatte Sicherheitsvorkehrungen im Gebäude installiert. Wenn jemand wusste, wie man diese Systeme umgehen konnte, dann war es die Person, die sie erfunden hatte.

Die Magie-Tech summte in Alicias Hand, als sich das Schloss löste. Sie drückte die Hintertür des Ladens auf und eine Welle der Nostalgie überkam sie. Sie machte sich Sorgen um Liv und darüber, ob sie die erste Barriere noch rechtzeitig hatte erreichen können. Die Technikerin hörte nichts über das Abhörgerät. Sie wusste aber, dass sie sich keine

Sorgen um Liv machen durfte und wahrscheinlich auch nicht musste. Der Kriegerin würde es gut gehen – oder auch nicht, aber dann würde sie einen anderen Weg finden. Alles, was Alicia tun konnte, war das, weswegen sie in den Laden gekommen war.

Sie war, ohne etwas aus ihrem Geschäft zu brauchen, in der Lage gewesen, den Türöffner, die Abhörvorrichtung und die Barriere zu errichten. Was sie jedoch benötigte, um das elektromagnetische Signal zu erzeugen, konnte sie nur in diesem Geschäft finden.

Alicia atmete tief durch und erstickte fast, als ihre Augen auf den Arbeitsplatz fielen, an dem sie ihre besten Arbeiten angefertigt hatte. Es hatte eine Zeit gegeben, in der sie dachte, sie würde nie wieder hierher zurückkehren, zumindest nicht in menschlicher Gestalt. Obwohl sie nicht aufgeben wollte, war es schwierig gewesen an der Hoffnung festzuhalten, nach allem, was Shitkphace ihr angetan hatte. Aber jetzt war sie hier und damit sehr nahe dran, den bösen Magier ein für allemal auszuschalten.

Aus den dunklen Ecken des Geschäfts ertönten leise mechanische Geräusche.

Alicia spannte sich an.

Sie können nicht immer noch hier sein. Sie war sich sicher, dass sie verschwunden sein mussten.

Kapitel 26

Liv jagte durch die Gassen um die erste Kurve und zog das stabile Metall an seinen Platz. Es war an der Ziegelwand eines Gebäudes befestigt und ließ sich wie ein Ziehharmonikator quer durch die Gasse ziehen.

Sie beugte ihre Hand vor ihrem Gesicht.

Es musste funktionieren. Sie erinnerte sich an den letzten Fall, als die Zeitfernbedienung an ihr benutzt wurde und sie zurückgeworfen wurde. Alicia sagte, dass Menschen sich manchmal daran erinnern konnten, wenn sie angehalten oder vorgespult wurden, besonders wenn sie keine Sterblichen waren. Manchmal erinnerten sie sich jedoch an gar nichts und dann erlebten sie eine kleine Störung in ihren Bewegungen, ähnlich einem Bildschirmflackern. Bei Liv war all das nicht passiert. Sie war bis jetzt nicht angehalten oder zurückgeworfen worden.

Shitkphace würde versuchen, sie mit der Fernbedienung aufzuhalten. Wenn das nicht funktionierte, musste er mit ziemlicher Sicherheit hinter ihr her sein, aber die Flutbarriere sollte ihn aufhalten. Er müsste darüber springen und dann hinter ihr her stürmen.

Liv presste ihr Ohr an die Ziehharmonika-Barriere, bei der sie Alicia an diesem Tag geholfen hatte, sie zu verändern. Sie bestand aus einfachem Blech, aber sie war mit einem Zeitzauber versehen. Die beiden hatten sich zusammengeschlossen, um Liv vor dem zu schützen, was Shitkphace mit seiner Fernbedienung tun konnte. Es war jedoch nicht von Dauer und das sollte es auch nicht.

Einen Augenblick später hörte sie auf der anderen Seite der Absperrung ein Plätschern. Sie war plötzlich dankbar für den steigenden Wasserpegel, der es Shitkphace schwerer machen würde, ihr zu folgen, obwohl auch sie bereits bis auf die Knochen durchnässt war.

Wie sie es trainiert hatte, rannte Liv los, stieß sich von der Seite des Gebäudes ab und griff nach dem Fensterladen an der gegenüberliegenden Wand. Sie zog sich in den zweiten Stock hinauf und kletterte weiter nach oben, als sie hörte, wie die Barriere aus dem Weg geräumt wurde.

»Verdammt!«, maulte Shitkphace von unten. »Das ist das Werk von Alicia De Luca.«

Liv schaffte es, geräuschlos bis auf das Dach zu klettern. Von dort aus sah sie, wie Shitkphace in die Barriere trat. Er hatte eine wirklich schlechte Einstellung, was die Sache noch lustiger gestalten sollte.

»He, Shitface!«, schrie Liv und hielt den rosa Flamingo hoch. »Suchst du das hier?«

Er zog eine Grimasse, die Augen waren zusammengekniffen. »Mein Name ist Shitkphace.«

»Wie du meinst, Shitface«, antwortete Liv und lächelte den Magier breit an.

Er hob seine Hand und hielt eine Fernbedienung in der Hand. »Dafür wirst du bezahlen.«

»Nicht jetzt, nein«, rief Liv, wohl wissend, dass sie weit genug entfernt war, dass die Fernbedienung nicht funktionieren dürfte. Sie und Alicia hatten versucht, an alles zu denken.

Shitkphace kam einen Moment später zu derselben Erkenntnis.

»Oh, versuchst du mich anzuhalten? Mich zurückzuwerfen? Willst du mich zwingen, wieder runterzukommen?«, fragte Liv.

»Ich werde dich bestrafen!«, donnerte Shitkphace von unten.

»Cool, aber zuerst musst du mich kriegen«, sang Liv.

»Zur Hölle, verdammt«, fluchte Shitkphace, dann hob er vom Boden ab.

Oh, verdammt. Er schwebt. Nein, er fliegt. Was auch immer er tat, er schaffte seinen Aufstieg in den dritten Stock viel schneller als Liv. Sie startete einen Sprint, in der Hoffnung, die nächste Barriere zu erreichen, bevor er sie einholen würde.

✶ ✶ ✶

Alicia drängte die Tränen zurück, als der Panda- und der Löwen-Roboter aus dem Schatten herausmarschierten.

»Planender Panda! Lockerer Löwe!«, freute sich Alicia, rannte hinüber und fiel auf die Knie. »Ich dachte, Shitkphace hätte euch vernichtet!«

Wie zwei Welpen, die sich freuten, wieder mit ihrer Besitzerin vereint zu sein, drückten sich die kleinen Metallkreaturen liebevoll an Alicia, als sie ihre Arme ausbreitete. »Ich dachte, ich würde euch beide nie wiedersehen!«

»Wir haben uns versteckt«, sagte Lockerer Löwe und zeigte auf den anderen Roboter. »Es war seine Idee.«

Alicia lachte und wischte eine Träne weg, die die unerwartete Überraschung hervorgerufen hatte. »Planender Panda, das war schnell gedacht.«

Er verbeugte sich leicht. »Vielen Dank. Und Lockerer Löwe hat mich beruhigt, während wir uns vor diesen Kobolden versteckt haben.«

»Ihr beide ergänzt euch wirklich prima«, erkannte Alicia, während sie die Roboter auf Anzeichen von Abnutzung und Verschleiß untersuchte. Sie waren ihre ersten Projekte gewesen und immer noch ihre Lieblinge. Sie hatte die Roboter von Grund auf neu entwickelt und sogar die Designs auf ihre Metallkörper gemalt, wodurch Planender Panda wie ein kuscheliger Bär und Lockerer Löwe wie eine mutige Katze aussah. Im Gegensatz zu den Robotern der Sterblichen konnten diese beiden mehr als nur niedere Aufgaben erledigen. Sie waren ihre rechte Hand im Laden gewesen und hatten bei jedem Projekt geholfen.

»Geht es dir gut, Doktor De Luca?«, fragte der Lockere Löwe.

Sie nickte. »Aber ich muss mich sofort an die Arbeit machen, um ein elektromagnetisches Gerät zu bauen, das ein Signal über die ganze Insel ausstrahlen kann.«

»Aber das wird alle magisch-technischen Geräte am Funktionieren hindern«, platzte Panda plötzlich besorgt heraus.

»Ich weiß«, sagte sie reumütig. »Was bedeutet, dass ihr beide stillgelegt sein werdet. Aber sobald wir Shitkphace losgeworden sind, werde ich das Gerät abschalten und euch beide wiederbeleben. Das verspreche ich. Würdet ihr mir bitte helfen?«

Ohne zu zögern starteten die beiden Roboter nach vorne.

»Unbedingt!«, sagte Lockerer Löwe. »Sage uns einfach, was getan werden muss.«

»Ich werde die Teile zusammenholen«, fügte Panda hinzu.

Alicia lächelte. Ursprünglich wäre der Bau eines Geräts für das Zeitsignal eine problematische Angelegenheit gewesen. Jetzt aber, mit ihren beiden besten Freunden, hatte sie eine reelle Chance. Sie hoffte nur, dass Liv Shitkphace lange genug aufhalten konnte.

Kapitel 27

Natürlich kann Shitface fliegen, jammerte Liv, als sie über das Dach raste, das Wasser vom letzten Regen spritze ihr bei jedem Schritt ins Gesicht.

Alicia hatte ja erwähnt, dass er unglaublich mächtig war und die magische Technologie nutzte, die sie geschaffen hatte, um seine Fähigkeiten zu verfeinern und seine Stärke zu erhöhen. Fliegen hatte sie dabei allerdings nicht erwähnt. Liv hoffte nur, dass er mit diesem kleinen Kunststück seine Reserven weiter erschöpft hatte.

»Bleibt, wo du bist!«, befahl Shitkphace.

Liv blieb stehen und schaute über den Rand des Gebäudes. Dem Plan zufolge hätte sie etwas mehr Zeit haben sollen, um vom Gebäude herunterzukommen. In diesem Plan sollte Shitkphace jedoch nach ihr hochklettern, nicht fliegen.

»Weißt du, ob dein kleines Aufziehspielzeug wasserdicht ist?«, fragte Liv und hielt den rosa Flamingo hoch.

Die Augen von Shitkphace weiteten sich. »Wirf es nicht in den Kanal. Sag mir einfach, was du willst!«

»In den Kanal werfen?«, fragte Liv. »Ich würde nicht mal im Traum daran denken.« Sie machte einen Schritt auf den Sims zu und zweifelte wirklich, ob das, was sie im Sinn hatte, tatsächlich funktionieren würde.

»Gib es mir«, befahl Shitkphace, ging einen Schritt auf sie zu und legte seine Hand auf die Fernbedienung.

Liv hatte keine Zeit mehr. Sie musste den Sprung wagen, bevor er sie zwang eine Pause einzulegen. Bildlich gesprochen. Und wörtlich.

»Wie ich schon sagte, wenn du es willst, komm und hol es dir.« Liv machte einen lässigen Schritt zur Seite und stürzte über den Rand des Gebäudes.

* * *

Plato war fast am Ende seines Auftrags. Es war langweilig einfach gewesen, den Kobolden auf Schritt und Tritt und überraschend vor die Füße zu laufen und sie dazu zu bringen, dem Weg zu folgen, den er gewählt hatte.

Diese kleinhirnigen Kreaturen waren nicht nur unglaublich vorhersehbar, sondern reagierten auch immer sofort verschreckt, wenn sie einem Panther, einem Leoparden oder einer der anderen Gestalten begegneten, für die Plato sich entschieden hatte.

Bei der Vorbereitung der letzten Phase des Plans starrte Plato auf den Bahnhof. Der letzte Transport für diese Nacht stand kurz vor der Abfahrt, genau rechtzeitig. Drei verängstigte Kobolde, die von einer Gestaltwandlerkatze terrorisiert wurden, würden in einer Sekunde aufspringen und verzweifelt versuchen, so weit wie möglich von dieser Geisterinsel fort zu kommen.

Plato hörte den hastigen Atem eines der Geschöpfe, als er im Schatten kauerte. Eine letzte Vorstellung noch und dann konnte er zurück, um nach Liv zu sehen. Er nahm nicht an, dass sie seine Hilfe wirklich brauchen sollte. Im Allgemeinen brauchte sie sie auch nicht. Aber er behielt sie trotzdem lieber im Auge, nur für den Fall der Fälle.

DIE UNBEUGSAME KÄMPFERIN

Es hatte ja diese Vorfälle auf dem Matterhorn und mit der Meerjungfrau gegeben und er hatte seine Anwesenheit da ziemlich nützlich gefunden. Liv wäre wahrscheinlich in beiden Fällen auch ohne sein Eingreifen entkommen, aber er war glücklich gewesen, sie retten zu können.

Die Wahrheit war aber, dass sie Plato schon tausendmal gerettet hatte. Nicht vor dem Tod, sondern vielmehr vor sich selbst. Vor der Einsamkeit. Vor der Eintönigkeit, die mit der Unsterblichkeit einherging.

Er und Papa Creola glichen sich weit mehr als jeder andere es je könnte. Beide hatten unglaubliche Fähigkeiten, das Gewicht der Welt lastete auf ihren Schultern und beide hatten das unerschütterliche Gefühl, dass es nie genug sein würde, egal wie sehr sie es auch versuchten. Liv ließ diese melancholischen Gefühle in Plato verschwinden, oder zumindest traten sie in den Hintergrund.

Als er sicher war, dass die Kobolde gleich um die Ecke kommen würden, sprang Plato in Gestalt eines Geparden heraus. Er knurrte und seine Augen glühten dabei hell.

Wie er erwartet hatte, rannten die beiden Kobolde auf den Zug zu und wagten keinen Blick mehr zurück.

Platos Siegesgefühl war nur von kurzer Dauer, als er die Gasse absuchte.

Es hatte doch drei Kobolde gegeben ... Was die Frage aufwarf, wo der Dritte geblieben war.

∗ ∗ ∗

Die Arbeit mit dem Planenden Panda und dem Lockeren Löwen war wieder wie in alten Zeiten. Zielgerichtet bauten sie das elektromagnetische Gerät zusammen, wobei Alicia die Aufsicht hatte, während die beiden Roboter die meiste Arbeit erledigten.

Wie üblich arbeitete Planender Panda wie wild, lötete Drähte an Ort und Stelle und prüfte die Passgenauigkeit der verschiedenen Verbindungen. Lockerer Löwe schraubte gelassen an der Verkleidung.

»Wie lange noch, bis Shitkphace zurück ist?«, fragte er.

Alicia schaute auf ihre Uhr. Nach dem, was sie zuletzt über das Abhörgerät vernommen hatte, lag Liv im Zeitplan und sollte auf der anderen Seite des Gebäudes wieder hinunterklettern. Es klang, als ob alles nach Plan verlief. »Wir müssen das hier fertig bekommen und in weniger als zwei Minuten das Signal senden.«

»Ich glaube, wir können es schaffen«, erklärte der Löwe.

Planender Panda riss ihm einen kleinen Schraubenschlüssel aus der Hand. »Nicht, wenn du nicht schneller arbeitest.«

Alicia verbarg ihr Lächeln. Sie hatte die beiden Roboter erschaffen, sich gegenseitig zu ergänzen. In Wirklichkeit gerieten sie ständig aneinander, aber trotzdem hatte ihr Gefühl sie nicht getäuscht. Der eine blieb voll motiviert, während der andere ausgeglichen und entspannt wirkte.

Sie arbeiteten so lange weiter, bis ein verräterisches Geräusch von jemandem an der Tür sie alle drei aufblicken ließ. Die Türklinke wackelte und es gab ein leichtes Kratzgeräusch auf dem Holz. Dann erschienen im Fenster zwei Ohren, gefolgt vom Gesicht eines Kobolds.

Kapitel 28

Livs Magen hob sich, als sie den Sprung über die Seite des Gebäudes wagte und Sekunden später im Kanal landete.

Das Wasser war kalt und schmeckte salzig. Zum Glück roch es frisch, aber dennoch hatte sie nicht vor, viel Zeit im Kanal zu verbringen.

Sie schaute auf, als Shitkphace gerade über den Rand des Gebäudes blickte.

Liv hielt den rosa Flamingo hoch, ein neckender Blick in ihren Augen. »Ich habe ihn immer noch. Hoffen wir, dass er noch funktioniert.«

Er richtete die Fernbedienung auf sie, aber sie tauchte gerade noch rechtzeitig ab und schwamm mit kräftigen Zügen in Richtung des Canale Grande. Bis dahin musste sie aus dem Wasser raus sein. Dort war das Schwimmen im Kanal ungefähr so, als würde man nachts auf einer stark befahrenen Straße spielen. Es bestand ein nicht unerhebliches Risiko, von einer Schiffsschraube zerfetzt zu werden, wenn sie nicht aufpasste.

Als ihr die Luft ausging, kam Liv zurück an die Oberfläche. Sie sah Shitkphace vom Dach des Gebäudes beiläufig herabsinken, beinahe als würde er in einem Aufzug fahren, die Arme über der Brust verschränkt und mit einem irren Blick im Gesicht. Er hatte sie aktuell noch nicht entdeckt, aber so wie seine Augen das Wasser absuchten, würde er es bald tun.

Liv kletterte auf die Straße, dankbar dafür, dass die steigende Flut das erleichtert hatte. Sie war völlig durchnässt, aber sie lebte. Sie brauchte Shitkphace nur noch eine Minute lang abzulenken, dann konnte sie ihn ordentlich zur Strecke bringen.

Sobald sie auf den Beinen war, rannte Liv schnell wie der Teufel die nächstgelegene Gasse hinunter. Der Kopf von Shitkphace schnellte nach oben und er landete auf dem Bürgersteig, wobei er die Fernbedienung auf sie richtete.

Liv musste rechtzeitig die nächste Barriere erreichen, aber diese befand sich am anderen Ende der Gasse und er war direkt hinter ihr. Zu nahe.

Er zielte mit der Fernbedienung und dann drückte er den Knopf. Liv erstarrte.

* * *

»Die Kobolde!«, stieß Alicia ängstlich aus.

Der Panda eilte über den Tresen und sprang mit beeindruckenden akrobatischen Fähigkeiten zwischen den Wänden hin und her, bis er ganz oben ankam. Er spähte durch das Fenster. »Nur einer«, korrigierte er. »Aber er scheint wirklich wahnsinnig zu sein.«

»Ja, wir haben sie sozusagen ausgetrickst«, erklärte Alicia. »Verstärke die Tür. Wir können ihn hier nicht reinlassen.«

Alicia musste die Sicherheitsanlage abschalten, um in ihr Geschäft zu gelangen. Ohne diese war der hinterhältige, schlüpfrige Kobold kaum davon abzuhalten, wieder hereinzukommen. Dann hätten sie alle Hände voll zu tun und es bestünde nur wenig Hoffnung, das elektromagnetische Gerät rechtzeitig fertigzustellen.

»Ich denke, wenn ich an der Tür Wache halte, kann ich ihn draußen halten«, meinte Panda.

»Und ich werde weiterhin mit dem Gerät helfen«, so der Löwe.

Alicia nickte und ging wieder an die Arbeit. Sie konnte jedoch nicht umhin, den betrübten Gesichtsausdruck des Pandas zu bemerken. »Was ist?«

»Nichts ...«, log er. »Zumindest glaube ich, dass nichts ist.«

»Was macht der Kobold?«, fragte sie, während sie zügig weiterarbeitete.

»Genau das ist es ja«, antwortete er und hob den Kopf, um durch das Fenster nach allen Seiten zu schauen. »Er ist verschwunden.«

Kapitel 29

Liv war eingefroren. Gelähmt. Ihre Augen konnten nicht einmal mehr blinzeln. Sie konnte noch denken, aber selbst das fühlte sich seltsam verzögert an.

Alicia hatte das Signal noch nicht ausgestrahlt. Die Dinge liefen jetzt nicht mehr nach Plan.

Wütende Schritte stiefelten durch das Wasser, als sich Shitkphace näherte. Er riss Liv den rosa Flamingo aus der Hand und stand vor ihr mit einem Hauch von Überlegenheit.

»Ich weiß nicht, für wen du dich hältst, dass ich dich verfolgen sollte, aber du hast dich mit dem falschen Magier angelegt«, stellte er fest, wobei Spucke aus seinem Mund flog und auf Livs Gesicht landete. *Er sollte wirklich lernen, wie man spricht, ohne sein Gegenüber mit Speichel zu bespritzen*, dachte Liv und ekelte sich ein wenig.

Er hielt die Fernbedienung hoch und schwenkte sie vor Livs Gesicht. »Weißt du, was ich damit tun kann, kleines Mädchen?«

Hätte er Liv befreit, hätte sie antworten können. Offenbar war das eine rein rhetorische Frage gewesen, weil er ihr keine Gelegenheit zum Sprechen gab. »Ich kann dich zurückschicken, damit wir uns nie treffen. Dann nervst du mich nie mit deiner Anwesenheit.« Er wagte es, noch näher heranzukommen und auf ihr erstarrtes Gesicht zu atmen. »Ich kann dich so weit zurückschicken, dass du niemals existierst. Möchtest du, dass ich das tue, kleines Mädchen?«

Auch hier konnte Liv nicht antworten. Das Gespräch verlief völlig einseitig.

»Oder wie wäre es, wenn ich dich vorspulen würde, bis du alt und grau bist? Würde dir das gefallen?«, fragte Shitkphace.

Liv fand, dass sich diese Fragen von selbst beantworten sollten. Wie viele Menschen würden freudig auf- und abspringen und schreien: »Ja, bitte, lösche meine Existenz per Knopfdruck aus!«

»Obwohl es Spaß macht, Leute so weit vorzuschicken, bis sie nicht mehr sind, hat es nicht wirklich den gleichen Nutzen, wie einen Feind leiden zu sehen«, sagte Shitkphace. »In einem Moment sind sie noch hier und dann: Puff! Sind sie ein Behälter voller Knochen im Boden. Aus diesem Grund denke ich, dass ich dich anders behandeln werde als den letzten Störenfried.«

Liv wusste nicht, was das für sie bedeuten sollte, sie war auch nicht begierig, es herauszufinden.

Zu ihrem Pech verlor Shitkphace plötzlich keine weitere Zeit mehr. Er holte mit seiner Faust aus und rammte sie in ihren Bauch, sodass sie nach dem Angriff, den sie weder stoppen noch sich dagegen zur Wehr setzen konnte, fast umkippte. Sie musste standhaft bleiben und einen Schlag nach dem anderen einstecken, während sich der Magier mit seinem viel zu großem Ego austobte.

✳ ✳ ✳

»Was meinst du damit, er ist weg?«, fragte Alicia und rannte zum Fenster.

Planender Panda blickte nervös umher. »Er war hier und jetzt ist er nicht mehr hier.«

Alicia schüttelte den Kopf und eilte zurück zur Werkbank. »Nun, dann ist er losgezogen, um sein Herrchen oder etwas anderes zu holen. Ich muss mich darauf konzentrieren, das hier fertig zu machen. Ich brauche nur noch eine Minute.«

»Ich habe schon vorgearbeitet und die losen Drähte befestigt«, sagte Lockerer Löwe.

»Danke«, murmelte Alicia und versuchte herauszufinden, wo sie aufgehört hatte.

Etwas schepperte auf dem Dach und ihre Augen neigten sich zur Seite. »Das war der Wind, oder?«

Beide Roboter nickten mechanisch.

Es folgte ein lauter Knall.

»Der Kobold könnte auf dem Dach sein«, meinte Alicia sachlich. »Aber wirklich, wie sollte er hereinkommen?«

»Ich bin mir sicher, dass er das nicht kann«, erklärte Löwe.

»Ich habe mindestens drei mögliche Eingänge vom Dach aus gefunden«, berichtete Panda.

Alicia blickte nach oben an die Decke. »Handelt es sich dabei auch um ein Oberlicht?«

Der Kobold hatte das Gesicht an das Glas gepresst, ein verrückter Ausdruck in seinen großen Augen.

Der Panda nickte.

»Nun, ich kann mich nicht um ihn kümmern«, sagte Alicia. »Ich habe nur noch wenige Sekunden, um das hier zum Laufen zu bringen.«

»Keine Sorge, ich bin sicher, dass er hier nicht reinkommt«, so der Löwe wieder.

Und dann regnete Glas von oben herunter, sodass Alicia ihren Kopf bedecken musste. Der Kobold plumpste direkt in die Mitte des Raumes.

»Arbeite weiter«, befahl Panda. »Wir haben das im Griff.«

Er warf einen drängenden Blick auf den Löwen, der den Schraubenschlüssel in seiner Hand schwang und nickte. »Es ist Zeit, Rache für die letzten Wochen zu nehmen.«

* * *

Plato wusste, dass Liv in ernsten Schwierigkeiten steckte. Er spürte es in seinen Knochen, so wie er auch seine eigenen Schmerzen fühlen konnte.

Sie waren auf seltsame Weise miteinander verbunden.

Er wusste – ohne zu ahnen wie – dass sie gelähmt war und angegriffen wurde. Sie hatte keine Optionen mehr.

In Gepardengestalt raste er durch die Straßen von Venedig und rutschte um die Kurven. Er hätte sich sofort an ihre Seite begeben, aber in Venedig war eine seltsame, kosmische Kraft am Werk, die es fast unmöglich machte, dies mit der nötigen Genauigkeit zu tun. Dieser Ort war aus vielerlei Gründen mehr als seltsam.

Touristen drehten sich um oder deuteten auf die große Katze, die durch die Straßen rannte, während sie aus ihren Balkonfenstern schauten. Sie würden ihn als übergewichtige Straßenkatze abtun oder eine andere plausible Ausrede erfinden.

Er hörte die dumpfen Geräusche von Haut, die auf Haut traf, als er um die Ecke kam. Da stand sie und wankte hin und her, nachdem ihr ins Gesicht geschlagen wurde.

Platos Knurren voll Rache und Zorn zerriss die Nachtluft, kurz bevor er vorwärts spurtete.

* * *

Noch nie zuvor hatte Alicia so schnell gearbeitet. Sie wusste nicht einmal, ob sie alles richtig zusammengesetzt hatte. Sie hatte keine Zeit mehr, ihr Werk kritisch unter die Lupe zu nehmen oder die Maßeinheiten zu überprüfen.

Alicia versuchte, nicht aufzuschauen, als sie einen Aufprall hörte, aber dann tat sie es doch, wobei sie einen verschwommenen, mit Grau vermischten, schwarz-weißen Klecks mitbekam, als der Panda in den Kobold hineinrollte. Oder Orange, gemischt mit Grau, als der Löwe von einer Kiste sprang und der bösen, kleinen Kreatur im Flug einen Schlag versetzte.

Alicia wusste, dass Liv da draußen in Venedig umherrannte und versuchte, Zeit zu gewinnen. Sie hatte gehofft, ein Update zu bekommen, aber das Abhörgerät war verstummt, was nicht gut war. Entweder war Liv etwas zugestoßen oder sie war nass geworden und das Gerät damit kaputtgegangen, was ebenfalls bedeutete, dass ihr etwas zugestoßen war.

Ruhig atmend versuchte Alicia, sich zu konzentrieren, während sie den letzten Teil des elektromagnetischen Geräts fertigstellte. Das war der entscheidende Schritt. Den Zapfen an Ort und Stelle zu verschmelzen machte diese magische Technik aus. Es war weniger Wissenschaft als Magie und doch war es so viel von beidem, dass Alicia sich auf beide Teile in ihr verlassen musste, den analytischen und den magischen.

Sie hielt sich weniger für eine wissenschaftliche Magierin, sondern eher für eine magische Wissenschaftlerin. Für einige war es Semantik, aber für Alicia bedeutete es etwas. Wie Liv existierte sie nur um zu basteln, zu reparieren, zu erschaffen, und Magie war der Teil davon, der ihre Welt bereicherte. Selbst ohne Magie würde Alicia immer noch basteln, erfinden und reparieren. Auch ohne Magie wusste sie immer noch, wer sie war. Es gab nicht viele, die das von sich behaupten konnten, denn für sie war Magie alles – und ohne Magie waren sie nichts.

Für Liv Beaufont traf das allerdings ebenfalls nicht zu. Nahm man ihr die Kräfte, war sie immer noch eine wilde Kriegerin, bei der man es sehr bereuen sollte, sie verärgert zu haben.

Alicia hob den Kopf, als Planender Panda in die Vorderwand krachte. Ihr Mund sprang auf und ihr Herz machte einen Satz. Sie wollte zu ihrem Roboter rennen, aber in der nächsten Sekunde schlug ihr Lockerer Löwe fast ins Gesicht, weil er durch die Luft geschleudert wurde.

Sie konnte die Überlastung der Zahnräder hören, als ihre kostbaren Roboter versuchten, aufzustehen, aber sie müssten repariert werden, bevor sie wieder kämpfen konnten und Alicia wusste das. Das war aber in Ordnung, denn was sie als Nächstes tun musste, würde sie sowieso komplett abschalten.

Der Kobold stand in der Mitte des Raumes, die Hände auf den Hüften und die Zähne fletschend. Er knurrte Alicia an und beugte sich vor, als wolle er angreifen.

Sie verengte ihre Augen. Das passte zu seiner Einstellung. *Den Schalter einfach umlegen!*

Kapitel 30

Alle Geräte in Alicias Laden summten einmal, als würden sie zum Leben erwachen und dann verflüchtigte sich der Lärm wie eine Fliege, die langsam starb. Nacheinander flackerten die Lichter an den verschiedenen Geräten und erloschen.

Sie hatte es geschafft!

Jetzt hatte Liv eine reelle Chance gegen Shitkphace, vor allem, wenn seine magischen Reserven aufgebraucht waren.

Alicia hatte allerdings keine Gelegenheit sich zu freuen oder zu feiern, weil der Kobold sie mit weit geöffnetem Mund und einem hohen, kriegerischen Schrei angriff.

Liv war sich nicht sicher, wie viel sie noch aushalten konnte. Sie war in einige ziemlich krasse Kämpfe verwickelt gewesen, aber in all denen hatte sie die Fähigkeit gehabt, sich zu verteidigen. Shitkphace war nicht das, was man eine ehrenhafte Person nennen konnte. Er kämpfte unfair, schlug jemanden, wenn er bewegungsunfähig war und nannte sie wiederholt ›kleines Mädchen‹, als wäre es eine Beleidigung. Er war nicht nur dafür verantwortlich, Löcher in das Gewebe der Zeit zu reißen, sondern er hatte auch Livs Gesicht geprellt, was sie auf Rudolfs Hochzeit lächerlich aussehen lassen würde.

Sie war damit beschäftigt, sich in Selbstmitleid zu suhlen, was sie glücklicherweise von den Schmerzen ablenkte, weil der Zauberer weitere Schläge in ihrem Gesicht platzierte. Liv wurde abgelenkt, weil sie etwas über der Schulter von Shitkphace bemerkte. Ein orange-brauner Klecks. Eine große Katze.

Sie war erleichtert, dass ihre Rettung nahte, dann stolperte sie plötzlich zur Seite. Ihre Füße arbeiteten wieder. Ihre Hände bewegten sich. Sie war frei!

Die Gestalt, die sich aus mehreren Metern Entfernung auf Shitkphace stürzen wollte, erstarrte hinter Shitkphace. Auch der böse Magier hielt inne, neigte den Kopf zur Seite und fragte sich wahrscheinlich, warum sein menschlicher Boxsack sich von allein bewegen konnte.

Er griff in seine Tasche und holte die Fernbedienung hervor. Liv ließ es zu, bewegte ihren Kiefer hin und her und versuchte, sich wieder normal zu fühlen, obwohl ihr Gesicht und ihr Körper von den vergangenen Schlägen pochten.

Shitkphace richtete die Fernbedienung auf sie. Nichts passierte.

Liv wischte mit dem Ärmel über ihr Gesicht und saugte das fließende Blut auf. »Du wärst besser dran gewesen, wenn das Haus der Sieben Decar Sinclair geschickt hätte, um sich um dich zu kümmern«, erklärte sie und schloss die Augen, während ihre Hand zu Bellator an ihrer Seite flog. »Mit ihm hättest du keine Schwierigkeiten gehabt. Doch stattdessen schickte Vater Zeit mich, Liv Beaufont und obwohl ich nicht skrupellos bin wie Decar, lasse ich mich nicht ungestraft verprügeln.«

Durch den plötzlichen Umschwung der Ereignisse vorübergehend desorientiert, hackte Shitkphace wie wild mit den Fingern auf die Tasten der Fernbedienung. Als nichts geschah und Liv mit dem Schwert ausholte, schoss er mit den Handflächen in die Luft.

Ein kleiner Windstoß, nicht einmal stark genug, um ihr durchnässtes Haar zu trocknen, fegte durch die Luft.

Liv lachte. »Ich schätze, du hättest deine Reserven nicht mit dieser schicken Fliegerei erschöpfen sollen.«

Shitkphace sah aus, als wolle er sich in die Hose pinkeln. Er stolperte rückwärts und lugte über seine Schulter. Er schaute ein zweites Mal, als er den Geparden in seinem Rücken bemerkte. Als er sich zu Liv umdrehte, entdeckte sie in seinen Augen reine Angst und Flehen.

Sie zog Bellator und fühlte den Hunger ihres Schwerts. Es wollte Gerechtigkeit. Es wollte Rache. Außerdem wollte es diesen Feind durchschneiden und ihn auf den Grund des Kanals schicken.

»Du hättest wirklich nachdenken sollen, bevor du dich mit Alicia und mir angelegt hast«, erklärte Liv, während der Typ vor ihr kauerte. »Ja, wir sind nur kleine Mädchen, aber wir sind kluge Mädchen – eine Kombination, die niemand jemals unterschätzen sollte.«

Wie der Feigling, der er war, richtete sich Shitkphace auf, drehte um und rannte los.

Liv hob Bellator blitzschnell und traf den Magier im Rücken. Sie griff ihre Gegner nicht gerne hinterrücks an, aber wenn sie lieber wegliefen als zu kämpfen, ließen sie ihr keine andere Wahl. Das passierte, wenn man sich mit einem Arschgesicht duellierte, dachte sie.

Alicia zuckte nicht zusammen, als der Kobold mit messerscharfen Zähnen auf sie losging. Niemand hatte ihr beigebracht, wie man kämpft, aber sie wusste, wie man überlebt und in vielerlei Hinsicht war es dasselbe.

Sie wich zurück und warf einen kleinen Explosionszauber auf den Kobold.

Dieser prallte wie ein Tischtennisball von einer Wand zu anderen und hüpfte im Laden herum, um sie abzulenken. Alicia behielt den sich schnell bewegenden Kobold im Auge und blinzelte auch nicht, als er an ihrem Gesicht vorbeihuschte und ihr in die Ohren schrie. Dies war eine der vielen Taktiken gewesen, mit denen die Kobolde Alicia gefangen genommen hatten, indem sie sie unterwarfen und fesselten, bis ihr Herr eintraf. Dann war für sie alles schiefgelaufen. Sie war eingeschüchtert und ihr Geschäft übernommen worden. *Aber diesmal nicht.* Nein, Alicia ließ nicht zu, dass machthungrige Schurken erneut ihre Welt oder den Ort, den sie so sehr liebte, durcheinanderbrachten.

Sie beugte sich nach unten und hob ein loses Rohr auf, das der Löwe dort zurückgelassen hatte, weil er dachte, es könnte hilfreich sein. Sie hatten es bisher nicht gebraucht, was durch die Tatsache unterstrichen wurde, dass Alicias geliebte Roboter außer Gefecht gesetzt waren. Diesmal war es vorteilhaft gewesen, dass der Lockere Löwe Ersatzteile herumliegen ließ, obwohl der Panda immer aufräumen wollte.

Alicia nahm das Rohr auf die gleiche Weise, wie sie es bei Liv im Kampf gesehen hatte und schwang es Richtung Kobold. Das Instrument verband sich in einem flüssigen Bogen mit ihm wie ein Schläger mit dem Ball. Der Kobold rauschte durch die Luft und flog durch das Schaufenster an der Vorderseite, schwebte über den Kanal, bevor er gegen eine Gebäudewand auf der anderen Kanalseite krachte. Er glitt in den Kanal hinunter und schwamm davon, wobei er hoffentlich erkannte, dass er von einer Wissenschaftlerin besiegt wurde, die es satthatte, die Scheiße dieser bösartigen Kreaturen zu ertragen.

Kapitel 31

Jede Tötung hatte ihren Preis. Ja, Liv hatte die Welt von einem schrecklichen Mann befreit, der sich wenig um Gerechtigkeit, Leben oder Wissenschaft gekümmert hatte. Doch sein Blut klebte an ihren Händen.

Buchstäblich.

Sie reinigte ihre schmutzigen Hände, nachdem sie Bellator abgewischt und Shitkphaces Leiche in den Kanal getreten hatte, wo er hoffentlich als Fischfutter noch zu etwas Nütze sein würde.

Doch obwohl sie nur ihre Arbeit getan hatte, war es nie leicht zu töten. Das war eine Tat, die sich jedes Mal aufs Neue in ihre Seele brannte. Bellator dürstete nach der Jagd, nach dem letzten Schwung, der die Welt von einem Übeltäter befreite. Liv war noch nicht an diesem Punkt angelangt. Sie fragte sich immer wieder, ob sie die Dinge anders hätte regeln können. Shitkphace in Gewahrsam nehmen zum Beispiel. Seine Magie irgendwie verschließen. Sie erhielt jedoch nie eine klare Antwort darauf. Nacht für Nacht würde sie die Angelegenheit im Kopf durcharbeiten, bis sie damit ihren Frieden machen konnte – nicht, dass es irgendeine Garantie dafür gäbe, dass dieser Tag jemals kommen würde.

»Du hättest es nicht anders lösen können«, sagte Plato, nachdem er seine normale Gestalt wieder angenommen hatte.

Liv steckte Bellator in die Scheide und nickte. »Ja, aber ich hätte weniger Schläge ins Gesicht bekommen können. Ich glaube, dieses Früchtchen hat mir die Nase gebrochen.«

Sie zeigte auf ihr Gesicht und versuchte, sich an die Beschwörungsformel zu erinnern, die Hester ihr zur Selbstheilung beigebracht hatte. Als der Zauberspruch wirkte, breitete sich Wärme in ihrer Nase aus, sodass sie plötzlich wieder leichter atmen konnte.

»Es tut mir leid, dass ich nicht da war, um zu verhindern, dass dieses Arschgesicht dich verprügelt«, gestand Plato reumütig.

Liv zuckte die Achseln. »Du hattest eine Aufgabe zu erledigen. Das hatte ich auch und du bist ja noch gekommen.«

»Und ich habe mich zurückgehalten, als ich gesehen habe, dass du nicht mehr in Stasis warst.«

»Vielen Dank dafür«, erklärte Liv. »Ich weiß, du hättest mich retten können, aber …«

»Du wolltest dich lieber selbst retten«, beendete Plato für sie.

Liv nickte. »Dieser Kerl wurde ein wenig zu persönlich. Nicht nur wegen Papa Creola und Alicia, sondern auch aus einem anderen Grund, bei dem ich mir nicht ganz sicher bin.«

»Vielleicht liegt es daran, dass Shitface dich an einen anderen machthungrigen Magier erinnert hat, einen, dem du ebenso machtlos gegenüberstehst«, bot Plato an.

Liv konnte nicht glauben, wie genau seine Beobachtungsgabe war. »Ja, einer, von dem ich das Gefühl habe, dass er mir einen Schlag nach dem anderen verpassen kann und ich sie einfach hinnehmen muss.«

Plato und Liv starrten auf die sanften Wellen des Kanalwassers. Es stieg immer noch an, würde aber zum Zeitpunkt des Sonnenaufgangs wieder ein normales Niveau erreichen.

Als sie fühlte, wie ihr Magen vor Hunger knurrte, zuckte Liv schließlich mit den Achseln und kehrte in die Realität zurück. »Aber ich weiß nicht. Vielleicht habe ich Adler Sinclair nur in meiner Vorstellung zu einem Schurken gemacht. Vielleicht ist er nur ein mürrischer alter Mann, der nichts anderes falsch gemacht hat, als mir auf den Sack zu gehen.«

»Vielleicht«, antwortete Plato.

Liv holte tief Luft. »Wie wäre es, wenn wir, nachdem wir nach Alicia gesehen haben, in eine Eisdiele gehen? Sicherlich wird bis dahin eine geöffnet haben.«

»Wenn nicht, weiß ich, wie man in eine einbricht.«

Liv sah ihn entsetzt an. »Ich hoffe wirklich, dass es Alicia gut geht.«

»Das Signal hat funktioniert«, erklärte Platon. »Also bin ich sicher, dass es ihr gut geht.«

Glasscherben lagen überall, als Liv Alicias Laden betrat. Sie warf Plato einen neugierigen Blick zu. »Das sieht nicht so aus, als ginge es ihr gut.«

Er schaute unverbindlich bevor er verschwand, als Alicia hinten aus ihrem Laden um die Ecke kam.

Liv hatte fast den Drang, zu dem Mädchen zu laufen und sie zu umarmen. Sie hielt sich zurück. »Alicia! Geht es dir gut? Der Laden ...«

Sie schaute sich um. »Das wird schon wieder. Und Shitkphace?«

»Du musst dir nie wieder Sorgen machen, dass er hinter dir her ist und deinen Platz einnimmt oder einer seiner Kobolde«, erklärte Liv.

Alicia hielt ein Metallrohr in der Hand und nickte, wobei sie damit in ihre Handfläche schlug. »Nein, ich werde nie wieder Kobolde fürchten. Sie haben keine Macht mehr über mich.«

»Möchtest du meine Hilfe beim Aufräumen?«, fragte Liv und starrte auf die Wracks.

»Nein, aber denkst du, es ist sicher, das Signal abzuschalten?«

»Ja, ich wüsste nicht, warum wir es noch brauchen sollten«, antwortete Liv.

Alicia lief zu dem Gerät in der Mitte des Raumes, das ein leises Summen und eine große Hitze ausstrahlte. Sie legte einen Schalter um und das Summen endete.

Liv zog Bellator, als sich etwas Kleines und Orangefarbenes zu ihren Füßen bewegte. Alicia kniete sich davor und legte einen Arm über ihre Brust.

»Es ist in Ordnung«, sagte Alicia mit beruhigender Stimme. »Ihr seid in Sicherheit.«

»Ihr?«, wunderte sich Liv und wie aufs Wort rührte sich auf der anderen Seite des Raumes etwas anderes. Aus den Trümmern ragte ein Pandakopf hervor, wobei eines seiner Augen in die falsche Richtung blickte.

Alicia schnappte sich das, was Liv für einen Roboterlöwen hielt, rannte dann hinüber und griff sich den Panda.

»Das sind deine, nehme ich an?«, fragte Liv, als die Wissenschaftlerin die Roboter auf eine Werkbank stellte. Sie versuchten zu laufen, stießen aber aneinander und kippten auf die Seite.

»Ja und sie sind reparaturbedürftig, aber sie haben überlebt, das ist alles was zählt«, sagte Alicia mit großer Zuneigung in ihrer Stimme.

Liv legte eine Hand auf die Schulter der jungen Frau und erkannte, wie sehr sie sie vermissen würde. »Wir haben alle überlebt, dank deines Einfallsreichtums.«

Alicia schenkte ihr ein breites Lächeln. »Dank deiner Tapferkeit, Kriegerin Beaufont. Ich kann dir nie genug danken für das, was du getan hast, um mich zu retten.«

Liv schüttelte den Kopf. »Ich brauche deinen Dank nicht. Mach einfach weiter mit dem, was du tust. Die magische Welt braucht deine Technologie, aber halte sie im Einklang mit den Vorschriften des Hauses der Sieben, sonst wird irgendein lästiger Krieger hier auftauchen und alles abschalten.«

Alicia lachte. »Du bist der einzige Krieger, den ich in meinem Laden haben möchte. Apropos, wenn du jemals Hilfe bei etwas benötigen solltest, das in mein Fachgebiet fällt, stehe ich dir jederzeit zur Verfügung.«

Liv lächelte. »Eigentlich arbeitet mein Freund John an etwas, bei dem uns beiden nichts mehr einfällt. Wenn du nicht gerade damit beschäftigt bist, dein Leben wieder in den Griff zu bekommen und in diesem Laden herumzupicken, könntest du ihm vielleicht helfen?«

Alicia schüttelte den Kopf. »Herumpicken … sehr witzig und ja, ich würde gerne meine Hilfe anbieten. Jeder Freund von dir, Liv, ist auch ein Freund von mir.«

Kapitel 32

Ein Schwert mit einem rubinverzierten Griff lag neben einer Rüstung, die einem Gnom passen würde. Andere Schwerter aus der Dequiem-Sammlung hingen in Vitrinen in Subners Laden. Es war aufregend zu sehen, wie sich die ›Fantastischen Waffen‹ jetzt, da der Laden auch über Inventar verfügte, verändert hatte.

Im Geschäft gab es tatsächlich Kunden. Sie durchstöberten die Vitrinen, viele von ihnen klimperten mit Gold, was Subners Aufmerksamkeit erregte.

Als Liv eintrat, blickte er lediglich auf und zeigte auf die Tür hinten. »Er ist hinten in seinem Büro.«

»Im Büro. Richtig«, erklärte Liv.

Sie vermutete, dass er sich dabei auf Papa Creola bezog, der sich, obwohl er sich nicht mehr versteckte, immer noch im Hintergrund zu halten schien. *Er hat eine Menge Feinde*, dachte Liv. Sie erinnerte sich, dass er ihr davon erzählt hatte, wie er früher mit Anfragen überhäuft wurde, was sicher auch ein Grund dafür war, dass er sich überhaupt erst versteckt hatte.

Sie schwebte durch die Kunden, hielt den Kopf unten und bedeckt. Obwohl sie ihre Nase gerichtet hatte, war ihr Gesicht noch immer durch violette und grünliche Blutergüsse, Folgen des unfairen Angriffs von Shitkphace, entstellt. Sobald sich die Gelegenheit dazu ergab, plante sie, bei Hester vorbeizuschauen. Die Heilerin hatte ihr einige Heilzauber beigebracht, aber davor gewarnt, zu viele bei sich selbst anzuwenden.

Etwas, wie das Reparieren einer gebrochenen Nase, war in Ordnung, aber zu viele Zauber könnten weitreichende Folgen haben. Hester erwähnte, es handele sich um Schönheitschirurgie. Magier könnten normalerweise nicht damit aufhören und würden jede Unvollkommenheit berichtigen, bis sie es übertrieben. Sie hatte erklärt, dass Liv wegen solcher Dinge einfach zu ihr kommen solle. Menschen seien besser darin, andere Personen zu heilen, so wie ein Stylist besser darin war, die Haare anderer Menschen zu frisieren.

Liv wurde von völliger Dunkelheit begrüßt, als sie die Tür nach hinten öffnete. Sie schloss die Tür hinter sich und wartete ein paar Sekunden, in der Hoffnung, dass sich ihre Augen darauf einstellen würden. Das taten sie nicht, denn alles war pechschwarz.

Mit ihrer erhobenen Hand schuf sie einen Feuerball. Eine steile Treppe führte in einem engen Durchgang vor ihr nach unten.

»Oh, wie ich es liebe, an dunkle, unbekannte Orte zu gehen«, murmelte Liv leise vor sich hin und machte vorsichtig den ersten Schritt. Die Stufen knarrten bedenklich unter ihrem Gewicht. Wahrscheinlich war die Treppe daran gewöhnt, das Gewicht von Papa Creola oder Subner zu tragen, maximal die Hälfte ihres Gewichts also. Sie hoffte nur, sie würde halten, während sie hinunterstieg.

»Mein Chef konnte kein Büro in einem öffentlichen, gut ausgeleuchteten Geschäftsgebäude und einem Starbucks auf der anderen Straßenseite bekommen«, murrte Liv weiter vor sich hin. »Oh nein, er muss in dem dunklen Keller eines Geschäfts in einer Straße arbeiten, von der niemand etwas weiß.«

Bei ihrem nächsten Schritt durchbrach ihr Fuß das Brett der Stufe. Liv fing sich an dem klapprigen Geländer, ließ dabei den Feuerball aber fast fallen.

»Wir wollen nicht die Treppe abfackeln, auch wenn sie Scheiße ist«, sagte Liv und versuchte, ihr eingeklemmtes Bein zu befreien.

Als es endlich heraus war, platzierte sie ihre weiteren Schritte etwas vorsichtiger. Sie lief immer wieder im Kreis und dachte, sie müsse ein Dutzend oder mehr Windungen hinuntergegangen sein. Die Wände waren aus kaltem Stein und ein schwacher süßlicher Geruch wurde immer intensiver, während sie weiter hinunterstieg.

Liv schnüffelte und dachte, dass der Geruch sie an etwas erinnerte. An Blumen? Vielleicht Gardenien? Nein, es war Vanille. Der Duft traf Liv mit einer Welle der Nostalgie. Eine Vision blitzte plötzlich vor ihrem geistigen Auge auf, wie sie als Kind durch Wildblumen lief. Wie sie ihr Haus zusammen mit ihren Eltern betrat. Wie sie mit ihrer Mutter kuschelte und Bücher las. Es kam unerwartet und hätte sie fast umgeworfen.

Als die Vision nachließ, fand Liv sich seltsamerweise am Fuße der Treppe wieder, ein schwaches Licht flackerte in der Ferne. Der Boden unter ihren Schuhen war rutschig, sodass sie sich an der Wand abstützen musste. Sie ließ den Feuerball los, falls sie beide Hände brauchen sollte und schaute nach vorne.

»Papa Creola?« Ihre Stimme hallte mehrmals wider und klingelte in ihren Ohren.

Liv marschierte weiter, die Finger zur Unterstützung an die Wand gepresst. Sie hatte das Gefühl, der nächste Schritt könnte sie zu Fall bringen. Seltsamerweise machte sich große Angst in Liv breit, als würde sie in einen Kerker gehen, um einem weiteren Schurken gegenüberzustehen. Die blauen Flecken in ihrem Gesicht prickelten und erinnerten sie an den Kampf, den sie gerade durchlebt hatte.

Der vor ihr leuchtende Feuerschein wurde heller und verwies auf eine seltsame Sitzecke. Der Geruch von Vanille war nun fast berauschend. Liv atmete tief ein und ließ den Duft ihre Lungen füllen, als wäre er Nahrung.

»Papa Creola?«, fragte Liv erneut, als sie einen Sessel vor einem riesigen Kamin ausmachte. Über dem Kamin stand ein großes Stundenglas.

»Ja, du bist fast da«, antwortete Papa Creola. »Komm und setz dich, Kriegerin Liv Beaufont.«

Das Licht des Feuers erhellte sich plötzlich und Fackeln an den Wänden entzündeten sich, Feuer stieb mehrere Meter in die Luft, bis es sich zu kleinen Flammen senkte. Mithilfe des Lichts erkannte Liv, dass sie sich in einer Höhle befand. Das erklärte den rutschigen Boden und die kalte Luft. Doch dort, wo Papa Creola auf dem großen Stuhl saß, gab es auch einen breiten orientalischen Teppich, einen Couchtisch, eine Ottomane und ein Ledersofa.

Liv blinzelte und erlaubte ihren Augen, sich anzupassen, während sie die Details des Raumes registrierte. Sie bemerkte, dass Sandkörner in der Sanduhr durch den schmalen Hals glitten. Die Menge des Sandes oben nahm jedoch nicht ab, und auch unten sammelte sich nicht mehr Sand an.

»Ich nehme an, du hast nicht daran gedacht, einen Aufzug in diesem Laden zu installieren, oder?«, schlug Liv vor, dankbar, als ihre Füße auf den Teppich trafen. Sie nahm auf der Couch Platz und fand sie außerordentlich bequem.

»Strom und ich, wir vertragen uns nicht«, erklärte Papa Creola, als er eine lange Pfeife von einem Beistelltisch aufhob.

»Das ist also dein Büro«, sagte Liv und sah sich um. »Ich hätte einige Bücherregale erwartet. Vielleicht ein paar Bilder vom Urknall oder von der Geburt der Zivilisation, oder zumindest ein Bild von einem Reh, das auf einer Wiese grast.«

Papa Creola zündete das Ende seiner Pfeife mit der Fingerspitze an und blies ein paar Ringe.

Liv winkte mit der Hand durch die Luft und fächelte den Rauch weg. »Hey, *du* bist vielleicht zeitlos, aber *ich bin es* nicht. Kannst du das bitte da rüberblasen?«

Der kleine Gnom schenkte ihr ein subtiles Lächeln. »Du wirst nicht an einer Rauchvergiftung sterben, Liv. Und ich glaube auch nicht, dass dein Tod in absehbarer Zeit bevorsteht, obwohl mehrere Faktoren mit deinem Schicksal verwoben sind, die ich nicht erklären kann. Es ist schwierig, deinen Weg vorherzusagen.«

»Wird das eines dieser Gespräche, die normale Menschen mit ihrem Chef führen, in denen sie über ihre Zukunft sprechen?«, erkundigte sich Liv. »Ich habe noch keinen Fünfjahresplan erstellt, aber vielleicht müssten wir uns erst mal mit meinem Leistungsnachweis beschäftigen.«

»Was riechst du hier drin?«, wollte Papa Creola wissen.

Liv atmete tief ein. »Das ist Vanille.«

Er nickte. »Ja, und was fällt dir dazu ein?«

»Erinnerungen aus meiner Kindheit«, erzählte Liv und fand sich seltsamerweise bequem auf der Couch liegend wieder, ihre Stiefel ausgezogen.

»Gute Erinnerungen, nehme ich an?«

Liv nickte, schloss ihre Augen und sah Bilder in ihrem Kopf aufblitzen. Dinge, die sie vergessen hatte. Ihre Eltern lächelten auf sie hinunter. Sonnenstrahlen tanzten um Sophia herum, während sie als Baby im Gras spielte. Liv schlich sich in Clarks Zimmer, weil sie nicht schlafen konnte.

»Es gibt auch einen Teil von dir, der zeitlos ist«, klärte Papa Creola auf. »Er altert nicht. Er war immer und wird immer sein. Daher rührt deine Magie. Diese Erinnerungen sind an diesen Teil von dir gebunden.«

»Was bedeutet das?«, fragte Liv, wobei sie ihre Hände auf ihre Brust legte und fühlte, wie sie sich hob und senkte, während sie sich immer wohler fühlte.

»Das heißt, das sind deine größten Stärken«, antwortete Papa Creola. »Über diese Erinnerungen nachzudenken, wird dir große Kraft verleihen.«

Livs Augen sprangen bei einem plötzlichen Gedanken auf. »Sterbliche haben aber keine Magie.«

»Das ist korrekt.«

»Nun, woran sind ihre Erinnerungen denn dann gebunden? Haben sie nicht auch einen zeitlosen Aspekt?«, erkundigte sich Liv und plötzlich überlagerte Sorge ihre Stimme.

»Ah«, sagte Papa Creola verständnisvoll. »Doch, den haben sie. Sterbliche müssen keine Magie haben, um daran gebunden zu sein. Sie ist das fünfte Element und zwar genau das, das dich regiert.«

»Ich glaube, jetzt bin ich raus«, erklärte Liv.

»Welches Element besitzen Magier?«

»Wind«, antwortete Liv sofort.

»Und Gnome?«, fragte er.

»Feuer, natürlich«, erklärte Liv. »Fae und Elfen haben Wasser und Eis. Die Riesen sind für die Erde zuständig.«

»Sehr gut«, lobte Papa Creola. »Und die Sterblichen besitzen das Element der Magie.«

»Wie ist das möglich, wenn sie keine Magie einsetzen können?«, erkundigte sich Liv völlig verwirrt.

»Wer könnte die Magie besser regieren als das Volk, das nicht von ihr betroffen ist?«, gab Papa Creola zu bedenken.

»Aber die Sterblichen können keine Magie mehr sehen«, konstatierte Liv. »Sie ist für sie ausgelöscht. Die Geschichte ist vertuscht worden.«

»Wie ich sehe, hast du den Kreuzzug deiner Eltern aufgenommen«, erkannte Papa Creola stolz.

»Warum hast du dabei nicht geholfen?«, schoss Liv sofort mit einem Unterton der Anklage zurück.

Papa Creola blies eine lange Rauchfahne aus. »Das ist nicht meine Aufgabe. Der große Krieg fand zwischen Sterblichen und Magiern statt. Sie sind es auch, die das Problem lösen müssen. Leider habe ich meine eigenen Schlachten zu schlagen, die mit all dem zusammenhängen.«

»Zurück zu meiner Frage über die Sterblichen«, fuhr Liv fort. »Wenn sie keine Magie sehen können, wie können sie diese dann regieren?«

»Das können sie nicht, nicht mehr«, wusste Papa Creola. »Jedes Jahr nimmt die Magie deshalb weltweit ab.«

»Ich verstehe das nicht«, meinte Liv. »Ich habe immer noch meine Magie.«

»Weil du deine Erinnerungen hast«, legte Papa Creola dar. »Du bist mit diesem zeitlosen Aspekt deiner selbst verbunden. Doch selbst damit würde deine Magie für dich irgendwann ohne die Sterblichen nachlassen. Wenn wir eine einzelne Rasse auslöschen, wird das Element, das mit ihnen verbunden ist, irgendwann verblassen. Wenn wir alle Riesen auslöschen, werden Erdbeben zu einem stündlichen Ereignis. Und wenn wir die Magier auslöschen, wird der Wind aufhören zu wehen. Wenn es keine Gnome gäbe, könnte mit der Zeit niemand mehr ein Feuer entfachen. Du verstehst schon, was ich meine, oder?«

Liv nickte. »Ich denke schon. Aber die Sterblichen sind nicht ausgestorben. Sie wurden nur beeinflusst, um die Magie zu vergessen.«

»Deshalb gibt es dieses Element immer noch«, vermittelte Papa Creola. »Die wenigen Sterblichen, die es sehen können, tragen dazu bei, es am Leben zu erhalten, aber selbst dann, mit der Zeit, wird es verblassen, je länger es vor den Sterblichen verborgen bleibt.«

Das war eine Menge zu verarbeiten und doch ergab es viel Sinn. Liv atmete tief ein und genoss den vertrauten Duft, der durch die Luft wehte. »Warum riecht es hier drinnen nach Vanille?«

»Das tut es nicht«, erwiderte Papa Creola einfach. »Du riechst einfach das, was deine Erinnerungen auslöst. Das ist die Kraft des Großen Stundenglases.«

Liv deutete auf das große Objekt, das über dem Kamin hing. »Das ist alles? Ist es etwa wie eine Weltzeituhr?«

»Es ist die Sanduhr unserer Welt«, verdeutlichte Papa Creola. »Wenn das letzte Sandkorn durch die Engstelle fällt, wird die Zeit für alle Dinge enden.«

»Es scheint, wir machen alles richtig«, bemerkte Liv. Sie hatte erkannt, dass sich keiner der beiden Pegelstände veränderte, während der Sand von oben nach unten rieselte.

»Damit bin ich einverstanden«, erklärte Papa Creola. »Es scheint, dass es uns gut geht. Seit du Shitkphace gestoppt hast, hat sich die Große Sanduhr erholt. Vor nicht allzu langer Zeit sah es noch ganz anders aus als jetzt.«

»Wirklich?«, fragte Liv, setzte sich auf und betrachtete den Gegenstand genauer. »Als ob uns die Zeit davonliefe?«

»Ja und das Zeit-Raum-Gebilde ist eine wankelmütige Sache«, sagte Papa Creola. »Es ändert sich schnell, je nachdem, was passiert. Als du Shitkphace aufgehalten hast, haben sich die Dinge wieder normalisiert.«

»Ich schätze, du brauchst mich nicht, um zu erzählen, was in Venedig passiert ist, oder?«, fragte Liv nach.

»Ich denke, es ist fair zu sagen, dass ich es selbst herausgefunden habe«, lachte Papa Creola.

»Aber die Sterblichen«, fuhr Liv fort. »Sie sind mit der Zeit von diesem Geschäft abgesondert worden. Alles hängt an der Magie selbst, nicht wahr?«

»Ja, und je länger die Dinge so weitergehen, wie sie sind, desto größer ist das Risiko, dass die Magie für immer verschwindet«, vermittelte Papa Creola. Er zuckte mit den Schultern. »Ich schätze, das wäre nicht das Ende der Welt, aber es wäre das Ende von mir und Plato, von Portalen und vielen anderen Dingen in deiner Welt.«

»Dann wäre es das Ende *meiner* Welt«, erkannte Liv plötzlich. Ihre jetzige Welt unterschied sich so sehr von der, wie sie einmal war. Es hing alles von Magie ab, auch wenn sie es damals noch nicht erkannt hatte. »Was würde passieren, wenn du aufhörst zu existieren?«

»Es würde Chaos herrschen«, antwortete Papa Creola. »Keine Anweisungen mehr. Keine Zeitgesetze. Keine Möglichkeiten mehr, Probleme in der Vergangenheit, Gegenwart oder Zukunft zu lösen.«

»Wir können also nicht zulassen, dass der Magie etwas passiert«, sagte Liv mit dem Brustton der Überzeugung. »Ich muss herausfinden, wie ich die Sterblichen dazu bringen kann, Magie wieder zu sehen. Ich muss herausfinden, wie ich die Geschichte berichtigen kann.«

»Ich fürchte, Liv, du hast noch viel mehr zu tun«, meinte Papa Creola mit Nachdruck. »Du musst das Gleichgewicht im Haus wiederherstellen. Aber ja, zuerst musst du die Sterblichen aufwecken und die verlorene Geschichte zurückbringen.«

Sie fragte: »Irgendwelche Vorschläge, wie man das bewerkstelligen könnte?«

»Bleibe mit dem Teil von dir verbunden, der deine Quelle der Magie ist«, machte Papa Creola klar.

»Ja, mit meinen Erinnerungen, denn sie sind meine Kraft.«

»Oh und es schadet auch nicht, einen Sterblichen um sich zu haben, der Magie sehen kann«, fügte er augenzwinkernd hinzu.

John, dachte Liv. *Natürlich half er, meine Magie anzuheizen. War deshalb meine Magie stärker als die der meisten anderen? Weil ich mit einem Sterblichen verbunden war, der Magie sehen konnte? War er möglicherweise doch einer der sterblichen Sieben?*

Liv hatte so viele Fragen im Kopf, dass sie kaum still sitzen konnte. Sie stand auf und begann auf und abzulaufen.

»Eine andere Frage«, begann Liv.

»Warum verstecke ich mich immer noch in einem dunklen Keller, obwohl ich aus der Versenkung aufgetaucht bin?«

Sie nickte.

»Weil ich einen Feind habe, bei dem ich nicht weiß, wie ich ihn bekämpfen soll«, führte Papa Creola aus.

Dieses Eingeständnis jagte Liv einen Schauer über den Rücken. Sie konnte sich kaum ein Wesen vorstellen, das Papa Creola aufhalten könnte.

»Ist dieser Schurke mächtiger als du?«, hakte Liv nach.

»Er hat andere Befugnisse als ich und ich glaube, er scheut sich nicht, Opfer zu bringen.«

»Du versteckst dich also vor ihm«, stellte Liv enttäuscht fest. Sie hatte gedacht, Vater Zeit hätte sich geändert.

»In den Kampf zu ziehen, wenn ich nicht weiß, womit ich es zu tun habe, wäre nicht sehr klug«, erklärte er. »Ich bin sicherer denn je, dass etwas Böses versucht, mich zu zerstören, damit es die Gesetze der Zeit beugen kann.«

»Aber würde das nicht für jeden die Zeit ruinieren?«, fragte Liv.

»Es würde Chaos entstehen – wie wir vorhin festgestellt haben – und einige wenige hätten die Möglichkeit, das zu bekommen, was sie wollen«, führte Papa Creola weiter aus. »Du verstehst, dass die Welt nur im Gleichgewicht gedeihen kann. Es gibt kein Gut ohne Böse. Kein Licht ohne Dunkelheit. Keine Vergangenheit ohne Zukunft. Manche sehen das nicht ein und denken, dass die vorhandenen Regeln sie einfach nur ausbremsen.«

»Aber wenn wir alle ewig leben oder der Zeit trotzen würden, gäbe es keine Gerechtigkeit in der Welt.«

Papa Creola lächelte sie an, seine Augen funkelten. »Und deshalb bist du mein erster Rekrut. Du willst von Natur aus das Gute für jeden. Nicht, weil es richtig ist. Nicht, weil ich sage, dass es Gesetz ist. Sondern weil du weißt, dass es gut und wahr ist.«

»Also, was jetzt?«, fragte Liv, Angst machte sich in ihrer Brust breit. »Hinter dir ist jemand her. Ich muss die Sache mit den Sterblichen in Ordnung bringen. Es gibt so viel zu tun. Aber gibt es noch eine andere Gefahr, die das Große Stundenglas bedroht?«

Vater Zeit blickte für einen langen Moment auf das Objekt. Schließlich schüttelte er den Kopf. »Im Moment nicht. Es ist an der Zeit, dass du zu der Mission zurückkehrst, die dich ins Haus der Sieben gebracht hat.«

»Was mich in das Haus brachte, war, dass ich die Rolle des Kriegers übernehmen musste, weil Reese und Ian ermordet wurden oder was auch immer«, sagte Liv und war plötzlich nervös.

»Nein, das war nicht das, was dich dorthin gebracht hat«, argumentierte Papa Creola. »Denke zurück. Was war es sonst?«

Liv gab sich einen Moment Zeit und versuchte, sich an die nicht allzu lange zurückliegenden Ereignisse zu erinnern, obwohl es sich anfühlte, als wäre es Hunderte von Jahren her. Es hatte sich so viel verändert. Liv hatte sich verändert. »Meine Eltern …«

Er nickte. »Du hast dich in deiner Ausbildung, beim Knüpfen von Kontakten und im Kampf als Krieger gut geschlagen. Aber jetzt ist es endlich an der Zeit, dass du ihre ganze Geschichte erfährst.«

»Du meinst, um herauszufinden, wer sie ermordet hat?«

»Die Vergangenheit zu kennen, wird für dich die einzige Möglichkeit sein, in diesem Szenario voranzukommen«, erklärte Papa Creola. »Bis zu diesem Punkt hatten andere Dinge Vorrang. Das Haus hatte Missionen für dich. Ich hatte eine Mission für dich. Es wird weitere geben. Jetzt ist es jedoch an der Zeit, dass du deine ganze Energie darauf verwendest, dort weiterzumachen, wo sie aufgehört haben.«

»Das Schwert …« Liv dachte dabei an Inexorabilis.

»Ja, ich glaube, Subner ist bereit, dich wegen der Waffe deiner Mutter zu beraten.«

Kapitel 33

Livs Lungen brannten, als sie den obersten Treppenabsatz erreichte. Sie nahm sich einen Moment Zeit, um zu Atem zu kommen, bevor sie wieder in Subners Laden trat.

»Im Ernst, dieser Mann braucht einen Fahrstuhl hinunter in sein Büro«, sagte Liv zu dem Gnom, als er hinübereilte, um die Tür zum Laden abzuschließen.

»Was hast du gerochen, als du da unten warst?«, fragte er und zog die Vorhänge zu.

»Vanille.«

Subner nickte. »Das ist wirklich ein Witz. Ich rieche hausgemachte Schokokekse.«

Es war interessant, dass jeder nur eine Sammlung seiner Erinnerungen war. Dass diese eines jeden Kraft nährten und es ergab tatsächlich Sinn. Am Ende des Tages brauchte man für alles Zeit. Besitztümer, Reichtum und Ruhm bedeuteten ohne Zeit sehr wenig, deshalb war es wichtig, wie wir sie verbrachten. Es waren die Erinnerungen, die uns Macht verliehen.

»Du hast also herausgefunden, welcher Typ das Schwert meiner Mutter gemacht hat?«

»Frau«, korrigierte er.

Nachdem Subner an den Tresen zurückgekehrt war, holte er Inexorabilis hervor und führte das Schwert mit Leichtigkeit, obwohl es viel größer war als er. »Es hat mich mehr Zeit gekostet, als ich gedacht hätte, aber ich konnte die

Herstellerin des Schwertes bestimmen. Nur sie wird in der Lage sein, die Erinnerungen wiederzufinden, die deine Mutter in die Klinge eingeschlossen hat.«

Aufgrund des intensiven, ernsten Gesichtsausdrucks von Subner ahnte Liv, dass er keine guten Nachrichten für sie hatte. »Ist sie tot?«

Zu ihrer Erleichterung schüttelte er den Kopf. »Nein, aber sie lebt in großer Entfernung, an einem Ort, der nur durch eine tatsächliche Reise erreicht werden kann, nicht durch Portalmagie.«

Liv nickte. »Ich habe nichts anderes erwartet. Ich werde Feuergruben durchqueren und Zyklopen bekämpfen müssen, nicht wahr?«

Er hob eine einzelne Augenbraue an. »Warum? Ja! Woher wusstest du das?«

»Ich kann irgendwie gut erraten, wie die Götter meine Missionen gestalten«, sagte sie. »Normalerweise beinhalten sie einige unmögliche Aspekte und zusätzlich etwas Demütigendes, wie das Herumtragen eines Huhns.«

»Daraus entstehen gute Geschichten, wenn schon sonst nichts«, bestätigte Subner und schenkte ihr ein seltenes Lächeln.

»Ja, ich sorge für wahre Tumulte auf Dinnerpartys.«

»Die Schöpferin, eine Elfe mit dem Namen Hawaiki Topasna, ist uralt«, erklärte Subner. »Sie war eine der ersten, die die Inseln Polynesiens besiedelt haben. Inzwischen ist sie jedoch untergetaucht.«

»Natürlich ist sie das«, seufzte Liv. »Alles andere wäre auch viel zu anspruchslos für mich gewesen.«

»Zurzeit lebt sie auf einer Insel mit Namen Lehua, die die meisten für unbewohnt halten«, so Subner weiter.

»Aber wenn ich einen Vulkan überquere und das richtige Lied singe, wird sie erscheinen, oder?«, hoffte Liv.

Er warf ihr einen fragenden Blick zu. »Nein, selbst dann wird sie dir wahrscheinlich ausweichen oder dich verhexen. Das ist schwer zu sagen.«

»Hätte meine Mutter sich nicht von einer netten, gastfreundlichen Elfe in der Roya Lane ihr Schwert anfertigen lassen können?«

»Hawaiki war eine der besten Schwertmacherinnen ihrer Zeit«, führte Subner aus. »Das beweist die Handwerkskunst. Normalerweise bewundere ich kein Schwert, das nicht von Gnomen hergestellt wurde, aber dieses Schwert ist eines der besten, das ich je gesehen habe. Das einzige Schwert, das ich ihm voranstellen würde, ist das von Riesen geschmiedete Schwert, das du Bellator nennst.«

Livs Augen richteten sich auf das Schwert an ihrem Gürtel. Es gab wenig Grund, mit Subner darüber zu streiten, wer ihr Schwert angefertigt hatte.

»Also diese Hawaiki«, begann Liv. »Sobald ich sie finde …«

»Wenn du sie finden kannst«, hakte Subner ein.

»Oder so«, murmelte Liv. »Wenn ich sie finden kann, wie bekomme ich sie dazu, mir zu helfen?«

»Das ist eine gute Frage«, sagte Subner. »Sie wird sich nicht in das einmischen wollen, was dieses Schwert mitteilen kann.«

»Natürlich wird sie das nicht«, kommentierte Liv. »Das wäre zu einfach.«

»Ich vermute, dass die Erinnerungen, die deine Mutter in das Schwert eingeschlossen hat, weitreichende Auswirkungen haben werden, sonst hätte sie nicht diese unglaubliche Macht dazu genutzt, um es zu tun.«

Liv erinnerte sich an die Worte ihrer Mutter, als sie das Schwert am Matterhorn in die Hand genommen hatte: »*Die*

Zukunft gehört dir, mein Kind. Unserer Familie. Ich habe Erinnerungen tief in diesem Schwert verborgen und nur ein Experte kann sie aufdecken. Aber sei vorsichtig. Was du entdecken wirst, kannst du nicht mehr vergessen und es wird alles verändern.«

»Ja, ich glaube, du hast recht«, bestätigte Liv nach einer langen Pause.

»Ich weiß wenig über Hawaiki, aber ich habe viele Gerüchte gehört«, setzte Subner das Gespräch fort.

»Sie mag lieber Zartbitterschokolade statt Vollmilch und für eine Schachtel frischer Donuts würde sie alles tun?«, fragte Liv.

Er warf ihr einen ernsten Blick zu.

»Was?«, maulte Liv. »Wobei, wenn ich auf einer abgelegenen Insel mitten im Nirgendwo leben sollte, würde ich wahrscheinlich für ein paar Donuts von Krispy Kremes töten. Ich meine ja nur.«

»Nein, was Hawaiki seit Langem sucht, kann ihr nicht jeder geben«, so Subner.

»Hey, je nachdem, wo man wohnt, ist es nicht einfach, diese Donuts zu bekommen«, erklärte Liv. »Weißt du, dass es keine Krispy-Kreme-Läden in Nord- oder Süd-Dakota gibt?«

Subner blinzelte ihr zu. »Das sind faszinierende Informationen, die mir mit Sicherheit niemals von Nutzen sein werden.«

»Hey, man weiß ja nie.«

»Wie ich schon sagte, Hawaiki wünscht sich schon lange etwas«, sagte Subner. »Ich glaube, wenn du es ihr anbieten kannst, wird sie die im Schwert verborgenen Erinnerungen und Informationen hervorholen.«

»Soll ich raten oder willst du es mir sagen?«, bohrte Liv.

DIE UNBEUGSAME KÄMPFERIN

»Was Hawaiki will, ist etwas extrem Seltenes, das die meisten noch nie gesehen haben«, fuhr Subner fort.

»Ja, ja, ich kann es mir vorstellen«, erklärte Liv. »Ist es auch teuer?«

»Ich weiß nicht, was es kostet oder wo man es bekommen kann.«

»Das sind sehr hilfreiche Informationen, die du mir anbietest. Erinnerst du dich, als du wolltest, dass ich deine Waffensammlung finde, du aber keine Ahnung hattest, wo ich suchen sollte oder wer sie genommen hat? Oh, das hat Spaß gemacht.«

Völlig unbeeindruckt spitzte Subner die Lippen. »Hawaiki wünscht sich einen Miniaturdrachen.«

»Oh, cool«, sagte Liv. »Also keinen gewöhnlichen Drachen, den ich schon nicht wirklich besorgen kann, sondern speziell einen Miniaturdrachen.«

»Sie sind unglaublich selten …«

»Das hattest du schon erwähnt«, unterbrach Liv.

»Und sie besitzen Kräfte, die normale Drachen nicht haben«, klärte Subner auf. »Kräfte, die nur dann freigesetzt werden, wenn sie sich mit ihrem rechtmäßigen Herrn verbinden.«

Liv stieß einen gewichtigen Atemzug aus, als ihr klar wurde, dass sie dieses Thema mit *Mysteriöse Kreaturen* auffrischen musste. Sie wusste nicht, wo sie einen Miniaturdrachen finden sollte, nur, dass sie ihn finden musste. Irgendwie …

Kapitel 34

Es war seltsam, Alicia in Johns Laden vorzufinden, als Liv ankam. Kurios auf die beste Art und Weise. Sie liebte es, wie sich ihr Leben entwickelte, die Fälle mit den Sterblichen und die des Kriegers. Ihr altes und ihr neues Leben waren nicht mehr voneinander getrennt. Sie verschmolzen miteinander.

»Ja, das könnte dein Problem sein«, sagte Alicia, als sie unter dem Flipper hervorrutschte. Pickles sprang auf und leckte der Wissenschaftlerin die Zehen ab, was seine Wertschätzung auf ureigenste Weise zeigte.

»Wow, das hätte ich nie herausgefunden. Danke«, so John.

Liv zwinkerte ihm zu, als sie neben John ankam. »Aber jetzt weißt du, worauf du beim nächsten Mal achten musst.«

Er lachte. »Diese Sache war mir eine Lehre. Es wird keine Flipperautomaten mehr geben.«

»Sag niemals nie, Mister Carraway«, meinte Liv trocken und umarmte Alicia, die beinahe gequietscht hätte, als sie sie sah.

»Danke, dass du mir Hilfe geschickt hast, Liv«, freute sich John und lächelte die Frauen an. »Wenn Doktor De Luca nicht gewesen wäre, bin ich mir nicht sicher, ob ich jemals herausgefunden hätte, dass es ein Zeitproblem im Schaltkreis gab.«

»Du wärst schon noch dahintergekommen«, winkte Alicia ab. »Obwohl ich gerne geholfen habe.« Sie schaute sich im Laden um und seufzte leise. »Und ich freue mich, diesen Ort besuchen zu können. Da ist etwas so ...«

»Perfekt«, ergänzte Liv.

Alicia nickte. »Ja, das wollte ich sagen, aber ich wollte nicht zu überheblich klingen. Ich bin erst vor ein paar Minuten gekommen.«

John gluckste nervös. »Nun, ich mag ihn so. Nichts Ausgefallenes, aber er ist unser Zuhause.« Er deutete auf Liv und sich selbst, dann änderte sich sein Gesichtsausdruck plötzlich. »Ich wollte damit nicht andeuten, Liv, dass es dein ... Ich wollte nur sagen ...«

»Was dieser Verrückte meint«, erklärte Liv. »Das ist unser Zuhause. Und es ist ganz und gar perfekt.«

John strahlte.

»Obwohl wir ein paar magische Erweiterungen im Laden vorgenommen haben, wie du vielleicht bemerkt hast«, fuhr Liv fort.

Alicia nickte. »Das habe ich auf jeden Fall und ich liebe es, dass John einen nicht-mechanischen Helfer hat.« Sie griff nach unten und klopfte Pickles auf den Kopf. Der Hund war zu aufgeregt, um die Aufmerksamkeit zu genießen.

»Wie geht es dem Panda und dem Löwen?«, erkundigte sich Liv.

»Sie erholen sich«, antwortete Alicia. »Und ich sollte jetzt zu ihnen zurückkehren.«

»Danke, dass du vorbeigekommen bist«, verabschiedete sich John und winkte der Magierin wie ein Schuljunge zu.

»Eigentlich würde ich gerne wieder vorbeikommen, wenn du mich denn hier haben möchtest«, gestand Alicia und wurde dabei leicht rot.

»*Wenn* ich das möchte?«, fragte John und griff an seine Brust. »Es wäre mir eine Ehre.«

»Es ist so, dass ich nicht viele magische Technik-Läden wie diesen hier kenne«, erklärte Alicia.

»Nun«, meinte John und fuhr sich mit der Hand durch die Haare, »das dürfte eigentlich nicht …«

»Was du siehst, war mein Fehler«, erklärte Liv.

»Da ist kein Fehler«, berichtigte John.

»Jedenfalls ist es nicht wie dein Laden, Alicia«, erläuterte Liv. »Es war nicht so geplant, dass er voller magischer Technik ist. Wir sind für die Sterblichen da, im Gegensatz zu dir.«

»Ich weiß«, sagte Alicia, rieb ihre Arme und sah sich um. »Das ist ein Grund, warum ich ihn so charmant finde. Ihr habt einen anderen Ansatz. Ich liebe die alten Geräte, sie haben ein zweites Leben eingehaucht bekommen und das bedeutet …«

»Sie landen nicht auf einer Mülldeponie und verschmutzen die Erde«, ergänzte John.

»Ja, das ist ein Grund, warum ich meine Geräte aus wiederverwendbaren Materialien herstelle«, erklärte Alicia. »Wenn du darüber sprechen möchtest, würde ich dir gerne einige der interessanten Vorgehensweisen vorstellen, die ich gefunden habe.«

»Das würde mir gefallen!«, sagte John fröhlich.

Liv hatte plötzlich das Gefühl, dass sie nicht mehr wirklich an diesem Gespräch beteiligt war. Sie schaute einfach zwischen der Magierin und dem Menschen hin und her und genoss es, zuzuhören, während sie sich über bewährte Praktiken austauschten.

»Ich sollte eigentlich gehen«, meinte Alicia nach einer Minute. »Entschuldigung, ich könnte den ganzen Tag mit euch zwei Freaks reden. Ich habe sonst niemanden, der dieses Zeug versteht.«

»Wir sind also Gleichgesinnte«, stellte Liv fest. »Du kannst jederzeit vorbeikommen, besonders an den Tagen, an denen ich wegen meiner Fälle unterwegs bin. Ich wette, John könnte die zusätzliche Hilfe gebrauchen.«

»Ich möchte Alicia keine Unannehmlichkeiten bereiten ...«

»Betrachte es als eine Art Austauschprogramm«, schnitt Liv John das Wort ab.

»Das würde ich gerne«, sagte Alicia und wurde wieder rot. »Liv, ich muss ein Portal errichten. Kannst du bitte mit nach hinten kommen? Ich denke, dass es da am besten ist.«

Liv wusste, dass es auch in Ordnung wäre, genau dort das Portal zu erstellen, wo sie war. Sie hatte es schon hundertmal getan. »Auf jeden Fall«, antwortete sie und führte die Wissenschaftlerin nach hinten.

Als sie an die Schwingtür kamen, drehte sich Alicia um, Dringlichkeit in ihren Augen. Liv erwartete, dass sie ein paar andere Dinge sagen wollte, aber garantiert nicht das, was sie tatsächlich aussprach.

»Liv, ich schwöre, meine Magie ist jetzt stärker!«

»Jetzt?«, fragte Liv.

»Seit dem Betreten von Johns Laden«, antwortete sie.

Liv nickte. Das ergab Sinn. »Ja. Er ist ein Sterblicher, der Magie sehen kann.«

Alicia schaute sie verwirrt an.

»Er kann die Magie des Magiers verstärken«, verdeutlichte Liv und erinnerte sich an das kürzlich Erlernte.

»Oh, nun, ich denke, das ergibt Sinn, obwohl ich mir nicht sicher bin, warum«, sagte Alicia.

»Keine Sorge«, antwortete Liv. »Komm einfach oft wieder, um dich auf den neuesten Stand zu bringen und deine Magie zu verstärken. Ich denke, das bringt Vorteile für alle.«

Alicia legte ihre Arme um Livs Schultern und drückte sie fest. »Ich werde auf jeden Fall wiederkommen. Ich liebe alles an dir, Liv Beaufont. Deinen Riesen. Deinen Magierfreund namens Stefan. Deine Katze. Und deinen sterblichen Freund.«

Liv umarmte sie ebenfalls und hatte keine Worte außer »Ich auch.«

* * *

»Sie war bis vor Kurzem ein Huhn«, erzählte Liv und stieß John mit dem Ellbogen in die Seite, als sie sich nach ihrer Rückkehr von hinten neben ihn schlängelte.

Er lachte. »Ich nehme an, du beziehst dich auf die nette Wissenschaftlerin, die mir mit dem Flipper geholfen hat.«

»Sie ist eine Tüftlerin«, korrigierte Liv. »Genau wie wir.«

Er lächelte sie an. »Es gibt niemanden wie uns.«

Liv wusste nicht, was sie dazu sagen sollte, also zeigte sie auf den Flipperautomaten. »Was stimmt damit nicht?«

Er gab das Stück Papier mit den Aufzeichnungen weiter. »Hier steht es detailliert.«

Liv blickte über die Analyse und nickte, wobei sie mit dem Finger durch die Luft wirbelte. Einen Augenblick später erwachte die Maschine zum Leben, die Lichter brannten und die Geräusche hallten im Laden wider. »Alles repariert. Jetzt packst du deine Koffer für Hawaii.« Dann, als sie an ihre nächste Aufgabe dachte, hatte sie einen anderen Vorschlag: »Eigentlich solltest du nach Mexiko oder Bali oder sonst wohin gehen.«

»Ja, gut«, gestand er ein. »Ich habe nicht wirklich das Gefühl, dass ich diesen Urlaub verdient habe. Ich habe das Problem weder gefunden, noch habe ich es behoben.«

»John, du hast jahrzehntelang unermüdlich gearbeitet«, argumentierte Liv. »Ich möchte sehr wohl behaupten, dass du diesen Urlaub verdient hast.«

Plötzlich ließ er den Kopf hängen, seine Bewegungen wurden schwerfällig. »Kann ich dir trotzdem etwas sagen?«

Liv nickte. »Worum geht es?«

»Ich weiß, dass du beschäftigt bist und ich bitte dich nicht, mich zu begleiten. Ich sage nur, dass ich im Moment nicht wirklich allein verreisen möchte. Vielleicht in einer Weile, wenn es für dich Sinn ergibt. Ich weiß nicht.«

Liv verstand sofort. John hatte nach Chloe gerade wieder sein Leben zurück. Er hatte jetzt so viel mehr zu erleben, als sich in seine Arbeit zu stürzen. »Weißt du was? Der Urlaub kann warten, bis du bereit bist. Warum arbeitest du in der Zwischenzeit nicht einfach an dem, was dich glücklich macht und lädst Alicia in den Laden ein, damit sie dir bei den Dingen hilft, die du machen möchtest?«

»Denkst du, dass sie kommen wird?«, fragte er, eine neue Aufregung in seinen Augen.

»Ich denke, auch wenn du sie zu kaltem Tee und trockenen Keksen einladen würdest, würde sie annehmen«, bestätigte Liv.

Er lachte. »Du redest wie ein Brite.«

Liv blickte auf ihre schmutzige Kleidung hinunter und stellte fest, dass sie sich seit Venedig nicht umgezogen hatte. »Ich fühle mich nicht wie einer.«

Wie durch ihre abstoßende Reaktion auf ihr Aussehen herbeigerufen, marschierten Clark und Sophia durch die Tür und sahen in ihrer gebügelten Kleidung so schick aus wie eh und je.

Über Livs Gesicht breitete sich Freude aus, als Sophia herüberlief und ihre Arme um sie legte. Liv hatte keine Gelegenheit zu reagieren, bevor Sophia aufblickte und sich Tränen in ihren Augen sammelten. »Liv, du musst sofort mit uns zurück ins Haus kommen. Wir haben etwas ganz Dringendes, das du dir unbedingt ansehen musst!«

Kapitel 35

Keiner sagte etwas auf dem ganzen Weg zum Haus der Sieben. Liv warf Clark immer wieder Blicke von der Seite zu, aber er schüttelte nur den Kopf, als ob das die Antwort auf den fragenden Ausdruck in ihren Augen wäre.

Sophia rannte so schnell in ihrem roten Rosenkleid, dass Liv sich beeilen musste, um mit ihr Schritt zu halten. Das war ein Notfall und doch hatte Liv nicht den Eindruck, dass eines ihrer Geschwister traurig war. Sie waren ängstlich, ja. Vielleicht waren sie auch verwirrt, aber nicht verärgert. Tatsächlich sah Liv ein paar Mal ein leichtes Grinsen auf Clarks Gesicht, als er nicht bemerkte, dass sie ihn beobachtete.

Als sie im Haus der Sieben waren, wusste Liv nicht, was sie erwarten würde. Würden sie direkt in die Kammer des Baumes gehen? War es die Schwarze Leere? Vielleicht war das alles ein Trick gewesen, um Liv dazu zu bringen, an einer Party in einem der Ballsäle teilzunehmen?

Als Sophia sie die Treppe hinaufführte, raste Liv an ihr vorbei und blieb oben auf dem ersten Treppenabsatz stehen. »Was geht hier vor? Ist alles in Ordnung?«

Sophia nickte mit dem Kopf und schüttelte ihn dann. »Ja, also, eigentlich schon, aber nicht wirklich.«

Clark stimmte seltsamerweise Sophia zu. »Das kann man nicht erklären und schon gar nicht hier. Du musst es mit eigenen Augen sehen.«

»Okay, ihr beide habt eine ganz neue Art, Dinge aufzudecken«, sagte Liv. »Von jetzt an könnt ihr mir mit allen Neuigkeiten gestohlen bleiben und dürft dieses mysteriöse Spiel mit anderen spielen. Es erwischt einen völlig unvorbereitet.«

Clark übernahm die Führung und blieb nicht stehen, bis er an der Tür zu der Wohnung stand, in der er mit Sophia lebte.

Liv war im Begriff, ihm zu folgen, als Sophia ihr Handgelenk packte. Als sie zu ihrer Schwester hinunterschaute, bemerkte sie, wie ernst es ihr war.

»Tu ihm bitte nicht weh«, flüsterte Sophia.

»Clark?«, fragte Liv.

Sophia schüttelte den Kopf. »Nein. Bleibe einfach ruhig, bis du alles gehört hast.«

Liv wusste nicht, was sie sagen sollte. Sie schluckte und trat nach Clark durch die Tür.

Sobald sie sich in der Privatsphäre der Wohnung befanden, schaute Liv sich um. Es sah nicht anders aus als sonst. An der Hauptwand befanden sich die Worte, die sie immer in ihrer Brust bewahrte: *Familia Est Sempiternum*.

»Was ist los?«, fragte Liv.

Sophia trat in die Mitte des Raumes und ging in die Hocke, wobei der Rock ihres Kleides eine Glocke bildete. »Es ist alles in Ordnung. Du kannst jetzt herauskommen.«

Liv war sich nicht sicher, was sie als Nächstes erwarten sollte, aber das war es definitiv nicht. Die Tür zu Sophias Zimmer quietschte, als sie sich ganz öffnete. Livs Hand flog zu Bellator und ein kleiner Drache betrat den Raum. Zuerst dachte Liv, Sophias Ei sei geschlüpft, aber dann erinnerte sie sich, dass es verschwunden war und dieser Drache war orange und rot, mit leuchtenden Augen, die zu reif schienen, um zu einem Baby zu gehören. Da wurde Liv klar, dass sie diesen Drachen schon mal gesehen hatte, aber nur ein einziges Mal. Er war der Miniaturdrache, der Adler Sinclair gehörte. Liv konnte nicht fassen, dass sie ihn vergessen hatte und doch war der Zeitpunkt unglaublich unheimlich.

»Was macht er hier?«, fragte Liv und beobachtete, wie Sophia auf alle Viere ging und den Drachen aufmerksam anstarrte, als er sich näherte. Er huschte weiter mit den Augen zu Liv und dann zu Sophia und zögerte bei jeder seiner Bewegungen.

Als niemand antwortete und der Drache immer näher kam, zog Liv Bellator aus seiner Scheide. Alle Augen richteten sich auf sie.

»Nein«, sagte Sophia völlig ruhig. »Er wird uns nichts tun. Aber er wollte mir nicht erzählen, warum er hier ist, bis wir dich hergebracht haben.«

»Warte, du kommunizierst mit dem Ding?«, wunderte sich Liv und zeigte auf den Drachen, der sich nicht mehr bewegte, den Kopf zur Seite geneigt, Dampf quoll aus seiner Nase.

»Sein Name ist Indikos«, erklärte Sophia. »Und ja, ich kann telepathisch mit ihm kommunizieren.«

Liv ging vor, sodass sie sich zwischen Sophia und dem Drachen befand. »Warum wollte er mich hier haben? Wie ist er überhaupt hier hereingekommen? Ist er derjenige, der dein Ei gestohlen hat?«

Sophia stand auf. »Wir sind uns nicht sicher. Ich war in meinem Zimmer, als er unter meinem Bett herauskam. Er sagte mir, er wolle helfen und hätte wichtige Informationen, aber ich müsse dich und Clark zuerst holen.«

Liv betrachtete den Drachen weiter mit Skepsis. »Woher wissen wir, dass es sich nicht um einen Trick handelt und

Adler uns eine Falle stellt? Indikos sollte überhaupt nicht hier drin sein.«

Clark nickte. »Ich stimme zu und habe ähnliche Bedenken. Aber wir können keine Entscheidungen treffen, bevor wir nicht wenigstens gehört haben, was der Kleine zu sagen hat.«

Liv warf einen Blick auf Sophia. »Nun, sie ist diejenige, die hört, was er sagt. Kannst du für uns als Dolmetscherin fungieren?«

Sophia nickte und kniete sich wieder auf den Boden. Sie streckte eine Hand nach dem kleinen Drachen aus. »Es ist alles in Ordnung. Wir sind alle hier und nun bereit zu hören, was du zu sagen hast.«

»Wenn du telepathisch mit ihm kommunizierst, warum sprichst du dann laut?«, fragte Liv.

Sophia blickte zu ihr auf. »Es ist zu eurem Nutzen. Auf diese Weise wisst ihr wenigstens was ich sage. Indikos spricht in meinem Kopf, ganz ähnlich wie mein Drache.«

»Du bist also eine Drachenflüsterin?«, wollte Liv wissen.

»Laut Bermuda Laurens haben alle Drachenreiter diese Fähigkeit«, erklärte Sophia.

»Cool. Sophia spricht mit Drachen. Ich spreche mit Hühnern und Katzen und du, Clark ...« Liv machte eine Pause. »Mit wem sprichst du?«

Er warf ihr einen trotzigen Blick zu. »Mit mir selbst.«

»Oh, gut gemacht, Bruder«, lobte Liv. »Dein komödiantisches Timing ist exzellent.«

»Ich merke, wenn ich mich selbst herabwürdige, schätzt du meine Witze mehr«, sagte Clark. »Ich bin mir allerdings nicht sicher, was das über dich aussagt.«

»Dass ich einen verzerrten Sinn für Humor habe und du ihm zum Opfer gefallen bist«, antwortete sie.

Sophia warf ihnen ungeduldige Blicke zu. »Wenn ihr beide dann fertig seid?«

Liv fing sich und warf Clark einen strafenden Blick zu. »Ja, ich bin bereit, wenn Clark ernst bleibt.«

»Ha-ha«, sagte er ohne jede Regung.

Sophia schloss die Augen, einen heiteren Ausdruck auf ihrem Gesicht. Liv hielt ihre Hand auf Bellator, immer noch unsicher, ob es eine Falle war oder nicht. Clark teilte ihre Paranoia, wurde ihr klar. Er streckte den Arm aus und schnappte sich den Stock ihres Vaters.

Sophias strahlend blaue Augen sprangen auf und ihre Hand flog zum Mund.

»Was ist?«, fragte Liv und verfiel reflexartig in eine kämpferische Haltung.

Sophia hob ihre Hand und versuchte ihre Schwester zu beruhigen. »Es war Indikos, der dabei geholfen hat mein Drachenei zu stehlen.«

Liv verengte ihre Augen. Das Wesen hatte seinen Kopf gesenkt und erschien plötzlich zerbrechlich, obwohl sie beim Anblick eines Drachen normalerweise den gegenteiligen Eindruck haben sollte – nicht, dass sie schon viele gesehen hätte. Nun, keinen. Nur diesen einen. Liv hatte tatsächlich nur in Büchern Abbildungen von Drachen gesehen, was für die meisten Leute typisch war.

»Warum ist er dann hier und sagt, dass er uns helfen wird?« Livs Augen glitten zu Clark hinüber. »Ich glaube, das ist eine Falle.«

Er nickte und zog den Stock auseinander, um die beiden kleinen Schwerter im Inneren zum Vorschein zu bringen.

»Es ist keine Falle«, argumentierte Sophia. »Er hat es sich anders überlegt und will die Dinge wieder in Ordnung bringen.«

»Nun, sag ihm, er soll endlich zur Sache kommen und zwar schnell«, forderte Liv.

»Er versteht, was du sagst«, stellte Sophia klar und wurde rot. Sie schloss wieder die Augen. Nach einem langen Moment öffnete sie sie wieder.

»Es war Adler«, flüsterte sie.

»Nun, ich glaube das haben wir uns alle irgendwie gedacht«, stellte Liv gelangweilt fest.

Sophia winkte ihr ab. »Nein, Indikos behauptet, dass Adler hier reingekommen ist, um das Ei zu holen.«

»Aber wie?«, fragte Clark. »Er kann nicht in unsere Wohnung kommen. Nur ein Beaufont kann das oder jemand, der von einem von uns eingeladen wurde.«

Sophia schloss sofort die Augen und blieb so. »Adler hat eine besondere Art, sich die Regeln zurechtzubiegen.«

»Noch einmal, ist jemand wirklich überrascht über diese Informationen?«, fragte Liv.

»Kann er uns sagen, wie er die Regeln umgeht?«, fragte Clark und begann auf und ab zu schreiten, ein Schwert in jeder Hand. »Welche Regeln kann er brechen? Worauf müssen wir achten?«

Sophia schüttelte den Kopf, ihre Augen waren noch geschlossen. »Indikos weigert sich darüber zu sprechen.«

»Dann sollte er besser anfangen, über etwas anderes zu reden, sonst bringe ich ihm Adler auf der Spitze meines Schwertes zurück«, drohte Liv.

»Er sagt, dass er Adler nicht dabei helfen wollte, das Ei zu finden«, erklärte Sophia.

»Woher wusste er überhaupt davon?«, fragte Liv.

»Erinnerst du dich an die Prophezeiung?«, warf Clark ein. »Vielleicht war Adler sich dessen bewusst und fand heraus, dass sie sich auf Sophia beziehen könnte.«

»Das ist es nicht«, so Sophia sofort. »Aber noch einmal, Indikos will über einige Dinge nicht reden. Er sagt, es sei besser so.«

»Vielleicht für ihn«, witzelte Liv.

»Wo ist das Ei?«, fragte Clark.

»Adler hat es«, erklärte Sophia. »Er nahm es an sich, nachdem Indikos ihm geholfen hatte, es zu finden. Er blieb jedoch hier, weil erstens das Trennen eines Drachen von seinem Reiter als eines der schlimmsten Verbrechen gilt und zweitens behauptet er, dass ihn seit Langem etwas Dunkles von Adler trennt.«

»Ist das die Sache, über die er uns nichts sagen kann?«, wollte Liv wissen, in Bezug auf den Drachen einen grüblerischen Ausdruck im Gesicht.

»Das wird er nicht sagen«, antwortete Sophia.

»Schockierend«, erwiderte Liv trocken.

»Wenn er hier ist, stehen dann nicht wir zwischen Adler und seinem Drachen?«, vermutete Clark.

»Nein«, erklärte Sophia bestimmt. »Indikos ist nicht länger an Adler gebunden. Er sagt, er sei es nie wirklich gewesen, weil er dazu gezwungen wurde.«

»Ich bin mir immer noch nicht sicher, ob wir diesem alten Haustier Adlers trauen können, auch wenn er behauptet, dass er ihm gegenüber nicht mehr loyal ist«, befürchtete Liv.

Sophias Augen sprangen auf. »Aber er sagt, er weiß, wo mein Ei ist und kann mir helfen, es zurückzuholen.«

»Soph, ich helfe dir, es zurückzubekommen.« Liv bewegte sich zwischen ihr und Clark. »Wir werden es gemeinsam tun. Wenn Adler es genommen hat, werde ich mir mit ihm ein Duell bis zum Tod liefern. Ich meine, ich habe sowieso nach einem Grund gesucht, ihm jeden einzelnen Knochen zu brechen.«

»Du verstehst nicht«, sagte Sophia. »Wir brauchen Indikos, um in Adlers Räume zu gelangen, wo das Ei versteckt ist.«

Liv rollte mit den Augen. »Es hat Adler nicht davon abgehalten, hierherzukommen.«

»Aber wir können die Regeln nicht auf die gleiche Weise umgehen«, erklärte Sophia. »Wir brauchen Indikos. Er kann dort hinein und wenn wir mit ihm gehen, wird er uns hereinbitten.«

»Gut«, sagte Liv und steckte ihr Schwert in die Scheide. »Lass uns gehen und es hinter uns bringen.«

Sophia schüttelte den Kopf. »Indikos sagte, jetzt noch nicht. Adler ist immer noch im Haus der Sieben, aber er bereitet sich auf seine Abreise vor.«

»Also schleichen wir uns wie Feiglinge da rein und holen uns das Ei zurück?«, konstatierte Liv. »Ist es nicht genau das, was Adler getan hat? Ich stimme dafür, dass wir da reinmarschieren und dem Schurken offen entgegentreten.«

Clark streckte die Hand aus und legte sie beruhigend auf Livs Schulter. »Denkst du daran, dass Sophia den Drachen gar nicht haben dürfte?«

»Sagt wer?«, forderte Liv ihn heraus. »Adler? Wer auch immer mit ihm arbeitet, der die Regeln umgehen kann?«

»Es ist gefährlich, einen Drachen zu haben, Liv«, erklärte Clark. »Das weißt du doch. Und obwohl es außergewöhnlich ist, dass er sich an Sophia gebunden hat, gibt es viele, die versuchen würden, ihn ihr wegzunehmen.«

»Okay, wir können also nicht in Adlers Zimmer marschieren und das Ei holen«, Liv klang besiegt.

»Noch nicht«, änderte Sophia. »Indikos sagt, er wird wissen, wann Adler weg ist und dann wird er uns helfen, dort hineinzukommen und das Ei zurückzuholen.«

»Aber Adler wird vermuten, dass wir das Ei genommen haben«, fasste Liv ihre Gedanken in Worte. »Wir sollten das Unvermeidliche nicht hinauszögern.«

Sophia nickte. »Ja, deshalb hat Indikos eine besondere Bitte um Hilfe an uns gerichtet.«

»Oh, warte mal eine Sekunde«, schimpfte Liv und stemmte ihre Hände auf die Hüften. »Dieser Zwerg ist in unser Haus eingebrochen und hat Adler geholfen, dein Ei zu stehlen, aber er darf Sonderwünsche äußern?« Liv starrte den Drachen an. »Du verstehst, dass es an ein Wunder grenzt, dass du noch lebst, oder?«

Sophia stand auf und schaute Liv bittend an. »Er bedauert, was er getan hat. Ich weiß nicht, wie ich es erklären soll, aber ich kann es mit absoluter Gewissheit fühlen. Er meint es ehrlich und will uns helfen.«

»Gut«, kapitulierte Liv. »Was will er?«

»Er sagt, dass er in großer Gefahr sein wird, weil er Adler verraten musste, um mir mein Ei zurückzugeben«, so Sophia.

»Ja, Adler wird ausrasten«, wusste Liv.

Sophia schüttelte den Kopf. »Nicht Adler. Anscheinend sollte er für lange Zeit weg sein. Es gibt noch etwas in diesem Haus, wovor Indikos Angst hat.«

»Lass mich raten ... der, der gegen die Regeln verstößt?«, schlug Liv vor.

»Ich weiß es nicht«, antwortete Sophia. »Indikos will jedoch unseren Schutz als Gegenleistung für seine Hilfe.«

»Unseren Schutz?«, fragte Clark. »Werden wir nicht alle in Gefahr sein, vor dem, wer auch immer dieser Feind ist?«

»Ich weiß es nicht«, erklärte Sophia. »Aber Indikos hat darum gebeten, dass wir ihn direkt aus dem Haus der Sieben bringen, nachdem er uns geholfen hat. Er will nicht länger hierbleiben.«

Livs Augen wurden heller. Sie konnte dieses Timing nicht fassen. Es war unheimlich. Indikos war genau das, was sie brauchte, um die Elfe davon zu überzeugen, die Geheimnisse von Inexorabilis zu enthüllen. »Ja, ich glaube, ich weiß genau, wo wir ihn danach hinbringen können.«

»Er muss sicher sein«, argumentierte Sophia mit Blick auf Liv.

Sie nickte. »Ich weiß, dass ich Drohungen ausgesprochen habe, aber jetzt ist es mir ernst. Wenn Indikos uns hilft, verspreche ich, ihn an einen Ort zu bringen, an dem er nicht nur sicher ist, sondern an dem man ihn auch wertschätzt. Und als Bonus wird er uns helfen, ein Stück dieses Puzzles zu lösen, damit wir dem Haus der Sieben endlich Gerechtigkeit widerfahren lassen können.«

Kapitel 36

Adler Sinclair öffnete den Schrank in seinem Arbeitszimmer und schaute erst in die eine und dann in die andere Richtung. Als das nicht funktionierte, durchwühlte er den Inhalt und fand trotzdem nicht, wonach er suchte. Überwältigt von Frustration und Trauer nahm er die Kleidungsstücke und schleuderte sie quer durch den Raum. Der Kleiderschrank war nun größtenteils leer.

»Indikos!«, schrie er, sein Gesicht errötet. »Wo bist du?«

Atemlos drehte er sich um, um die Verwüstung zu begutachten, die er in seinem Quartier angerichtet hatte. Es war Zeit, dass er ging. Der Gott-Magier erlaubte ihm nicht, noch einen weiteren Tag zu warten, aber Indikos war verschwunden. Adler erwartete, dass er wieder auftauchen würde, weil er annahm, dass er vielleicht weit weg zur Jagd aufgebrochen war. Etwas in seinem Innersten sagte ihm allerdings, dass der kleine Drache im Haus war.

Sein Blick fiel auf die Kiste, die oben auf seinem Schreibtisch stand. Die, die das Drachenei von Sophia Beaufont enthielt. Er dachte darüber nach, sie mit zum Matterhorn zu nehmen, aber er wusste, dass das eine schlechte Idee wäre. Der Aufstieg war steil und gefährlich und wenn er erst einmal oben war, gab es viel zu erledigen.

Adler schüttelte den Kopf. Nein, er musste das Ei zurücklassen und Indikos auch.

Er hatte das Haus der Sieben nicht verlassen wollen. Er konnte sich nicht mehr an das letzte Mal erinnern, als er längere Zeit verreist war. Hier war sein Zuhause, aber er wusste, dass Talon recht hatte, sie mussten das Signal schützen. Decar musste die Geschichte schützen, die sie ausgelöscht hatten. Er war näher dran denn je, das zu tun. Kein Riese käme gegen ihn an. Erst dann, wenn alles sicher war und der Eine seine volle Stärke erreicht hatte, konnten sie als rechtmäßige Erben des Hauses der Sieben mit höchster Autorität regieren.

Natürlich musste der Gott-Magier zuerst noch Vater Zeit entsorgen. Er war derjenige, der dem vollständigen Aufstieg Talons im Wege stand. Aber er brauchte nur noch ein wenig länger, um seine Stärke zu erhöhen, bevor er gegen den elenden Gnom antreten konnte.

Talon war von Adler enttäuscht gewesen, weil er Vater Zeit nicht finden konnte. Er hatte versucht, Olivia Beaufont zu folgen, konnte aber nie herausfinden, wohin sie gegangen war. Am Ende glaubte der Gott-Magier sogar, dass Adler den Weg zum Matterhorn hinauszögern wollte und befahl ihm, die Aufgabe, Vater Zeit zu finden, zu verschieben und die Mission wie geplant fortzusetzen.

Adler stieß einen gewichtigen Seufzer aus. Er wollte das Haus der Sieben nicht verlassen. Er wollte Indikos nicht zurücklassen. Und er hatte Angst davor, was mit Talon geschehen würde, wenn Adler ihn nicht kontrollieren und davon abhalten konnte, seine Spielchen zu treiben.

Er hob seine Tasche auf und warf sie sich über die Schulter, blickte ein letztes Mal hinter sich in sein Quartier, eine kleine Hoffnung war in seiner Brust aufgekeimt, dass Indikos jetzt hier sein würde und darauf wartete, die Reise mit ihm anzutreten.

Aber er war nicht da.

Adler schluckte die Enttäuschung hinunter, öffnete die Tür und stürmte in den Korridor hinaus. Er konnte sich des Gefühls nicht erwehren, dass er das Haus der Sieben vielleicht nie wiedersehen würde.

Adler wusste jedoch, dass das absurd war. Es hing alles davon ab, was als Nächstes geschah.

Jemand war in die Nähe der Signalübertragung vom Matterhorn gekommen. Wenn dort etwas passiert wäre, wäre alles verloren gewesen. Alles, wofür sie gearbeitet hatten. Die Sterblichen würden aufwachen und Magie sehen und dann würde der alte Krieg unweigerlich wieder beginnen. Sie würden versuchen, über die Magie zu herrschen, sie zu beherrschen, obwohl das nie ihr Auftrag war. Sie würden alles ruinieren, wie sie es schon einmal versucht hatten. So hatte der Große Krieg begonnen.

Deshalb hatte Adler nicht nur vor, die Signalübertragung vom Matterhorn zu bewachen, die die Sterblichen davon abhielt, Magie zu sehen. Er plante vielmehr, die Intensität des Signals zu erhöhen. Er hatte Decar oder Talon nichts davon erzählt, aber er glaubte, dass er nun die richtige Formel besaß, um das Signal so zu verändern, dass es die Sterblichen daran hindern würde, jemals wieder im Haus der Sieben an die Macht zu kommen.

Wenn das, was Adler plante, funktionieren würde, würden die Signale alle Sterblichen ein für allemal auslöschen.

Kapitel 37

Es war nicht Livs Idee gewesen, dass Sophia mitkam, als sie und Indikos in Adlers Quartier einbrachen. Die junge Magierin war jedoch hartnäckig geblieben. Sie hatte hervorragende Argumente dafür vorgebracht, weil es doch ihr Drachenei war, das sie holen wollten. Und sie sollte auch dabei sein, um mit Indikos zu sprechen, da sie die einzige war, die das konnte.

Am Ende wollte Liv nicht mehr mit ihrer kleinen Schwester streiten. Es war nur so, dass die Macht, mit der Adler die Regeln im Haus der Sieben umging, Liv noch mehr als sonst beunruhigte. Das Haus war nach bestimmten Gesetzen aufgebaut worden. Auf diese Weise wurden das Gleichgewicht und die Ordnung aufrechterhalten. Wenn es etwas gab, das es Adler erlaubte, die Regeln zu brechen, dann bedeutete das, dass sie es auch noch mit ganz anderen Dingen zu tun bekämen.

Liv tröstete sich mit dem Gedanken, dass Adler abwesend war. Vielleicht war die Macht, die er benutzte, mit ihm gegangen. Sie versuchte, sich selbst davon zu überzeugen, dass es aufwärts ging. Adler ging ihr nicht mehr auf die Nerven. Sein Drache hatte sich gegen ihn gewandt. Sie würde Indikos benutzen, um Hawaiki Topasna dazu zu bringen, ihr mit dem Schwert zu helfen und dann würde sie das Signal am Matterhorn ausschalten, die Sterblichen Sieben finden und eine große Party feiern. Ende.

Fast wollte sie in die Hände klatschen, um die Endgültigkeit des Ganzen zu feiern. Doch tief in ihrem Inneren wusste

Liv, dass die Dinge nicht so einfach sein würden. Das waren sie nie.

»Er sagt, es sei diese Tür«, flüsterte Sophia und zeigte auf eine Tür im langen Korridor.

»Cool«, meinte Liv sachlich, als wäre ihre Schwester, die telepathisch mit einem Drachen kommunizierte, überhaupt keine große Sache. »Muss er die Tür öffnen oder was?«

Sophia senkte ihr Kinn und schaute Liv mit einem Ausdruck an, der sagte: »Komm schon, bleib realistisch.«

»Oh, wir öffnen also die Tür, die uns den Zutritt ermöglicht, weil wir mit dem Drachen zusammen sind, richtig? Als ob man in einem Club den richtigen Mann kennen muss, was?«, fragte Liv.

Der Miniaturdrache saß auf Sophias Arm, seine Flügel waren halb gespannt, als ob er jeden Augenblick fliegen wollte. Sie legte ihre Finger auf die Türklinke und schaute Indikos aufmerksam an.

Liv war sich nicht sicher, was zwischen den beiden ausgetauscht wurde, aber einen Moment später sah Sophia zur Tür zurück und schob sie auf. Sie zögerte nur einen Moment lang, bevor sie sie ganz öffnete.

Liv ging um ihre Schwester und Indikos herum und legte ihre Hand schützend auf Bellator, während sie die Umgebung untersuchte. Wie der Drache ihr über Sophia mitgeteilt hatte, war Adler nicht da. Es sah jedoch aus, als hätte jemand in seiner Abwesenheit den Ort geplündert.

»Sind wir zu spät?«, wollte Liv wissen, als Sophia die Tür hinter ihnen schloss. »Hat schon jemand sein Quartier nach dem Ei oder sonst etwas durchsucht?«

Die junge Magierin schloss die Augen und schüttelte dann den Kopf. »Indikos glaubt, dass Adler das getan hat, weil er ihn suchte, bevor er ging.«

»Oh«, meinte Liv und blickte sich um. »Ich mache das Gleiche mit meiner Wohnung, wenn ich auf eine Reise gehe. Nur so kann ich alle meine Unterhosen und die zusammengehörigen Socken finden.«

Sophia kicherte und starrte dann den kleinen Drachen überrascht an. »Das war *kein* schlechter Scherz. *Ich finde sie lustig.*«

»Sag dem Drachen, wenn ihm dieser Witz nicht gefällt, habe ich noch ein Dutzend mehr, die er verabscheuen wird«, maulte Liv, während sie einige Bücher auf den Boden warf.

»Das hast du gerade selbst getan«, erklärte Sophia, als Indikos zu einem großen Schreibtisch im hinteren Teil des Raumes flog.

Wie magnetisiert marschierte Sophia ohne zu blinzeln, in seine Richtung.

»Soph?«, fragte Liv und beobachtete, wie sich ihre Schwester roboterhaft vorwärts bewegte.

Auf dem Schreibtisch befand sich eine große Kiste mit komplizierten Verzierungen. Indikos stand daneben, seine Augen starr auf die Kiste gerichtet.

Liv eilte herbei und riss Bellator aus der Scheide. Sie war sich nicht sicher, was sie finden würden, aber sie wollte kein Risiko eingehen. Obwohl sie sich nicht vorstellen konnte, wie dies eine Falle sein sollte, war sie nicht bereit, ihre Wachsamkeit aufzugeben.

»Ist das …« Liv verstummte, als sie Sophia über die Schulter schaute.

Ihre Schwester nickte. »Ja. Ich kann ihn spüren.«

Vorsichtig öffnete Sophia die Schachtel und da war es, so hell und funkelnd, wie Liv es in Erinnerung hatte, das große blaue Drachenei.

Wie bei einem Treffen mit einem alten Freund nahm Sophia es in die Arme und drückte es an ihre Brust. Sie schloss die Augen und presste ihre Wange an das Ei.

Liv wartete einen Moment, bis ihre Schwester sich aufrichtete und erfreut die Augen öffnete. »Er hat mich vermisst.«

Liv lächelte. »Natürlich hat er das. Er wäre verrückt, es nicht zu tun.«

Aus Sophias Augen liefen Tränen. Liv streckte die Hand aus und griff nach ihrem Arm, besorgt, dass etwas nicht stimmte. »Was ist los?«

Das Ei in ihren Armen intensiv betrachtend, sagte Sophia: »Er steht kurz vor dem Schlüpfen. Er sagt, er habe nur darauf gewartet, dass ich ihn finde.«

Liv hielt ihre Augen auf das Ei geheftet, als erwartete sie, dass der kleine Drache jeden Moment ausbrechen würde. Als nichts geschah, fragte Liv: »Wie lange noch?«

Sophia schüttelte den Kopf. »Nicht lange, aber es ist schwer zu sagen. Die Zeit läuft bei Drachen anders.«

Liv nickte, als ob es Sinn ergeben würde. »Nun, jetzt hast du ihn wieder und kannst ihn mit nach Hause nehmen.«

Sophia schüttelte den Kopf. »Nein, er sagt, dort sei es nicht sicher. Adler weiß, dass ich ihn habe. Er könnte zurückkommen und ihn holen.«

Liv erkannte, dass sie damit hätte rechnen müssen. »Wo können wir ihn dann hinbringen?«

Sophia blickte auf, ihre Augen bettelten ihre Schwester an. »Kann er bei dir wohnen?«

Liv schüttelte bereits den Kopf, bevor Sophia ihre Frage beendet hatte. »Es ist nicht sicher. Es gibt nicht die richtigen Zauber vor Ort und du müsstest bei ihm sein. Du weißt, Clark würde sich nie darauf einlassen.«

»Clark weiß, dass ich im Haus nicht mehr sicher bin, besonders nach diesem Vorfall«, erklärte Sophia. »Er ist gerade bei dir, um die entsprechenden Sicherheitsvorkehrungen zu treffen.«

Liv senkte ihr Kinn und stellte fest, dass sie reingelegt worden war. »Ihr beide habt das also geplant?«

Sophia zuckte schuldbewusst die Achseln. »Es tut mir leid, aber es ist besser so. Es gibt keinen besseren Ort als Johns Laden. Er ist einer der Sterblichen Sieben, wie du mir gesagt hast und du bist eine Kriegerin, die alle fürchten.«

»Die auch eine Menge Feinde hat«, fügte Liv hinzu.

»Bitte, Liv«, flehte Sophia. »Nur bis er schlüpft und wir uns etwas anderes überlegen können. Du wirst nicht einmal dabei sein.«

Liv wollte gerade fragen, wo sie sein würde, aber dann gab es ein Flattern und Indikos landete auf ihrer Schulter. Sie betrachtete den kleinen Drachen mit einem verärgerten Gesichtsausdruck. »Oh, stimmt ja, ich bringe den Kerl in sein neues Zuhause.«

Zu ihrer Überraschung drückte der Drache seinen Kopf liebevoll in den Bereich zwischen ihrem Hals und ihrer Schulter und faltete seine Flügel eng an seinen Körper.

Das war alles so unerwartet. Indikos hatte seine Loyalität aufgegeben, die wahrscheinliche Lösung für Hawaikis Hilfe war gefunden, Sophia hatte ihr Ei zurückbekommen und auch die seltsame Fülle in Livs Herz.

Es war vielleicht keine ideale Situation, aber tief im Inneren hatte Liv das Gefühl, dass sie auf dem richtigen Weg waren. Es lagen noch viel Gefahren vor ihnen, aber sie würde sich allem für weitere Momente wie diesen bereitwillig stellen.

Magie war es, die diese Dinge möglich machte. Ohne sie schlüpften keine Drachen. Ohne sie gäbe es keine kleinen Magierinnen, die die Welt verändern konnten. Und ohne sie gäbe es keine unerwarteten Wendungen in Ereignissen.

Das alles bedeutete, dass Liv die Sterblichen aufwecken und ihnen zeigen musste, was sie verloren hatten, um die Magie für alle zu bewahren. Sie musste beenden, was ihre Eltern begonnen hatten.

Tief seufzend nickte sie. »Ja, du und das Ei könnt bei mir bleiben.«

Sophia jubelte fast vor Freude, aber sie hielt sich zurück.

Liv lächelte. »Aber wenn dieser Drache bald schlüpfen wird, solltest du dir besser einen Namen für ihn ausdenken.«

Sophia nickte anerkennend. »Ich habe ein paar im Kopf, aber ich möchte warten, bis wir uns formell treffen. Und ich verspreche, dass ich keine Last sein werde. Du wirst nicht einmal merken, dass ich bei dir zu Hause bin.«

Liv schüttelte den Kopf wegen ihrer kleinen Schwester. »Du bist nie eine Last gewesen. Ganz im Gegenteil. Und denk dran, ich werde nicht da sein. Indikos und ich haben eine Mission. Wie versprochen bringe ich ihn an einen Ort, an dem er sicher und vielleicht sogar glücklich sein wird.

Die Wertschätzung des Drachen strömte zu Liv. Es war merkwürdig, wie sie seine Gedanken durch seine Taten fast fühlen konnte. Sie begann zu verstehen, wie Sophia mit ihm sprechen konnte, obwohl sie mit den Drachen auf einer anderen Ebene kommunizierte.

Sophia kicherte bei dem Gedanken. »Er ist kein Angsthase, aber ich denke, er wird ein ausgezeichneter Reisebegleiter für dich sein. Versprich einfach, dass du sicher von der Reise zu mir zurückkommst.«

Liv lachte auch. »Mach dir keine Sorgen, Soph. Nichts auf der Welt wird mich davon abhalten, zu dir nach Hause zurückzukehren.«

Obwohl sie in Adler Sinclairs Kammer stand und einer weiteren gefährlichen Reise entgegensah, platzte Livs Herz vor Dankbarkeit. Sie konnte nicht glauben, wie sehr sich ihr Leben verändert hatte und sie wollte es gegen nichts in der Welt eintauschen. Magie hatte ihr Leben so viel mehr erfüllt, als sie es sich je vorgestellt hatte und sie würde alles tun, um es für immer zu bewahren.

FINIS

Liv Beaufont kehrt zurück in Band 8

—

Wie hat Dir das Buch gefallen? Schreib uns eine Rezension. Als Indie-Verlag, der den Ertrag in die Übersetzung neuer Serien steckt, haben wir nicht die Möglichkeit große Werbekampagnen zu starten. Daher sind konstruktive Rezensionen bei Amazon für uns sehr wertvoll, denn damit kannst Du die Sichtbarkeit dieses Buches massiv für neue Leser, die unsere Buchreihen noch nicht kennen, erhöhen. Du ermöglichst uns damit, weitere neue Serien parallel in die deutsche Übersetzung zu nehmen.

Am Endes dieses Buches findest Du eine Liste aller unserer Bücher. Vielleicht ist ja noch ein andere Serie für Dich dabei. Ebenso findest Du da die Adresse unseres Newsletters und unserer Facebook-Seite und Fangruppe – dann verpasst Du kein neues, deutsches Buch von LMBPN International mehr.

Sarahs Autorennotizen

In den Notizen zum letzten Buch habe ich beschrieben, wie ich auf die Idee für das Huhn gekommen bin. Inspiration ist eine lustige Sache. Ich hatte meine Frustration darüber, dass ich die Hühner meines Ex-Mannes beobachten musste, in ein Buch gelenkt. Ich wusste nicht, dass mir der Charakter des Huhns tatsächlich gefallen würde. Glaube nicht, dass ich weich geworden bin und mich freiwillig melden werde, um die Flohtüten meines Ex-Mannes zu beobachten. Oh nein. Es ist nur so, dass mir die Idee gefällt, das Negative in etwas Positives zu verwandeln. Mehr davon ist in diesem Buch passiert.

Ich hatte das Privileg, diesen Frühling eine Woche in Italien verbringen zu dürfen. Um es noch besser zu machen, hat mir Jürgen Möders, Beta-Leser, erster Korrektor und Ideenaustauscher, angeboten, mich in Rom zu treffen. Zu sagen, dass ich mich geehrt fühlte, war eine Untertreibung. Jürgen reiste vierundzwanzig Stunden lang in eine Richtung, sodass wir uns persönlich treffen und das Kolosseum und das Forum gemeinsam erkunden konnten. Ich denke, es gibt weniger chaotische Orte, an denen wir uns hätten treffen können, aber wo wäre der Spaß dabei!

Wir hatten eine schöne Zeit, alle Arten von Inspiration zu sammeln, während wir durch die alten Ruinen schlenderten. Aber wir wussten kaum, dass die Inspiration von solch unerwarteten Dingen kommen würde. Wir gingen durch die Sicherheitskontrolle und der Sicherheitsdienst machte Jürgen ständig Stress wegen der Tasche, die an seinem Gürtel befestigt war. Die anderen Wachen hatten gesagt, es genüge, einfach hineinzuschauen, aber dieser wollte, dass sie durch den Scanner ging, was bedeutete, dass Jürgen sie ausziehen musste, was bedeutete, dass er seinen Gürtel ausziehen und beinahe seine Hose verlor. Es war eine ziemliche Tortur. Ich habe nicht gelacht. Ich war auch keine Hilfe. Aber danach habe ich die Szene in das Buch aufgenommen, in gewisser Weise, obwohl Liv ihre Hose nicht verloren hatte. So verwandeln wir die frustrierenden Momente allerdings in Unterhaltung.

Danke an Jürgen, dass er so lange gewagt hat, sich mit mir zu treffen. Es war so ein lustiges Abenteuer. Dann fuhr ich nach Venedig, wo ich ständig an all die fantastischen Kampfszenen dachte, die ich in den Kanälen konstruieren konnte. Und das ist der Grund, warum wir ein Buch haben, das in Italien spielt. Das nächste Buch spielt in Hawaii und deshalb fragst du dich vielleicht, ob ich eine Reise dorthin geplant habe. Die Antwort ist nein, aber ich mache so eine Art Umkehrosmose-Ding. Wenn ich darüber schreibe, werde ich vielleicht auf magische Weise eine Reise dorthin unternehmen. Gehe dorthin im Geist und du kannst im Körper dorthin gehen. Hey, Magie ist echt!

Lydia und ich konstruieren morgens beim Frühstück oft Geschichtenideen. Eines Morgens sagte sie oder ich oder die Katze etwas über einen Typen namens Kyle Foggerbottom. Ich glaube, wir sprachen darüber, wie Fine, der Kater, sich für seinen Buchhaltungsjob fertig machen musste. Wir gehen das jeden Morgen durch und reden darüber, wie er sich besser seinen Anzug anzieht und zur Bushaltestelle geht, sonst kommt er zu spät.

Lydia packt ihm einen Schokoriegel für sein Mittagessen ein, weil sie eine von »diesen« Müttern ist. Schande, Schande. Dann reden wir darüber, dass er (der Kater) Molly im Marketing nicht mag, weil sie ihn neckt, aber er mag Kyle, weil er seine Pommes zum Mittagessen teilt. Mein Kater trifft echt eine schlechte Futterwahl.

Jedenfalls, nachdem wir über das falsche Leben des Katers gesprochen hatten, gab einer von uns Kyle einen Nachnamen. Kyle Foggerbottom. Und dann dachte ich mir, ich packe einen Foggerbottom in mein nächstes Buch. Und dann bin ich auf Facebook gegangen und habe es den Fans erzählt und sie haben mir viele Vornamen für Foggerbottom geliefert.

Und jetzt bin ich bei meinem Punkt angelangt! Danke an Jael Sheppard für seine Hilfe beim Namen Phil Foggerbottom. Ich habe zufällig gewählt und sie war die Gewinnerin. Es gab so viele tolle Vorschläge! Danke an den Rest der LMBPN-›Ladies‹ für tolle Ideen. Oh und danke an Deb Maders für die Idee zur Brownie-Gewerkschaft.

Ich schwöre, ihr alle könntet die Bücher für mich schreiben!

Okay, ich gehe jetzt und belästige den Kater wegen meiner Steuererklärung. Ist es ein Wunder, dass ich eine sprechende Katze in dieses Buch gesteckt habe? Ich habe Probleme...

Sarah Noffke
08. Juni 2019

DIE UNBEUGSAME KÄMPFERIN

Michaels Autorennotizen

DANKE, dass du nicht nur diese Geschichte, sondern auch diese Autorennotizen liest.

(Ich denke, ich habe es gut hinbekommen, immer mit »Danke« zu beginnen. Wenn nicht, muss ich die anderen Autorennotizen bearbeiten.)

Meist zufällige Gedanken

Amadeus Bucker, Vampir-Trucker.

Wenn ich über einen großen Truckstop-artigen Parkplatz in New Mexico laufe, denke ich (offensichtlich) nicht lange nach, bis mir das Konzept für einen neuen Vampircharakter in den Sinn kommt.

Ein Vampir-Trucker.

Er müsste einen Partner haben, der mit der Sonne umgehen kann, und er hätte einen speziellen Bereich in der hinteren Schlafkabine.

Oder würde es eine sie sein?

Hätte ich den Vampir als Vampir mit einem Kerl für tagsüber? Oder, was wäre, wenn es ein Zwillingsfrauenpaar wäre?

Eine Dame, die kürzlich ›getötet‹ wurde, und deren Schwester ein Trucker ist.

Sie sehen sich also ähnlich. Jetzt muss die neue Vampir-Trucker-Schwester lernen, wie man mit der Straße umgeht, wenn ihre Schwester (die seit Jahren auf dem Asphalt rennt und schießt) damit umgehen muss, dass ihre Schwester in ihr Leben eindringt?

So passieren die Dinge bei der Erschaffung neuer Charaktere.

Warum?

Weil ich keine Katze habe. Ich kann sie nicht um Vorschläge bitten.

Ich bin über fünfzig Jahre alt und ich habe NIE eine Katze besessen. Es gibt keinen Platz in meinem Leben für eine vierbeinige ›Meister-Sklaven‹-Beziehung.

Vor allem nicht für eine, die mir morgens Rattenopfer bringen könnte. (Du kannst die für dich bestimmten Opfer behalten, um sie vorzubereiten, Sarah!)

IN 80 TAGEN UM DIE WELT

Einer der interessanten (zumindest für mich) Aspekte meines Lebens ist die Fähigkeit, von überall und jederzeit arbeiten zu können. In der Zukunft hoffe ich, meine eigenen Autorennotizen wieder zu lesen und mich an mein Leben als Tagebucheintrag zu erinnern.

Highway 40 zwischen Albuquerque New Mexico und Arizona. Ich habe gerade an einer eher zweifelhaften Tankstelle mit Shopbereich für eine wichtige Pause angehalten.

Ich habe einen blauen Slush Puppy mitgenommen (ist zu schnell zu Eis geworden), und die Berge in der Ferne sind wunderschön, während wir die Straße zurück nach Vegas fahren.

Die Polizisten hier in New Mexico sind ziemlich zahlreich (ich habe keine in Texas durch den Panhandle fahren sehen), und es wird langsam Abend. Wahrscheinlich müssen wir uns bald einen Platz zum Schlafen suchen.

Nun, mach das gleich nachdem ich diese Autorennotizen fertig habe.

Wir fahren gerade durch Gallup, New Mexico.

Wenn du das hier liest, werde ich wieder in Las Vegas sein. Wir haben beschlossen, weiter durchzufahren, seit ich diesen Satz zwei Absätze zuvor geschrieben habe.

Ich hoffe, dass du ein fantastisches Wochenende (oder eine fantastische Woche) hast und vielleicht siehst du einen Elfen, wenn du das nächste Mal in der Nähe von Bäumen spazieren gehst!

WIE DU BÜCHER, DIE DU LIEBST, VERMARKTEN KANNST

Schreibe Rezensionen über sie oder erwähne sie in den sozialen Medien, damit andere deine Gedanken mitbekommen und mal in die Bücher reinschauen, erzähle Freunden und den Hunden von deinen Feinden (denn wer will schon mit Feinden reden?) davon ... Genug gesagt ;-)

Ad Aeternitatem,
Michael Anderle
09. Mai 2019

Danksagungen von Sarah Noffke

Mein Lieblingsteil beim Schreiben eines Buches ist die Erstellung der Seite mit den Danksagungen. Es erinnert mich daran, dass das Schreiben eines Buches keine Einzelleistung ist. Ich sitze vielleicht allein und schreibe, aber das fertige Produkt ist das Ergebnis der Unterstützung und Ermutigung eines Stammes von Menschen.

Vielen Dank an die Leser, die die Bücher kaufen, lesen, rezensieren und empfehlen. SIE sind es, die uns am Schreiben halten. Ich bin immer inspiriert von den Botschaften, die ich von den Lesern erhalte. Ich danke euch, dass Ihr meine Schreibarbeit unterstützt und meinem Leben so viel Reichtum bietet – aber nicht auf das Geld bezogen, sondern auf Erfahrungen und Erlebnisse, die mein Leben als Autorin erst möglich machen.

Danke an meine LBMPN-Familie für die Unterstützung. Steve, Michael, Lynne, Moonchild, Jennifer und so viele andere, die sich für die Veröffentlichung des Buches und darüber hinaus einsetzen.

Vielen Dank an die Beta-Leser, die schon früh so viele wertvolle Einblicke geboten haben. Vielen Dank an John, Chrisa, Kelly, Martin und Larry.

Vielen Dank an das JIT-Team für all das großartige Feedback. Eine neue Serie ist immer aufregend und nervenaufreibend. Michael und ich dachten, wir hätten eine großartige Idee für eine neue Welt, aber wir wissen es erst wirklich, wenn wir objektives Feedback erhalten. Was würde ich ohne all die großartigen Leser tun?

Ich danke meinen Freunden und meiner Familie. Das Schreiben ist ein seltsamer Beruf. Ich arbeite zu seltsamen Zeiten, führe Selbstgespräche, habe eine fragwürdige

Ernährung, werde unruhig wegen der Fristen. Aber die wunderbaren Menschen in meinem Leben zeigen weiterhin ihre Ermutigung und Nachdenklichkeit, egal was passiert. Es ist für mich nie verloren, denn ich weiß, dass ich nicht das tun würde, was ich liebe, wenn mich nicht mit all diese wunderbaren Menschen anfeuern würden.

Wie bei allen meinen Büchern geht der letzte Dank an meine Muse Lydia. Ich habe mein erstes Buch geschrieben, damit ich meine Tochter stolz machen konnte und es hat nie aufgehört. Ich schreibe jedes Buch für dich, meine Liebe.

SOZIALE MEDIEN

Möchtest Du mehr?
Abonnier unseren Newsletter, dann bist Du bei neuen Büchern, die veröffentlicht werden, immer auf dem Laufenden:
https://lmbpn.com/de/newsletter/

Tritt der Facebook-Gruppe und der Fanseite hier bei:
https://www.facebook.com/groups/ZeitalterderExpansion/
(Facebook-Gruppe)
https://www.facebook.com/DasKurtherianischeGambit/
(Facebook-Fanseite)

Die E-Mail-Liste verschickt sporadische E-Mails bei neuen Veröffentlichungen, die Facebook-Gruppe ist für Veröffentlichungen und ›hinter den Kulissen‹-Informationen über das Schreiben der nächsten Geschichten. Sich über die Geschichten zu unterhalten ist sehr erwünscht.

Da ich nicht zusichern kann, dass alles was ich durch mein deutsches Team auf Facebook schreiben lasse, auch bei Dir ankommt, brauche ich die E-Mail-Liste, um alle Fans zu benachrichtigen wenn ein größeres Update erfolgt oder neue Bücher veröffentlicht werden.

Ich hoffe Dir gefallen unsere Buchserien, ich freue mich immer über konstruktive Rezensionen, denn die sorgen für die weitere Sichtbarkeit unserer Bücher und ist für unabhängige Verlage wie unseren die beste Werbung!

Jens Schulze für das Team von LMBPN International

DEUTSCHE BÜCHER VON LMBPN PUBLISHING

Das kurtherianische Gambit
(Michael Anderle – Paranormal Science Fiction)

Erster Zyklus:
Mutter der Nacht (01) · Queen Bitch – Das königliche Biest (02) · Verlorene Liebe (03) · Scheiß drauf! (04) · Niemals aufgegeben (05) · Zu Staub zertreten (06) · Knien oder Sterben (07)

Zweiter Zyklus:
Neue Horizonte (08) · Eine höllisch harte Wahl (09) · Entfesselt die Hunde des Krieges (10) · Nackte Verzweiflung (11) · Unerwünschte Besucher (12) · Eiskalte Überraschung (13) · Mit harten Bandagen (14)

Dritter Zyklus:
Schritt über den Abgrund (15) · Bis zum bitteren Ende (16) · Ewige Feindschaft (17) · Das Recht des Stärkeren (18) · Volle Kraft voraus (19)

Kurzgeschichten:
Frank Kurns – Geschichten aus der Unbekannten Welt

In Vorbereitung:
...die restlichen Bücher bis Band 21

Aufstieg der Magie
(CM Raymond, LE Barbant & Michael Anderle – Fantasy)
Unterdrückung (01) · Wiedererwachen (02) · Rebellion (03) · Revolution (04)
In Vorbereitung sind die restlichen Bücher bis Band 12 aus dem Kurtherian-Gambit-Universum

**Das zweite Dunkle Zeitalter
(Michael Anderle & Ell Leigh Clarke
– Paranormal Science Fiction)**
Der Dunkle Messias (01) · Die dunkelste Nacht (02)
In Vorbereitung sind die restlichen Bücher bis Band 4
aus dem Kurtherian-Gambit-Universum

**Der unglaubliche Mr. Brownstone
(Michael Anderle – Urban Fantasy)**
Von der Hölle gefürchtet (01) · Vom Himmel verschmäht (02) ·
Auge um Auge (03) · Zahn um Zahn (04) ·
Die Witwenmacherin (05) · Wenn Engel weinen (06) ·
Bekämpfe Feuer mit Feuer (07)
In Vorbereitung sind die restlichen Bücher dieser
Oriceran-Serie

**Die Schule der grundlegenden Magie
(Martha Carr & Michael Anderle – Urban Fantasy)**
Dunkel ist ihre Natur (01)
In Vorbereitung sind die restlichen Bücher bis Band 8
diese Oriceran-Serie

**Die Schule der grundlegenden Magie: Raine Campbell
(Martha Carr & Michael Anderle – Urban Fantasy)**
Mündel des FBI (01)
In Vorbereitung sind die restlichen Bücher bis Band 9
diese Oriceran-Serie

**Die Chroniken des Komplettisten
(Dakota Krout – LitRPG/GameLit)**
Ritualist (01) · Regizid (02) · Rexus (03) ·
Rückbau (04) · Rücksichtslos (05)
In Vorbereitung sind die derzeit verfügbaren Teile

**Die Chroniken von KieraFreya
(Michael Anderle – LitRPG/GameLit)**
Newbie (01)
Anfängerin (02)
In Vorbereitung sind die restlichen Bücher bis Band 6

**Die guten Jungs
(Eric Ugland – LitRPG/GameLit)**
Noch einmal mit Gefühl (01)
Heute Erbe, morgen Schachfigur (02)
In Vorbereitung sind die restlichen Bücher der Serie

**Die bösen Jungs
(Eric Ugland – LitRPG/GameLit)**
Schurken & Halunken (01) in Vorbereitung
In Vorbereitung sind die restlichen Bücher der Serie

**Die Reiche
(C.M. Carney – LitRPG/GameLit)**
Der König des Hügelgrabs (01)
In Vorbereitung sind die restlichen Bücher der Serie

**Stahldrache
(Kevin McLaughlin & Michael Anderle –
Urban Fantasy)**
Drachenhaut (01) · Drachenaura (02) ·
Drachenschwingen (03) · Drachenerbe (04) ·
Dracheneid (05) · Drachenrecht (06) ·
Drachenparty (07) · Drachenrettung (08)
In Vorbereitung sind die restlichen Bücher bis Band 15

Animus
(Joshua & Michael Anderle – Science Fiction)
Novize (01) · Koop (02) · Deathmatch (03) ·
Fortschritt (04) · Wiedergänger (05) · Systemfehler (06)
In Vorbereitung sind die restlichen Bücher bis Band 12

Opus X
(Michael Anderle – Science Fiction)
Der Obsidian-Detective (01)
Zerbrochene Wahrheit (02)
Suche nach der Täuschung (03)
In Vorbereitung sind die restlichen Bücher bis Band 12

Unzähmbare Liv Beaufont
(Sarah Noffke & Michael Anderle – Urban Fantasy)
Die rebellische Schwester (01)
Die eigensinnige Kriegerin (02)
Die aufsässige Magierin (03)
Die triumphierende Tochter (04)
Die loyale Freundin (05)
Die dickköpfige Fürsprecherin (06)
Die unbeugsame Kämpferin (07)
Die außergewöhnliche Kraft (08)
Die leidenschaftliche Delegierte (09)
Die unwahrscheinlichsten Helden (10)
Die kreative Strategin (11)
Die geborene Anführerin (12)

Die einzigartige S. Beaufont
(Sarah Noffke & Michael Anderle – Urban Fantasy)
Die außergewöhnliche Drachenreiterin (01)
Das Spiel mit der Angst (02)
In Vorbereitung sind die restlichen Bücher bis Band 24

Die Geburt von Heavy Metal
(Michael Anderle – Science Fiction)
Er war nicht vorbereitet (01)
Sie war seine Zeugin (02)
Hinterhältige Hinterlassenschaften (03)
In Vorbereitung sind die restlichen Bücher bis Band 8

Weihnachts-Kringle
(Michael Anderle –
Action-Adventure-Weihnachtsgeschichten)
Stille Nacht (01)